Häusermord

Ein Fall für Wolf Nowak.

Roman

DIE AUTORIN

Anni Bürkl lebt mit ihrem Partner und einer eigenwilligen Mords-Katzendame in Wien. Sie ist als Autorin, Lektorin (www.einbuchschreiben.at) und Schreibtrainerin tätig.

2003 wurde sie mit dem Theodor-Körner-Förderungspreis ausgezeichnet. 2010 erhielt sie das Krimi-Stipendium „Trio Mortale" der Stadt Wiesbaden.

Anni Bürkl ist die Autorin der Krimiserie rund um die charismatische „Teelady" Berenike Roither (im Gmeiner Verlag), von zwei historischen Krimis sowie der Romankomödie „Chili con Amore".

IMPRESSUM

© 2017 Anni Bürkl, Wien.
Alle Rechte vorbehalten.
www.annibuerkl.at

Umschlaggestaltung: www.autorendienst.net/elicadesign
Layout: M. Zeisberger, Wien.
Herstellung und Verlag: BoD-Books on Demand, Norderstedt, Deutschland

ISBN: 978 3 743 16515-1

Personen und Handlung sind frei erfunden. Ähnlichkeiten mit lebenden oder toten Personen sind rein zufällig und nicht beabsichtigt.

Alle Rechte vorbehalten, insbesondere das des öffentlichen Vortrags sowie der Übertragung durch Rundfunk und Fernsehen, auch einzelner Teile.

Kein Teil des Werkes darf in irgendeiner Form (durch Fotografie, Mikrofilm oder andere Verfahren) ohne schriftliche Genehmigung der Autorin Anni Bürkl reproduziert oder unter Verwendung elektronischer Systeme verarbeitet, vervielfältigt oder verbreitet werden.

GLOSSAR

2. Hieb	2. Bezirk
A Kieberer is ka Haberer	ein Polizist ist kein Freund
AKH	Wiener Allgemeines Krankenhaus
Bammel	Angst
Branntweiner	Lokal in dem man va. Schnaps kaufen kann
s G'impfte aufgehen lässt	verärgert
Deschek	Mensch mit etwas oder sehr verminderter Intelligenz leistung, Verlierer, Schuldiger, Loser. Schimpfwort.
Erdäpfel	Kartoffeln
Fetzentandler	Kleiderhändler (Fetzen = abfällig für Kleidung)
Fiaker	Pferdekutschen, die vor allem Touristen herum fahren
Friedenszins	sehr günstiger Zins aus der Zeit des 1. Weltkriegs, Mietvertrag kann vererbbar sein
gemma's an	gehen wir es an/beginnen wir
gfladert	gestohlen (fast schon liebevolle Bezeichnung)
Giftler	Drogensüchtiger
Granteln	nörgeln
Grießkoch	Grießbrei
Gschichterl	Gerücht oder kleiner Schwindel
Gschlader	ungenießbare Flüssigkeit
Gsindl, Grfrasta	Gesindel, Gauner (Schimpfworte.)
Hackler	Arbeiter
Hackler	Arbeiter
Herumscharwänzeln	Umschmeicheln, Umkreisen
I hob's do net so g'mant	ich habe es nicht so gemeint
Kieberer	Kriminalpolizist oder allg. Polizist

Kukuruz	Mais
Marantana	(Heilige) Maria und Anna (als Ausruf des Schreckens). (Ähnlich wie: Marantjosef – Maria und Josef; oder Jessasmaria – Jesus, Maria.)
Mélange	Kaffee aus wenig Kaffeebohnen und viel Wasser mit Milchschaum
Obers	Sahne
Pantscherl	Verhältnis
Paradeiser	Tomaten
ratschen	plaudern, reden
Schanigarten vor Lokalen.	Tische und Sessel bzw. „Garten"
Schanigarten	Garten vor dem Lokal. „Schani (Eigenname), trag den Garten ausse", hieß es früher, wenn die warme Jahreszeit begann.
Scherzerl	Scherz, Verkleinerungsform verniedlichend.
Schlapfen	Pantoffeln, Hausschuhe
Schleichts eich	Verschwindet!
Schul-Stangln	Schule schwänzen
Stamperl	Schnapsglas
Steffl	Stephansdom (liebevoll)
Trafik	Geschäft für Tabak & Zeitschriften
Tschecherl	kleines Lokal, va. zum Zweck des Alkoholkonsums
Tschickpackerl	Zigarettenpackung
Ungustl	ungustiöse/unappetitliche/ unangenehme Person.
WEGA	Sondereinheit der Polizei
Zinshäuser	Miethäuser

Ein Montag
im August

1

Erstaunen.

Mehr als alles Andere fühlt er Erstaunen, als das Projektil seine Brust trifft. Erstaunen darüber, wie schnell alles geht. Dass ihm die eigene Waffe so aus der Hand rutschen konnte. Dass er keine Zeit mehr hatte, sie wieder an sich zu nehmen. Erstaunen darüber, wie schnell sein Gegenüber war, viel schneller als er. Erstaunen darüber, mit der eigenen Waffe getötet zu werden. Erstaunen über die Verletzung, die ihn trifft, den Schmerz, aber vor allem, dass es ihn trifft, dass er es ist, der abtreten muss, und nicht ein anderer. Obwohl das Gesicht seines Gegenübers im Schatten liegt, kann er seine eigene Überraschung darin gespiegelt sehen. Er hat noch die Hand nach dem Anderen ausgestreckt – zu spät.

Da ist keine Angst, nur Verwunderung. Dass es jetzt geschieht und so. Jetzt, wo er sich entschieden hat und sein Herz endlich sprechen darf, wo es seinen Platz gefunden hat, sein Gegenüber, das, wo es hingehört. Jetzt, wo er bereit ist, alles für diese Liebe zu geben, jetzt, wo er nicht mehr abgelehnt wird. Wo Wärme eingezogen ist und Licht, weil er weiß, was das Richtige ist.

Der Ort verdunkelt sich. Erstaunt mustert er den Knilch, der auch von Liebe spricht, statt seinen Job zu machen. Gerade hat er ihm noch die Leviten gelesen, dass er so nicht weiter machen kann.

Und jetzt stirbt er. So hat er nie mit dem Tod gerechnet. Obwohl er ihn erwarten hätte können, hätte sollen. Er hat sich überhaupt nie mit dem Tod auseinander gesetzt, weder mit seinem eigenen noch mit dem anderer. Geblödelt hat er oft, dass der alte, graue Kasten einmal sein Ende sein würde, aber das war doch nie wörtlich gemeint. Dass der Tod ihn nun ganz wirklich trifft und auf diesen alten, schmutzig-graublauen Teppich wirft, das wirkt fremd, als würde er einem anderen bei dessen Sterben zusehen.

Ein Kinderlachen perlt von der Straße herein. Er muss an das gemeinsam ausgesuchte Himmelbett denken. Früher wollte er nie Nachkommen haben, wollte die Linie lieber beenden, nach all dem Unglück, das seine Familie getroffen hat. Doch auf einmal bedauert er diese Entscheidung. Dass nie ein Kind seine Züge und die seiner Liebe tragen wird, tut überraschend weh. Mehr als der durch die Waffe verursachte Schmerz in seiner Brust.

Ganz dunkel ist es jetzt schon um ihn. Nur noch verschwommen kann er ihre Gesichter über sich wahrnehmen, den staubigen Gestank des Teppichs. Er muss plötzlich lachen über alles, was geschehen ist. Er hätte mit allem gerechnet, nur damit nicht. Friedlich im Bett hätte er sterben sollen, dem gemeinsamen Bett, und sie beide steinalt. Sein Leben lang war er allein, hat allein für sich entschieden. Jetzt, wo er es nicht mehr ist, kommt der Tod. Auf einem Teppich, der an seiner Wange kratzt. Sein letzter Blick fällt auf ein verblasstes, fast nicht mehr erkennbares Herz im Gewebe darin.

Mittwoch, 11. August

2

Nowak

Es ist wie jede Nacht.
Da vorne in der engen, dunklen Höhle seiner Erinnerung steht sie und stirbt, stirbt tausend Tode und mit ihm sein Leben, sein ganzes Leben. Und er, er kriegt seine Füße nicht vom Boden, kriegt sie immer noch nicht vom Fleck, und die Hände nicht hinterm Rücken hervor. Die Hände, die er ausstrecken könnte, um ein Unglück zu verhindern, wenn er nur wüsste wie. Kalter Wind tobt vom offenen Fenster herein, wirbelt den verlockenden Duft des gebratenen Fleisches weg. Er wird sein Leben durcheinander wirbeln, er weiß das, und kann es trotzdem nicht verhindern. Das kann er nie. Genauso wenig, wie er etwas daran ändern kann, dass seine Liebe ihn hassen wird. Auch diese Nacht gibt es kein Entkommen. Er meint, die gestohlenen Fleischlaberl auf der Zunge zu schmecken. So steht er da und weiß nur: Fehler sind tödlich und für jeden setzt es tausend Hiebe.

*

Ein Schatten fiel auf Nowaks Schanigarten-Tisch im Café Sonne. Irgendetwas roch komisch. Der Revierinspektor schnupperte vorsichtig und zog die Hand zurück, die er nach seinem frisch servierten Cappuccino ausstrecken wollte. Etwas Viereckiges flog auf den Tisch und riss seine Tasse und den Teller mit dem Croissant mit sich. Na geh, noch nicht einmal die Hälfte davon hatte er gegessen. Klirrend fiel alles auf den Boden, der viereckige Gegenstand hinterher. Dunkelbraune Flüssigkeit schwappte über schwarzen Asphalt und weichte das Croissant ebenso auf wie den Karton der Schachtel, denn das war es, eine Pappschachtel. Der Geruch war stärker geworden. Schlimmer.

Nowak blickte hoch und blinzelte gegen die Sonne an, während sich der Geschmack des Plunderteigs an seinem Gaumen irritierend mit dem schlechten Geruch in seiner Nase mischte. Vor ihm stand mit erwartungsvollem Blick Else Molnar, die Witwe des kürzlich vor Pensionsantritt verstorbenen Installateurmeisters Siegfried Molnar. Ihr Gesicht lag im Schatten des Gegenlichts.

„Frau Molnar! Was haben Sie denn heute für mich?" Nowak schnupperte immer noch in die Luft, um zu eruieren, woher der Gestank kam. War etwas mit dem Kanal? Für alles war Geld da, nur dafür offenbar nicht. Sein Magen revoltierte und auch Else Molnar verzog das Gesicht.

Die Witwe verfolgte Nowak, seit er zurück ins Karmeliterviertel gezogen war. Einmal hatte sie einen garantiert zuverlässigen Hinweis auf den Verursacher eines Verbrechens, das gar keines war. Dann wiederum kam sie mit einer Zeugenaussage, die näherem polizeilichen Nachfragen kein bisschen standhielt. Immer waren es angebliche Tipps, irgendetwas, das ihm seinen Job bei der Mordkommission erleichtern und Licht in die täglich mehr werdenden Verbrechen bringen sollte. Das Gegenteil war der Fall. Die Kollegen lachten schon über ihn und seine sogenannte ‚Assistentin'.

Auch heute hatte er allein frühstücken wollen, wie immer. Ein Cappuccino passte genau zwischen Aufstehen und Dienstbeginn. Und wie jeden Tag tat er dies außer Haus. Aus Prinzip. In seiner Wohnung fand sich nichts, das einer Frühstückszeremonie würdig gewesen wäre. Weder der Platz noch die nötigen Utensilien. Und schon gar nicht ein anderer Mensch, mit dem er es sich hätte gemütlich machen können. Dann lieber wie die Italiener einen schnellen Kaffee und ein Croissant. Zum Glück gab es Sabrinas Café. Die Stadt war bunt geworden, seit Nowak sie Hals über Kopf verlassen hatte, ziemlich bunt sogar und das war gut so. So kam er zu seinem Cappuccino statt des wässrigen Gschladers, das sie hier Mélange nannten und das er einfach nicht runter brachte.

Sabrina sagte gerade einer der vielen Bobo-Mamis lautstark, dass sie ihren Porsche-Kinderwagen, bitteschön, nicht vor dem Eingang des Cafés parken sollte, damit auch andere Gäste eintreten konnten. Von einem Lokal gegenüber wurde der Disput von einer jungen Frau in Schlabberhosen und seltsamer Frisur beobachtet. Eine der Frauen, die wirkten, als würden sie die Kellnerinnen auf einer Bühne nur darstellen. Bei Sabrina fühlte sich Nowak fast so frei wie früher, während all der Jahre on the road, als er nie lange am selben Ort geblieben war. Wenigstens etwas war geblieben, wenn schon sonst überall Veränderung lauerte. Die Fassade des Marktachterls lag dunkel im Schatten, es hatte seine Neuübernahme nicht überlebt, die dritte in wenigen Monaten. Und auch der Kebab-König war Geschichte. Nur der Pferdefleischer hielt noch aus, aber wie lange noch? Ein Grüppchen englisch sprechender junger Leute ganz in Schwarz, offensichtlich übernächtig und ebenso offensichtlich überdreht, stieß mit Tassen und Schnapsgläsern an. Hätte er auch so gemacht, vor gar nicht so langer Zeit. Konnte nur er den Geruch wahrnehmen?

Ein Straßenkehrer näherte sich und wollte mit seinem Besen die Bescherung vor Nowak aufkehren. Rasch hielt Nowak ihn davon ab. Zumindest ansehen musste er sich Elses Schachtel, wahrscheinlich war eh nix. Vorsichtig lüpfte er den Deckel.

Oh.

Der üble Gestank wurde umwerfend. Nowaks Magen revoltierte. Er schluckte. Ein abgetrennter Arm, das war dann doch was Anderes als Elses sonstige Funde. Männerarm, stellte Nowaks professionelles Ich fest. Die Wunde war dunkelbraun, das Blut getrocknet.

Gerade hatte er die Teufel seiner nächtlichen Träume zurück in die düstere Hölle verbannt, in die sie gehörten, da schlichen sie sich hinterrücks wieder an. Er zwang sich zu einem verbindlichen Lächeln, verscheuchte den Straßenkehrer und blinzelte zur Witwe mit ihrer auftoupierten Frisur auf.

„Wo haben Sie das her, Frau Molnar?"

Nowak lehnte sich vor, sodass er sein Oberkörper den Karton vor neugierigen Blicken abschirmte. Vorsichtig hob er ihn auf den Tisch, bevor noch jemand was davon mitbekam. Seine Fingerabdrücke waren ja eh bekannt. Der Karton gab an der Unterseite etwas nach, Blut hatte ihn fast durchgeweicht.

„Gibte es was Neues, Wolf?" Sabrina war im Türrahmen aufgetaucht. Die großen Glasscheiben der Pizzeria nebenan, die den Branntweiner ersetzt hatte, lagen schwarz im Sonnenlicht. Wo seine Mutter jetzt wohl ihren Bedarf deckte …?

Sabrina kam näher und stemmte die Arme in die Hüften. Sie schaute zu ihm, zu Frau Molnar, dann auf das Objekt auf seinem Tisch und die davon ausgelöste Bescherung. „Na ohje. Wasse iste geschehen, Wolf?", fragte sie mit großen, aber nicht besonderes erschreckten Augen. „Es riechte schlecht."

Eine Passantin schob gerade einen kleinen Buben vorbei. „Er ist im Bus geschubst worden, absichtlich!", beschwerte sie sich bei ihrer Begleiterin, „deshalb kann ich ihn nicht mehr allein zur Schule gehen lassen."

„Ein schauerlicher Mord!", flüsterte Else Molnar und rollte übertrieben mit den Augäpfeln, dabei wedelte sie vor ihrer Nase herum.

„Wir werden das alles aufklären", sagte Nowak. „Wo haben Sie den Arm gefunden?"

„Am Dachboden in meinem Wohnhaus."

„Und wie?"

„Was, wie?"

„War er schon in der Schachtel? Oder haben Sie das, äh, Fundstück da rein getan?"

„Ich? Ich bitte dich, ich würd das nicht anfassen, Wolferl."

Wolferl.

Er versuchte, sich nichts anmerken zu lassen. „Also haben Sie ihn so, wie er ist, in der Schachtel gefunden?"

Frau Molnar nickte. Sie sah etwas bleich aus.

„Was für eine Gestanke!", schimpfte Sabrina. „Auf jeden Fall ihr alle brauchte frische Kaffè. Kommte sofort." Sie verschwand schwungvoll nach drinnen, kam mit Besen und Schaufel zurück, kehrte ruckzuck die Scherben vom schwarzen Asphalt auf, sodass nur mehr eine dunkle Lache übrig blieb, und ging wieder hinein. Gleich darauf erklang das beruhigende Mahlen der Kaffeebohnen und das Aufstöhnen der Espressomaschine.

„Also, Frau Molnar?", fragte Nowak. „Wollen Sie sich setzen?" Er wischte mit einer Hand über den freien Klappsessel, der zum Glück sauber geblieben war. Sein Blick wanderte über die Schachtel, ohne sie zu berühren, dann zu Frau Molnar.

„Wolferl, ach Wolferl", seufzte die Witwe und nahm Platz.

Schon wieder. Er zuckte immer noch jedes Mal zusammen, wenn ihn jemand so nannte, hörte wieder das Echo einer anderen Stimme, die ihn bei diesem Namen nannte. Doch auch heute schaffte er es nicht, die Witwe zu bitten, damit aufzuhören.

„Wolferl." Sie fasste sich mit einer Hand an die beeindruckend breite Goldkette an ihrem Hals. Ein Sonnenstrahl fing sich darin und blendete Nowak einen Moment lang. Ein Installateurbetrieb war eben eine Goldgrube, auf einen Installateur waren die Menschen angewiesen, wollten sie nicht ohne Toiletten, Heizung oder Fließwasser leben. „Du kennst mich."

Oh ja. Und wie.

„Ich sauge mir nichts aus den Fingern."

Das wäre noch zu diskutieren …

„Das hier ist Tatsache. Es muss ein Verbrechen geschehen sein." Else Molnar fuhr mit einem Finger auf den Karton zu, und stoppte, ehe sie ihn berührt hatte. „Der kalte Hauch des Todes weht mich an, ich spüre es."

„Eine Scherze?"

Nowak zuckte zusammen. Nicht nur sein Frühstück war hinüber!

Sabrina war lautlos heran gekommen und stellte eine frische Schale Cappuccino vor Nowak hin, duftend und mit ein wenig Kakao bestreut, wie er ihn am liebsten trank. Gegenüber ratterte sich ein Baukran in Schwung. Vor dem Schanigarten schrien ein paar dunkelhäutige Kinder in einer fremden Sprache.

„Schleichts eich", schimpfte ein vorbei schlurfender alter Mann in einem abgewetzten ehemals blauen Mantel, einen schmierigen Einkaufswagen zog er hinter sich her. „Gsindl, Gfrasta! Früher hätt ma eich vergast."

Nicht schon wieder!

„Moment, was haben Sie da gesagt?" Nowak sprang auf, holte den Alten mühelos ein und legte ihm eine Hand auf die Schulter.

„Wie? Wer? Ich?" Ein faltiges Gesicht wandte sich Nowak zu, ein debiles Grinsen auf den Lippen.

„Sie schon wieder! Das mit dem Vergasen, was war das?"

„Aber gehn'S, Herr Inspekta! I hob's do net so g'mant."

„So wie immer, was? Dann denken'S in Hinkunft besser drüber nach, was Sie meinen. Haben wir uns verstanden?"

Der Alte nickte. Nowak ließ ihn los und kehrte an seinen Tisch zurück. Bei solchen Leuten war Hopfen und Malz verloren, er wusste es, aber er konnte nicht anders. Seufzend setzte er sich wieder in den Schatten, der Gestank waberte immer noch herum. Else sah ihn stirnrunzelnd an, kommentierte die Sache aber nicht.

Nowak wandte sich wieder dem Karton zu. „Schaut leider echt aus, Frau Molnar. Sie haben die Schachtel hoffentlich nur außen berührt?"

Ihr düsterer Blick sagte ihm, dass das Gegenteil der Fall war. Nowak nickte resigniert. „Dann werden die Kollegen nachher Ihre Fingerabdrücke nehmen, um sie zu vergleichen. - Sabrina? Hast du Einweg-Handschuhe in deiner Küche? Und Plastikfolie?"

„Für diche alles, Wolf." Sabrina eilte hinein, kam mit einer kleinen Schachtel und einer Rolle durchsichtiger Folie zurück und gab sie Nowak. „Schaue, dasse das wegkommt. Schnell, bevore meine Gäste davone renne!"

Nowak nickte.

Sabrina wandte sich nach einem letzten Blick den anderen Gästen zu. Vor dem Pferdefleischhauer hockten die ersten Säufer des Tages, die offenbar von Elses Fund nichts mitbekamen. Gut so.

Nowak zog sich die Gummidinger über die Hände und lupfte Elses Fund näher heran, dann packte er es in die Folie. Endlich ließ die Geruchsbelästigung nach. „Also, wie haben Sie das Paket gefunden, Frau Molnar?"

„Dach." Else hustete.

Abwartend sah Nowak sie an.

„Auf der Dachbaustelle unseres Hauses. Du weißt ja, wo ich wohne."

Natürlich. Und wie er das wusste. Zwei Häuser links davon stand das Haus mit der dunkelgrauen Fassade, in dem er seine ersten Lebensjahre verbracht hatte, rechts davon in dem niedrigen Gebäude hatte die Frau Fürsorgerin ihr finsteres Büro gehabt. Und an der Straßenecke befand sich der Bau, an den er jetzt am allerwenigsten denken wollte. Lieber auf diesen Fall hier konzentrieren.

„Das ganze Haus ist Chaos", jammerte Else, „überall Dreck, offene Löcher im Boden, in die man gerade als älterer Mensch leicht stürzen kann, und wer hilft einem dann? In den Mauern sind Risse, durch die man das Bett der Nachbarn sehen kann und sicher auch, was die darin treiben, und … naja, was nicht noch alles."

Er nickte. Die ganze früher räudige Gegend wurde seit Nowaks Rückkehr nach Wien auf Hochglanz renoviert. Rund um den Karmelitermarkt hatte der Hype angefangen. Die Leute aus Nowaks Kindheit hätten darüber gelacht, dass heute alle in dieses In-Viertel ziehen wollten und dafür fast jeden Preis zu zahlen bereit waren. Früher hatten sich die besoffenen Hackler mit den damals noch gesamtjugoslawischen oder türkischen Gastarbeitern geprügelt, die in den verkommenen Hinterhöfen ganze Schafe grillten. Der verwegene Fotokünstler ein paar Gassen weiter hatte das alles im Bild festgehalten und Nowaks Mutter ständig erzählt, wie originell es sei. Zumindest war das so gewesen, bis sie Nowak ins Heim abgeschoben hatten. Heute erinnerte kaum noch etwas an die Zustände von damals. Stattdessen atmete Nowak den Staub der unzähligen Baustellen, hörte Maschinen aufheulen und das Geschrei slowakischer oder ungarischer Hilfsarbeiter auf den Baugerüsten. Die Fassaden waren kaum noch grau, sondern grellviolett, orange oder, wenn man Glück hatte, etwas dezenter hellblau oder gelb. Hier hatte alles angefangen, sein Leben und der ganze Rest. Seit er zurück war, ging Nowak die Spuren ab, die altvertrauten dunklen Ecken. Um Antworten auf das zu finden, was ihn umtrieb, so lange er sie noch bekommen konnte. Da war das Schwimmbad, in dessen Becken mit den dunkelblauen Fliesen er fast ersoffen wäre, weil seine Mutter lieber auf auf ihren Doppler Rot geachtet hatte als auf ihren Sohn. Das Bad war geschlossen, nur eine vor sich hin bröckelnde Betonruine stand noch da, Pflanzen schossen zwischen den Ritzen hervor. Die Geisterbahn im Prater war ihm im Vergleich zu seinem Leben harmlos vorgekommen, wenn er bei seinen seltenen Besuchen zuhause von seiner Mutter dort hingeführt geführt worden war. Er hatte sich immer gefragt, warum sich die Leute davor gruselten, er hätte anderes gewusst. Doch darüber sprach er nicht – nie.

„Sie haben die Schachtel also in Ihrem Wohnhaus gefunden?", fragte er Else und schob seine Erinnerungen einmal mehr zur Seite.

„Ja. Irgendwer muss nach dem Rechten sehen, nicht wahr?"
Nowak nickte abwartend.

„Macht außer mir keiner. Ich bin auf den Dachboden gestiegen. Das tue ich jeden Morgen. Wer weiß, was alles passieren kann, man liest so viel."

„Und wie sah es dort aus?"

„Wie eine Baustelle eben. Man hat einen wunderbaren Ausblick über Wien. Muss schön sein, so hoch oben zu wohnen. Ist halt nicht jedem vergönnt. Aber wo war ich stehen geblieben?"

„Wie es oben aussieht."

„Ach so, ja. Der Boden ist bereits betoniert, jetzt werden da so riesige Trambalken weggebracht. Alte, angeschwärzte Holzbalken. Gruslig. Vermutlich noch aus dem Krieg." Else schüttelte sich. „Und dort habe ich die Schachtel gefunden. Meinst du, dieser Arm ist ebenso alt, Wolferl? Stammt er von damals? Stinken tut er ja genug."

Nowak zog die Schachtel vorsichtig noch näher heran. „Glaube ich kaum, das wäre verwest in all den Jahrzehnten. Und der Karton wirkt eigentlich auch fast neu. Genauer wird das die Gerichtsmedizin sagen können."

Nowak starrte die dunklere, fleischige Stelle an, wo der Arm in die Schulter übergegangen war. Die Wunde sah ziemlich zerfetzt aus, der Knochen gesplittert. Nowak musste an eine andere Wunde denken, an einen anderen Menschen. Und an den Duft frischer Hamburger, von denen er nichts gegessen hatte.

Nicht jetzt! Konzentrier dich! Mach nicht wieder einen Fehler!

Er kniff die Augen zusammen: Auf den ersten Blick sah die Wunde nicht aus, als hätte sie stark geblutet, ganz so, als wäre der Arm erst nach dem Tod vom Körper abgetrennt worden. Ein Unfallopfer? Auf einer Baustelle konnte alles Mögliche geschehen, nicht erst einmal war ein Schwarzarbeiter auf der Flucht vor Kontrolloren tödlich verunglückt. Schlampig ging es auf dem Bau sowieso zu. Allerdings hätte die Wunde dann sehr wohl geblutet. Oder handelte es sich um eine Drogenleiche, deren überlebende Freunde Bammel bekommen hatten, nachdem sich einer von ihnen den Goldenen Schuss gesetzt hatte?

Nowak sah sich den Arm genauer an. Er war nackt, die Haut blass, totenblass. Dichte, schwarze Härchen ringelten sich auf dem Unterarm. Womöglich ein Südeuropäer. Einstichstellen wie bei Giftlern waren auf dem Arm aber keine zu entdecken, auch keine vernarbten Venen. Überhaupt sah die Haut gepflegt aus, die Finger schmal, fast elegant, die Fingernägel waren sauber. Keine Schwielen. Keine rissige Haut. Überhaupt kein Dreck. Also vermutlich ein Büromensch, keiner, der mit seinen Händen schwere Arbeit verrichtete.

Auf einem Finger saß ein dicker Goldring mit Siegel, das eine Zickzack-Linie darstellte. Ein Symbol? Oder ein Buchstabe? Ein M? Ein W? Das passte auch nicht zu einer Drogenleiche. Jeder Junkie hätte das Schmuckstück mit gierigen Fingern an sich gebracht und zu Geld für frischen Stoff gemacht.

Außerdem gab es keine Spur eines Kleidungsstücks. Vielleicht würde die Spurensicherung noch Fasern finden. Wo war der größere Rest der Leiche? Ja, dass der Besitzer des Arms hinüber war, dessen war sich Nowak so gut wie sicher. Nur: Wer war hier verstorben? Und wie und warum?

Nowak sah Else Molnar an, ihre auftoupierte Frisur lag im Gegenlicht. „Ist Ihnen auf der Baustelle noch was aufgefallen?"

„Ich", Else hustete, „ich weiß nicht. Ich bin so erschrocken, dass ich die Schachtel gepackt hab und von da oben runter geflüchtet bin, so schnell ich konnte. Daheim hab ich mir schnell ein Stamperl eingegossen und dann bin ich schon hierher zu dir gelaufen."

„Sind Ihnen irgendwelche untypischen Geräusche aufgefallen? Schreie vielleicht?"

„Schreie?"

„Schreie wie bei einem Unfall zum Beispiel?" Nowak starrte den frischen Cappuccino an, dessen Häubchen schon in sich zusammen sank.

„Aufgefallen ist mir nichts." Else runzelte die faltige Stirn. „Also, glaube ich zumindest. Lass mich nachdenken." Dann schüttelte sie den Kopf.

„Vermissen Sie jemanden?"

„Ach, du denkst also wirklich, Wolferl …!" Else schlug sich die Hand vor den Mund. „Nun, mein Nachbar Herr Bauer ist weg, der alte Saubär, und die Frau Mayerhofer und dann auch diese junge Familie …"

„So viele?" Nowak runzelte die Stirn.

„Alle ausgezogen. Wegen der Schikanen und den ganzen Problemen im Haus. Die Familie hätte einen Lift gebraucht für den Kinderwagen, der alte Herr Bauer auch … "

„Achso. Das meinte ich nicht." Nowak seufzte.

„Entschuldige, das war dumm und gedankenlos von mir."

„Also ist niemand abgängig?"

„Glaube nicht."

„Na, dann zeigen Sie mir halt in drei Teufels Namen den Fundort, Frau Molnar! - Sabrina, darf ich anschreiben?"

„Natürlich, Wolf. Ich musse mit dir sowieso reden. Unter viere Augen, bitte."

„Machen wir. Machen wir alles." Er stand auf, womit er mitten im jetzt schon zu grellen Sonnenlicht stand. „Gut, Frau Molnar, gemma's an. Ich ruf erst einmal die Kollegen."

Nowak telefonierte mit dem Journaldienst. Sie versprachen, eine Streife zu schicken. Nowak gab die Adresse durch.

„Sollen wir die Spurensicherung auch gleich informieren?"

„Danke, aber das mach ich selbst." Nowak grüßte und legte auf.

„Der Arm kommt mir aber doch irgendwie bekannt vor", sagte Else Molnar, nachdem er sein Telefonat beendet hatte.

„Ja, Frau Molnar?", fragte Nowak hoffnungsvoll.

„Aber ich weiß nicht woher. Leider, Wolferl."

Nowak

„Gut, dass du wieder hier bist, Wolferl", sagte Else Molnar, während sie in der grellen Sonne neben ihm her ging, nicht besonders schnell, dafür zielstrebig. Sie konnte nicht viel älter sein als seine Mutter, so um die 70, benahm sich aber, als wäre sie mindestens 80. Nowak trug den in Plastik eingewickelten Karton unter dem Arm. Der Gestank war einigermaßen gebannt. Endlich erreichten sie den Schatten entlang der Hausmauern.

Wieder hatte er das Gefühl, dass ihm die Gespenster seiner Nächte folgten. Doch als er sich umdrehte, waren es nur ein paar Touristen, die vor der geschlossenen Bankfiliale aus einem Sightseeing-Bus quollen und ein wenig ratlos den wochentags fast leeren Markt betrachteten.

„Ich kenne dich schon, da warst du noch so klein." Else Molnar zeigte mit der Hand, wie klein ungefähr, fast noch ein Baby. Ein ungewolltes Baby, aber das wusste Frau Molnar vermutlich nicht. „Wie geht es übrigens deiner Mutter?"

„Dem Alter entsprechend, Sie kennen sie ja", wich er aus. „Ich seh sie nicht so oft."

„Das denke ich mir, nach allem, was passiert ist." Else nickte bekräftigend. „Ich treffe sie manchmal beim Doktor Matzka." Sie selbst blieb im Sonnenlicht stehen und sah Nowak prüfend an. „Trinkt sie immer noch so viel?"

„Weiß nicht."

„Mir ist zu Ohren gekommen, sie benimmt sich ein wenig sonderbar. Fast, als wär sie verwirrt." Jetzt war Elses Blick fragend. „Hoffentlich zündet sie nicht einmal das Haus an, es steht so nah an unserem."

„Hm, hm", brummelte Nowak.

„War nicht schön, wie sie mit dir umgegangen ist, Wolferl. Aber du hältst das deiner Mutter doch nicht immer noch vor, oder?" Sie setzte sich wieder in Bewegung.

Nowak schob sich weiter in den Schatten und zuckte die Achseln, er wusste es ja selbst nicht.

„Ach", seufzte Else Molnar, während ihr Körper einen länglichen Schatten auf die Straße zeichnete, „was muss die Welt so schlecht sein? Deine Mutter hätte wirklich eine andere Lösung finden sollen, als dich ins Heim zu stecken. Ewig schad um deinen Vater, er ist mit ihr nicht glücklich geworden."

Nicht wieder diese alte Leier! Wie Else Molnar seinen Vater immer angeglotzt hatte, als möcht sie sich vor ihm ausziehen. Als wär der mit Else glücklicher geworden, oder Else mit ihm. Als ob hier überhaupt irgendjemand glücklich war. Naja, Sabrina vielleicht.

„Vorsicht, Hundehaufen!", unterbrach er Else barsch.

„Danke", murmelte die Installateurswitwe und dann hatten sie endlich das alte Barockhaus erreicht, dessen Fassade komplett eingerüstet war. Dahinter war die Verwahrlosung der Mauern zu erkennen, Verputz bröckelte an mehr Stellen ab, als er intakt war. An der Grenze zum Nachbarhaus waren Ziegel heraus gebrochen, ganze Mauerteile fehlten, Risse zogen sich über die Fassade. Das breite, zweiflügelige Haustor stand weit offen, dahinter klaffte ein Loch im Boden, das mit Holzplanken notdürftig überbrückt wurde. Am linken Rand des Gebäudes befand sich eine weitere Tür, darüber hing noch die alte, geschwungene Aufschrift: ‚Fleisch-Wurst Trnksak'. Einer dieser typisch wienerischen Namen, die eigentlich böhmisch und schwer auszusprechen waren. Die braun gekachelten Wände zierten Graffiti. FLEISCH BLEIBT stand in roten Lettern da, daneben waren Herzchen gemalt worden und eine Sonne, die verliebt guckte. Ein paar der Fensterstöcke in den oberen Stockwerken waren in allen Regenbogenfarben angemalt, aus einem wehte ein biederer Blümchenvorhang. Über allem schwebte eine Wolke aus Baustaub. Nowak warf einen Blick auf das Nachbarhaus, vom Büro der Fürsorgerin gab es keine Spur mehr.

„Wer wohnt überhaupt noch in dem alten Kasten?", fragte er und betrachtete die Baustellenausschilderung. BETRETEN VERBOTEN prangte in riesigen Lettern neben dem Haustor, darunter standen Warnhinweise wie „Auf dieser Baustelle ist das Tragen eines Helms verpflichtend". Vor Nowaks innerem Auge tauchte das Bild eines auf Elses toupierten Haaren thronenden knallgelben Helms auf.

„Nicht allzu viele Mieter von früher sind geblieben", bedauerte Else Molnar. „Aber tu mir den Gefallen, und nenn das Haus nicht alter Kasten. Es ist alt, aber es ist eine Schönheit. Eine in die Jahre gekommene Schönheit, aber immer noch eine Schönheit. Wir waren ein ehrenwertes Haus, weißt du."

Nowak nickte. Wie bei Udo Jürgens, klar.

„Die Baronin Beata in der Beletage kennst du vielleicht noch?", fuhr Else fort.

„Ich kann mich vage an sie erinnern. Schimpft sie immer noch alle Kinder?"

„Wie du dir alles merkst, Wolferl."

Jetzt zuckte er nicht einmal mehr zusammen. „Die Kinder der sogenannten besseren Leut' hat sie in Frieden gelassen."

„Das weiß ich nicht. Außer ihr wohnt noch Marcus Hammer da, ein Zuckerbäcker, er arbeitet in der Konditorei Süß. Seine Torten sind ein Traum. Die Esterhazy musst du probieren, Wolferl. Die zergeht dir auf der Zunge. Manchmal hat er in seiner Wohnung Besuch von so einem Dunkelhaarigen, der niemandem in die Augen schaut. Unheimlich ist der. Na, und dann wohn natürlich ich noch da."

„Viele sind das nicht. Was ist mit den anderen Wohnungen?"

„Die meisten stehen leer, manche seit Jahren. In ein paar hausen halt die Wilden."

„Ahso? Wen meinst du? Sandler?"

Else Molnar zeigte auf die Graffiti. „Der Fleischer Trnksak

ist in Pension gegangen, aber einen Nachfolger hat es nicht gegeben. Überall ein Niedergang, weißt eh. Die Kleinen haben keine Chance mehr."

Er nickte.

"Jetzt ist es schlimm hier, ganz schlimm, sage ich dir."

"Wie soll ich das verstehen?", fragte Nowak, während weitere Erinnerungsbilder in ihm auftauchten. Wie er als Kind einkaufen geschickt worden war, weil die Mutter dazu nicht in der Lage war. Das ,Kater-Essen' hatte er für sie besorgen müssen, Kutteln, immer wieder Kutteln, er ekelte sich heute noch davor. Der Fleischermeister Trnksak hatte ihn immer mitleidig angeschaut. Und dann musste Nowak beim Tschecherl drüben am Markt Nachschub holen für den Abend. Die haben ihn gekannt und ihm auch als Kind Alkohol gegeben, wie verlangt. Gab ja noch keinen Jugendschutz damals, der den Namen verdient hätte. Und seiner Erinnerung nach hatte es dabei immer geregnet. Immer.

"Ist das Gebäude besetzt?", fragte Nowak und legte den Kopf in den Nacken. Von ganz oben wehte ein Transparent herab, FLEISCH BLEIBT stand darauf.

"Keine Ahnung." Else Molnar schüttelte sich. "Sie führen sich furchtbar auf."

"Was tun sie denn?", fragte er und verkniff sich einen Kommentar. Wenn Else Molnar wüßte, wo er sich überall herum getrieben hatte, während seiner Flucht, bevor er Polizist geworden war. Wie er sich durchgeschlagen hatte im wilden Kreuzberg und in besetzten Häusern in Genua, bei Huren und autonomen Tierschützern, wer weiß, ob Else den abgetrennten Arm nicht wieder schnappen und einen ehrwürdigeren Ermittler suchen würde. Vielleicht würde sie Nowak sogar am liebsten selbst verhaften lassen.

"Sie sind laut, sie trinken und sonst noch so einiges." Else prüfte mit einer Hand den Sitz ihrer Dauerwelle. Wenn er tief einatmete, konnte er den Allwetter-Taft riechen. Noch mehr Erinnerungen strömten auf ihn ein. Eine andere Dauerwelle, die ständig durcheinandergerät, ein anderer

Geruch. Der von Erbrochenem.

„Du siehst ja, was sich hier abspielt, Wolferl. Ein Dachausbau nach dem anderen, wenn das mein Siegfried noch erlebt hätte ..."

... hätte er gut daran verdient. Elses Gatte war ein wahres Genie im Geschäftemachen gewesen, gleichgültig, mit wem. Hauptsache Geld.

„Zumindest haben wir verhindert, dass das gegenüberliegende Haus noch höher aufgestockt wird. Dann wär unseres ganz im Schatten gelegen und wir hätten den Blick auf den Steffl verloren, stell dir vor. Jedenfalls wird hier überall auf Teufel komm raus verbessert, vergrößert, zusammengelegt. Eine Baustellenhölle."

Nowak nickte. „Aufwerten nennen sie das."

„Als hätt einer von uns was vom steigenden Wert der Immobilie", fauchte Else. „Und früher war nicht alles schlecht. Wir sind auch zurechtgekommen ohne Lift, auch mit den Kindern. Jetzt soll es einen Aufzug geben, falls ich dessen Einweihung noch erlebe, heißt es." Else grinste schief.

„Na, Sie sind doch noch jung und fit", erwiderte Nowak höflich.

„Danke." Sie grinste geschmeichelt, wurde dann ernst und seufzte. „Unser Herr Waschmuth ist halt kein Wohltäter der Armen. Der würde uns alte Garde lieber heut also morgen loswerden. Der ist nicht wie der alte Hausherr, der war lieb und sehr bemüht, die ganze Familie habe ich gekannt."

„Der Böckl? Der hat seine Frau und die Kinder so tyrannisiert, dass sich keiner von ihnen aufzumucken getraut hat. Daran kann sogar ich mich erinnern."

Else zuckte die Achseln. „Zu den Mietern war er ein sehr feiner Mensch. Na, jetzt liegt er am Stammersdorfer Friedhof draußen, und seine Erben haben alles verkauft. Das Haus hat mehrmals den Besitzer gewechselt. So macht man heute Kohle. Neu vermieten, das bringt mehr Geld als bei uns Alten. Ist halt heut alles anders."

„Es ist nicht mehr wie früher, stimmt." Nowak hatte selbst lange suchen müssen, bis er eine bezahlbare Wohnung gefunden hatte, gleich hier ums Eck. Erst neulich hatte er in der Zeitung gelesen, dass sich die Eigentümerstruktur der Wiener Zinshäuser komplett geändert hatte. Waren es vor 20 Jahren noch vorwiegend Familien gewesen, die eine oder zwei Handvoll Häuser besaßen, gehörten die meisten Gebäude heute wenigen großen Immobilienfirmen.

„Jedenfalls ist Waschmuth knallhart, der will das Maximum an Profit raus holen. Der hat keine Hemmungen, Wolferl. Der will, dass wir alle verschwinden." Die Witwe rollte wissend mit den Augen. „Einmal hat er mich fast zu Tode erschreckt. Also ich glaube zumindest, dass er das war."

„Verstehe."

„Das glaub ich kaum. Du wirst gleich sehen, wie es bei uns zugeht." Vertraulich beugte sich Else zu Nowak. „Das läuft hier wie bei der Mafia. Lauter dunkle Gestalten."

„Sie sehen zu viel fern, Else." Nowak packte das Paket mit dem Arm fester. „Gut, dann gehen wir's an. Wann sind Sie nach oben gegangen?", fragte er und tastete gleichzeitig mit der anderen Hand nach seinem Mobiltelefon in der Hosentasche.

„So kurz vor sechs etwa, wie jeden Tag. Ich geh hinauf, bevor die Arbeiter anfangen. Als ich das, ähm, Fundstück gefunden habe, hab ich überlegt, ob's echt ist oder, naja, a Scherzerl. Und dann bin ich los. Ich weiß, dass du gern bei Sabrina im Cafe hockst."

„Soso, das wissen Sie also auch."

Wohnte er wirklich erst so kurz hier beim Karmelitermarkt? Alles war, als wäre er nie von hier weggebracht worden.

Für einen Moment spürte er die Hilflosigkeit von damals in sich aufsteigen, als wär er wieder neun Jahre alt und dem Geschehen ausgeliefert, ohne sich wehren zu können. *Es ist zu deinem Besten*, meinte er die kratzige Stimme der Frau Fürsorgerin zu hören, die ihn im grauen November-nieselregen von daheim wegholte, nur ein paar Schritte weit. Auf einmal war ein altes Haus voller Kinder sein Daheim, mit Gittern vor den Fenstern, die Gänge mit grellem Neonlicht bis in den letzten Winkel ausgeleuchtet. Er wusste noch, wie sein Magen gegen das ungenießbare, verbrannte Grießkoch angeknurrt hatte. Später dann dieses Schloss, an das er nie wieder denken hatte wollen. Fremde Erzieher befehligten über sein Leben rund um die Uhr, seine Mutter sah er nur mehr selten, den Vater gar nicht.

Er schob die Bilder der Erinnerung mit aller Macht weg. Heute entschied er und nur er allein, was zu seinem Besten war, niemand sonst. Und was er essen wollte, das schon überhaupt.

Else Molnar zuckte mit den Schultern. „Mach dir nichts draus, Wolferl, so ist das in meinem Alter. Außer Ärzten treffe ich doch kaum wen. Ich lerne keine neuen Leute mehr kennen. Der Mann ist tot, die Firma gehört dem Sohn, der braucht mich nicht, was soll ich den lieben langen Tag tun? Ich freu mich, wenn ich wen seh, den ich von früher kenn und ein bissl ratschen kann."

„Das tut mir leid", nuschelte er und drückte auf den Handytasten herum, auf der Suche nach der Nummer für die Tatortgruppe. Hatte er sie unter dieser Bezeichnung eingespeichert? Oder unter Bernadettes Namen, mit der er fast immer zu tun hatte? Ihm war, als hätten sich die Schatten auf sein Hirn gelegt.

„Braucht es dir nicht", sagte Else, „und jetzt mach mir die Freud und tu nicht länger so, als würdest mich nicht kennen. Sag Else und du zu mir, in Ordnung? Bist doch hier aufgewachsen, bist einer von uns, Wolferl, trotz allem."

Eine stille Pause entstand. So musste sich der Tod anfühlen. Nur dass einem dann hoffentlich nichts mehr weh tat. In der Seele und im Körper sowieso nicht.

„Also gut", sagte er. „Und jetzt muss ich telefonieren."

Sie fingerte an der Goldkette. „Da muss sicher die Spurensicherung ran, was?"

Er nickte geduldig. Sein Blick wanderte über das verdreckte

Klingelbrett: Molnar, Hammer, Schenk, kaum ein Name sagte ihm noch was. Die Kollegen von der Streife trafen ein, parkten aber am anderen Ende der Straße. Dann riefen sie auch noch Nowaks Nummer an, er musste ihnen nochmals sagen, wo er war.

Endlich kamen sie zum richtigen Haus. Nowak setzte die beiden betont geduldig ins Bild und bat sie, für die üblichen Formalitäten zu sorgen – Absperrung, niemanden ins Haus hinein oder heraus zu lassen, ohne dass sie mit Nowak gesprochen hätten. Er gab ihnen die Schachtel mit dem makabren Fund zur Aufbewahrung, drückte am Handy herum und hatte glücklicherweise gleich Bernadette dran. Nowak arbeitete gern mit der jungen, engagierten Kollegin. Er stellte sich in den Schatten der Baustelle und schilderte in leisen Worten sein unterbrochenes Frühstück und den Fund.

„Du hast was?", tönte Bernadette, „Menschenfleisch zum Frühstück wär nicht so meine Sache."

„Meine auch nicht", sagte er mit Seitenblick auf Else, die betont gelangweilt die Fahrbahn entlang schaute, obwohl sich da kaum was tat. Nicht einmal die Müllabfuhr war unterwegs, die Lieferwagen fehlten auch noch im Straßenbild. Nur eine junge Frau schob einen Kinderwagen vor sich her und redete auf ein Mädchen ein, das neben ihr her ging. „Komm, Bella, nicht hinschauen." Sie hielt dem Mädchen die Augen zu, während die beiden die Polizisten passierten. Dabei war doch gar nichts Verdächtiges mehr zu sehen. Weiter vorne raschelten die Blätter auf der alten Platane im leichten Wind.

In dem Moment zeterten Männerstimmen in einer fremden Sprache los, der Baulift setzte sich in Bewegung und kam herunter gerattert. „Warte kurz", sagte Nowak zu Bernadette und lief zum Gerüst. Er trat nach hinten, legte den Kopf in den Nacken, um nach oben zu sehen.

„Hallo!", rief er, so laut er konnte, gegen das Rattern an. Die Mami verlangsamte den Schritt, ihre Hand glitt von den Augen des größeren Kindes, das Mädchen schrie, die

Frau ließ den Kinderwagen los, der von alleine ein Stück weiterrollte, auf das ehemalige Bubenheim zu. Säuglingsgebrüll erfüllte die gerade noch so stille Gasse.

Der Lift stoppte, das Geschrei brach ab. In die plötzliche Stille fragte jemand mit starkem osteuropäischem Akzent von oben: „Ja bittä?" Ein Kopf zeigte sich über dem obersten Gerüstabschnitt.

„Stopp!", rief Nowak nach oben, „bitte unterbrechen Sie die Arbeiten und kommen Sie herunter. Kriminalpolizei. Sie müssen die Arbeiten bis auf weiteres einstellen. Wir haben eine Ermittlung durchzuführen."

Ein paar Worte, die Nowak nicht verstand, wurden hin und her geschrien, dann ratterte der Bauaufzug hinauf und kam quälend langsam wieder herunter. Zwei Männer in staubigen Arbeitshosen stiegen aus, breitbeinig, breitschultrig, einer mit nacktem Oberkörper hatte eine fragende Miene aufgesetzt, der zweite blickte finster.

„Oh, die Arbeiter sind schon da", murmelte Else.

„Waren sie das vorher noch nicht, als Sie – als du dieses Paket gefunden hast?", fragte Nowak.

„Nein." Else Molnar runzelte nachdenklich die Stirn. „Ich habe niemanden gehört oder gesehen. Es war ganz still im Haus, so als wären alle tot." Erschrocken schlug sie die Hand vor den Mund. „Marantana, was sag ich denn!"

Nowak nickte ihr aufmunternd zu.

„Na", fuhr die Installateurswitwe fort, „ich möcht mir das alles gar nicht im Detail vorstellen." Elses Hand fuhr an die Gurgel. „Normalerweise sind es übrigens vier Arbeiter."

„Ach was. Vier, soso." Vielleicht gab es eine schnelle Auflösung?!

„Was ist los?", knurrte einer der Arbeiter und grub seine schmutzigen, groben Hände tief in die Taschen seiner Hose. Nowak ließ den Mann nicht aus den Augen.

„Wenn wir zu langsam sind, das gibt Problema mit Chefe", knurrte der Arbeiter weiter. „Zeit ist knapp, alle spät dran."

Nowak hielt ihm seine Dienstmarke unter die Nase. „Kriminalpolizei, hier ist vorerst der Zutritt verboten, wegen einer laufenden Ermittlung. Bitte akzeptieren Sie das, sonst gibt es Problema mit mir." Er lächelte verbindlich, wie er es sich antrainiert hatte. „Sie können Ihren Chefe zu mir schicken, wenn es Schwierigkeiten gibt."

Die Männer knurrten und nickten widerstrebend. „Aber!", fuhr der Finstere auf.

„Sind weitere Kollegen von Ihnen im Haus?", unterbrach ihn Nowak. „Von Ihrer Firma oder von anderen?"

„Nein", erklärte der mit dem nackten Oberkörper.

„Jemand hat gesagt, Sie sind normalerweise zu viert." Sicherheitshalber hielt Nowak vier Finger seiner Hand in die Höhe.

Die beiden sahen sich an. „No, Sascha und Piotr auf anderes Baustelle." Wieder ein Blick. „Notfall. Weil dringend."

„Aha. Dann geben Sie mir bitte eine Telefonnummer, unter der ich die beiden erreichen kann."

„Fragen Chefe", knurrte der mit dem nackten Oberkörper.

„Okay. Niemand darf bis auf weiteres die Baustelle betreten, ist das klar?" Nowak erinnerte sich an Bernadette. Er nahm das Handy ans Ohr. „Kommt ihr?"

„Schon unterwegs, Chefe."

„Scherzkeks. Danke."

„Soll ich deiner Gruppe bescheid geben oder sind die bereits vor Ort?"

„Mach das, bitte. Hier sind außer mir nur Kollegen von der Streife."

„Gut, dann sage ich's weiter. Bis gleich."

Nowak postierte sich vor dem Haustor. Er blickte die noch teils im Schatten liegende Gasse entlang. Seine Dienststelle, von den Älteren immer noch Sicherheitsbüro genannt, obwohl sie jetzt Kriminaldirektion hieß, war nicht weit, quasi nur einen Sprung über den Donaukanal. Ein kleiner Sprung, aber einer in eine absolut andere Welt, vom

Karmeliterviertel in den bürgerlichen neunten Bezirk.

Nowaks Blick glitt wieder über die verhüllte Fassade. Der Wind bauschte die Abdeckung, ließ sie wie ein Gespenst aussehen. Staub kitzelte Nowak in der Nase.

*

Tatsächlich verließ niemand mehr das Haus, bis ein grauer Kastenwagen eintraf. Bernadette und zwei ihrer Kollegen sprangen heraus, Krall und Schnurr. Bernadette streckte sich, kam auf Nowak zu, lachte ihn an.

„Servus, Nowak!", rief sie direkt übermotiviert.

„Morgen, Bernadette! Du bist mir ja eine Frohnatur", grüßte er sie und wich einmal mehr in den Schatten aus.

„Na, und du siehst aus wie einer, dem sie das Frühstück g'fladert haben!"

„Fast. Verleidet ist es mir schon. Na gut." Er öffnete die Tür des Streifenwagens und ließ sich das Paket herausreichen. „Hier hast du das Corpus delicti, Bernadette, dir wird das Lachen schon auch noch vergehen. Else Molnar hat diese Schachtel mit einem abgetrennten Arm gefunden, hier oben am Dachboden." Er deutete zu der Witwe, die immer noch vor dem Haus herumstand, mit ihrem Schlüsselbund klimperte und zu ihnen herüber blickte. Die beiden Arbeiter gingen zu einem Wagen mit der Aufschrift Mirkovic Bau-Invest und setzten sich hinein, ohne den Motor zu starten.

„Wie geht's denn jetzt weiter?", fragte Else. „Ich kann Sie hinauf führen und Ihnen zeigen, wo ich die Leiche", sie unterbrach sich hustend, „die Hand, meine ich, gefunden habe."

„Beschreiben Sie mir die Stelle einfach", bat Nowak müde.

„Sollte ich nicht doch lieber persönlich, Wolferl?"

„Nein, Frau Molnar."

„Du siezt mich schon wieder."

„Entschuldige. Bitte. Einfach den Fundort beschreiben."

„Wenn man rein kommt, rechts hinten. Dort lag das böse Fundstück!"

Nowak nickte. Else blieb stehen.

„Danke, ich brauch Sie – dich jetzt nicht mehr. Geh ruhig in deine Wohnung, Else."

Sie zögerte immer noch. „Wirklich?"

„Ja. Es ... es ist wohl sicherer, in der Wohnung zu bleiben. Wenn ich was brauch, weiß ich ja, wo ich Sie finde, Frau Molnar."

„Mhm."

Und das ist jetzt der Dank dafür.

Sie sagte es nicht, aber Nowak spürte geradezu ihren Gedanken.

Else verabschiedete sich widerstrebend und verschwand ins Haus. Halleluja.

„Die Verpackung mit Plastik stammt von mir", erklärte Nowak und hielt seiner Kollegin die Schachtel hin.

„Na, dann gib her." Bernadette griff danach. „Wir werden uns später darum kümmern, gemeinsam mit der Gerichtsmedizin." Sie öffnete ihren Dienstwagen, legte die Schachtel, der man so plastikverpackt ihren Inhalt nicht ansah und auch fast nicht mehr roch, auf den Beifahrersitz und warf die Autotür wieder ins Schloss. „Gut, dann gehen wir nach oben und schauen, ob mehr davon zugestellt wurde."

„Das würde mich auch interessieren", brummte Nowak. „Ich bin fast sicher, der Arm wurde nach dem Eintritt des Todes abgetrennt." Er schilderte seiner Kollegin das Aussehen des Fundes, das wenige Blut.

„Magst recht haben", nickte Bernadette.

Sie und die Kollegen warfen sich in ihre modetechnisch langweiligen, weil seit Jahren unverändert aussehenden weißen Schutzanzüge. Auch Nowak erhielt einen. Während er hineinschlüpfte, begann er sich leichter zu fühlen, wie immer, wenn Bernadette am Werk war. Sie hatte was Lockeres im Umgang mit den täglichen Fällen, etwas Effektives, das ihm ein wenig von seiner Schwere nahm, auch wenn sie tragische Fälle zusammen bearbeiteten.

Sie betraten das Haus. Staub, Unmengen von Staub hatten sich auf alles gelegt, auf den Boden, auf die Wände, jetzt auf ihre Atmungsorgane. Ein enger, höhlenartiger Gang tat sich vor ihnen auf. Lose Kabel hingen von den Wänden, in den Winkeln stand Gerümpel herum. Etwas in Nowak stockte. Einen Moment lang erwartete er, dass die dunklen Gestalten seiner Träume hinter der nächsten Ecke auf ihn zuspringen und ihm ihre kalten Finger ins Gesicht strecken würden. Doch als er mit den Kollegen weiterging, wurde es einfach nur heller. Mit aller Macht, die ihm zur Verfügung stand, schüttelte er die Bilder ab und marschierte hinter den anderen her.

Im Stiegenhaus befand sich auf halber Höhe ein Fenster zum Hof. In der Mitte der Wendeltreppe hatte man angefangen, einen Aufzug einzubauen, das gläserne Gehäuse stand, aber ein Innenleben hatte das Ding noch nicht. Über staubige, schmale Stufen ging es hinauf, einmal, zweimal, bei der dritten Umrundung wurden die Stufen höher, dann kam noch eine halbe Kehre und sie waren im Dachgeschoss. Noch heißer, noch stickiger, noch staubiger.

Und da war er, der weite Ausblick, von dem Else so geschwärmt hatte. Nachbarhäuser unterschiedlicher Höhe, Ziegeldächer, Terrassen voller Palmen und Topfpflanzen, auf manchen Wäsche, die im warmen Wind trocknete. Jedes Haus anders verwinkelt wie die Seelen der Menschen. Dahinter silbrig flirrend der Donaukanal, viel schöner als es aus der Nähe betrachtet war, das dreckig-braune Gewässer. Die Spitze des Stephansdoms behauptete sich gegen den Dunst, der Wienerwald war nur eine Andeutung. Und über ihnen nur der Sommerhimmel, schon um die frühe Stunde hitzeflirrend hell, dass Nowak die Augen zusammen kniff. Ein Rauchfang lehnte sich fast endlos an die Seite zum Nachbarhaus in die Höhe. Warmer Wind bauschte ihre Schutzanzüge und wirbelte trockenen Staub auf, dass

Nowak Tränen in die Augen stiegen. Er blinzelte sie rasch weg. Es roch nach Beton, nach Feuchtigkeit und nach dem ganz eigenen Geruch der Stadt, nach den vielen verschiedenen Menschen, nach Döner und Schnitzel und nach irgendwelchen Blumen, halb faulig, halb duftend. Nach Leiche roch es aber eigentlich nicht. Nowak war warm, viel zu warm, zu so früher Stunde schon. Das konnte noch heiter werden.

„Gehen wir einfach alles systematisch ab", schlug er vor. Das Haus musste geschätzte 400 Quadratmeter Grundfläche haben, den Innenhof nicht mitgerechnet. Alles wirkte aufgeräumt hier oben, zu aufgeräumt. Sonst lag auf Baustellen immer Werkzeug herum, Material, Müll, irgendwas. Aber hier war nichts, rein gar nichts. Nicht einmal eine Wasserflasche. An der einen Mauer befanden sich noch alte, geschwärzte Trambalken, die vermutlich auf ihren Abtransport warteten.

„Ein Feuer?", fragte Nowak in Bernadettes Richtung.

Die schüttelte den Kopf. „Eher das Alter, Schimmel von der Feuchtigkeit. Die ganze Gegend hier ist feucht, war ja Auland der Donau."

Sie setzten sich in Bewegung. Der Boden hier heroben wirkte hart, sauber und neu.

„Was meint ihr", fragte Nowak, „wann ist der Beton gegossen worden?"

„Schwer zu sagen", erklärte Bernadette. „Beton braucht 28 Tage, bis er völlig ausgehärtet ist. Man kann ihn aber nach einem oder zwei Tagen wieder betreten."

„Hm, dann sagt uns das nicht viel. Else Molnar jedenfalls war heute Morgen hier oben und hat die Schachtel gefunden", überlegte Nowak. „Und sie geht jeden Morgen nachsehen."

„Ach, so eine ist das." Bernadette zwinkerte.

„Ja. Sie muss alles wissen."

„Was Vorteile hat, wie man sieht. Wer weiß, wann das Paket andernfalls aufgetaucht wäre. Vielleicht nie, wenn die

Arbeiter es mit anderem Zeug auf die Mulde geworfen hätten."

„Auch wieder wahr. Vor allem, wenn sie es selbst waren."

„Dann überhaupt. Schuhspuren im Beton haben wir hier jedenfalls nirgends", sinnierte Bernadette.

Forschend gingen sie weiter, vorneweg die Leute von der Spurensicherung, hintennach Nowak. Zentimeter um Zentimeter wurde alles untersucht. Der Betongeruch saß in der Nase, kitzelte, ließ Nowak niesen. Wind fuhr immer wieder auf. Es war ein warmer, atemloser Wind.

In der hintersten Ecke, direkt unter dem Rauchfang fand sich endlich etwas. Ein dunkler Fleck, rötlich-schwarz. „Könnte Blut sein." Bernadette nahm eine Lupe zur Hand, um die Fundstelle genauer zu betrachten. „Vielleicht sind Hautpartikel dabei. Wir werden den Arm genau untersuchen und vergleichen mit dem Fund hier. Und auch, ob Krähen oder Tauben daran gepickt haben." Sie blickte nach oben, wo gerade ein Schwarm Vögel vorbei flog.

„Mahlzeit", sagte Nowak, obwohl er solche Umstände längst gewöhnt sein müsste. Trotzdem rebellierte sein Magen. Gut, dass er nicht mehr zum Genuss des ganzen Croissants gekommen war …

Antonia

Nowak ist wieder da.
Nach so vielen Jahren. Ich muss erst nachrechnen, wie vielen, so lange ist das her. Er und ich unter einem Dach, das geht nicht gut.
Ich stell mich seitlich ans Fenster, damit ich nicht gesehen werden kann, werfe einen Blick nach unten. Die Sonne sticht mir grell in die Augen. Viel zu früh am Tag, viel zu viel Unruhe hier. Zu viele Menschen, zu viel Getriebe. Die Sonne sticht mir heute besonders grell in die Augen und irgendwas stinkt, dass ich Kopfweh bekomm. Es ist einfach noch zu früh. War viel los gestern. Heini hat was gecheckt, billiges Bier, Raschid hatte Geburtstag, den ersten bei uns, seit wir ihn vor seinen Sklaventreibern gerettet haben. Die Leute, die ihn ins Land gebracht haben, sind keine Guten. Wir haben gefeiert und ein paar haben die Instrumente rausgeholt. Und seit dem Poltern vor ein paar Nächsten kann ich sowieso nicht schlafen. Ein Poltern wie bei Marianne. Ich bin zu Tode erschrocken.
Und an so einem Morgen, die erste Zigarette noch nicht geraucht, nackt wie ich immer im Bett liege und nie ganz entspannt, sehe ich ihn. Wolfi Nowak. Älter ist er geworden, zahmer schaut er aus, aber als er hoch sieht, merk ich, er hat immer noch diesen Blick, der mich so anzieht. Diesen waidwunden, coolen Blick.
Ich rücke schnell zurück in den Schatten, sodass meine Augen Ruhe haben. Ich weiß nicht, was passiert ist, weswegen er im Haus ist, er steht mit uniformierten Polizisten beisammen, als wär er einer der ihren. Müssen wir raus hier, jetzt schon? Aber der olle W. hat uns doch angeboten, noch zu bleiben. So lange, bis die anderen weg sind. Hat er sich gedacht, der Typ. Machen wir aber nicht.

Ich starr hinunter. Wolfi Nowak, früher mein Ein und Alles. In dem düsteren Schloss war er meine Sonne. Nie wieder hat jemand so meinen Schlaf bewacht. Zwischen den Erzieherinnen mit der harten Hand war er das Zarteste, das dort existierte. Er hat mich mehr als einmal rausgehauen, wenn ich wieder mal vom Ausgang zu spät zurückgekommen bin oder was geklaut hab, nix Großes, nur hungrig war ich ständig. Und dann hat er diese Hamburger organisiert. Die wir nie gegessen haben ... die Marianne, der Nowak und ich. Wir waren das eiserne Kleeblatt, das auf jeden Fall zusammen hielt, komme was da wolle. Aber all das ist vorüber. Vorüber und vorbei. Marianne ist tot, Nowak war weg, das Kleeblatt gesprengt.

Unten geht die verrückte Alte vorbei, gestikuliert, als wäre jemand bei ihr, blickt zum grellen Himmel und faselt wieder was davon, sich unsichtbar zu machen. Ja, das wär es jetzt. Junge Leute ganz in Schwarz zeigen ihr den Vogel. Sie lachen, aber für mich ist das bitterer Ernst. Sehr bitterer.

Nowak

Als sie wieder unten beim Haustor ankamen, war Nowaks stellvertretende Gruppenleiterin Kaschka Endres eingetroffen. Sie hatte den Praktikanten Sebastian im Schlepptau, einen jungen, stets geschniegelten Burschen, mit dem Nowak nicht recht warm wurde.

Nowak begrüßte sie. Sah ein bisschen zerzaust aus, die Chefin. „Alles ok?", fragte er.

„Geht schon", nickte sie.

„Sicher?"

„Nur Stress mit Marek." Marek war ein Kollege von der Drogen-Fahndung und seit zwei Jahren Kaschkas Lebensgefährte.

„Tut mir leid, Kaschka."

„Schon ok." Sie seufzte. „Also, was gibt's?"

Nowak setzte seine Chefin ins Bild über das, was bisher geschehen war. Else Molnars Fund, dass es vermutlich um einen Todesfall ging, die Untersuchung des früheren Dachbodens und dass sie Blutflecken gefunden hatten.

Schweigend nahm Kaschka den Bericht zur Kenntnis, nickte immer wieder und schrieb in ihr Kalenderbuch, das sie nie aus den Augen ließ.

„Sebastian", bat Nowak, „lass dir eine Liste der aktuell vermissten Personen geben, bitte."

„Aye, aye, Sir. Wird sofort gemacht." Eine schmale Hand zuckte, fuhr aber doch nicht zum Salutieren an die Schläfe.

„Eine Baustelle." Kaschka wiegte nachdenklich den Kopf und knabberte am Ende des Kugelschreibers.

„Darüber habe ich auch schon nachgedacht. Allerdings hat die Zeugin, die diesen Fund gemacht hat, keine unüblichen Geräusche gehört und auch keine Schreie. Sie hat nur erwähnt, dass sonst vier statt zwei Arbeitern hier arbeiten. Angeblich müssen die beiden anderen auf einer anderen Baustelle was erledigen."

„Wir müssen an Schwarzarbeit denken", sagte Kaschka. „Wie heißt die Baufirma?"

„Mirkovic Bau-Invest stand am Wagen der Arbeiter."

„Gab es eine gewerberechtliche Inspektion?", überlegte Kaschka. „Sebastian? Könntest du das bitte abfragen?"

„Ja, wird in der Minute erledigt." Fleißig, der Herr Praktikant.

Sie gingen nun das ganze Haus ab, die Leute von der Tatortgruppe, Kaschka, Sebastian und Nowak. In ihre weißen Anzüge gehüllt, kamen Nowak die Kollegen im düsteren Halbdunkel wie Gespenster vor oder vielleicht wie die Engel, die in seiner Kindheit gefehlt hatten.

Sie stiegen ins oberste, noch bewohnte Stockwerk hinauf. Dort hielten sie Ausschau nach weiteren, frei zugänglichen Verstecken für mögliche Leichenteile. Oder, wenn sie Glück hatten, nach der kompletten restlichen Leiche. Unwahrscheinlich, dass die so herum liegen und auf ihre Entdeckung warten würde. Wer einen Arm abtrennte, tat das auch mit dem zweiten, mit den Beinen, dem Kopf und dem Rumpf. Das konnte noch hübsch werden, so eine Schnitzeljagd durch Wien.

Nowak warf einen Blick durchs Gangfenster. Hinter dem mit Baugerümpel vollgestellten schmalen Innenhof lagen, durch Mauern getrennt, die Höfe der Nachbarhäuser, wie kleine Vierecke eines Brettspiels, großteils im Schatten, einige üppig begrünt, wilder Wein wucherte über einige Hauswände und Feuermauern, die meisten jedoch waren grau und kahl. Weit hinten lag eine größere, unbegrenzte grüne Wildnis, die sich gegen den Bahnhof hin im Dunst verlor. Das Licht war unscharf wie in Nowaks Traum. Einen Moment lang fühlte er sich wieder genau so starr, unfähig zu einer Bewegung. Als könnte er sich nicht rühren, sich nicht wehren gegen das Tun seiner Geister, es nie gut, nie richtig machen.

Abrupt drehte er sich zu Kaschka um und straffte seine Schultern. Im 3. Stockwerk gab es fünf einfache, knapp übermannshohe dunkelbraune Türen, nur eine sah so sauber aus, als wäre die Wohnung dahinter bewohnt. Der braune Lack glänzte neu, ein verspieltes Schild in rosa und weiß war daran geklebt: *M. Hammer* stand darauf. Ahja, der Zuckerbäcker, den Else erwähnt hatte. Nowak läutete – hinter der Tür blieb es still. In Hammers Beruf war man vermutlich auch früh beim Dienst wie die Brotbäcker. Sie klopften an die anderen Türen, aber nirgends wurde geöffnet. Überhaupt war es viel zu still hier.

Hier gab es sogar noch Toiletten am Gang, das war selten geworden in Wien. Nowak schob die Erinnerung an einen über die Klomuschel gebeugten Kopf und die dazugehörigen Geräusche weit weg.

Ein paar Türen waren ausgehängt, die kleinen Substandard-Wohnungen dahinter leer, nur ab und zu stand ein verlassenes Möbelstück darin, ein leeres Nachtkästchen, ein Aschenbecher. Es zog wie in einem Vogelhaus, mehrere Fenster fehlten. Auf den Böden lag dick der Staub, an einer Stelle war betoniert worden. Und keine Blutspuren, keine weiteren Körperteile. Auch keine Hinterlassenschaften von Drogensüchtigen, kein Besteck dafür, keine Spritzen. Wo war die Leiche? Wo war das Verbrechen geschehen? Ja, Nowaks Bauch ging von einer Straftat aus.

Im zweiten Stock waren die Türen doppelflügelig, nichtsdestotrotz jedoch vergammelt. Vor keiner einzigen lag eine Fußmatte, Lack blätterte ab, die Schlösser wirkten uralt, die Klingeln verstaubt. Eine Tür stand einen Spalt offen. Nowak machte ein paar Schritte darauf zu, horchte, klopfte, die Tür bewegte sich leise quietschend unter dem Druck seiner Finger. Nowak verharrte. Stille. Erneut fühlte er sich an seinen Traum erinnert, erwartete, dass etwas passierte, wartete auf den Duft frischer Hamburger, aber nichts. Natürlich gab es den nicht.

Er deutete Bernadette, stieß gegen das Holz, die Tür

öffnete sich mit einem quietschenden Geräusch, das an den Nerven zerrte, ganz. Möglichst leise machte Nowak ein paar Schritte hinein, blieb hinter der Tür stehen. Kaschka folgte, erst als sie wussten, die Luft war rein, kamen auch Sebastian und die Tatortleute nach.

Ein alter, staubiger Schifferboden war unter dem grauen Staub gerade noch erkennbar. Die Dielen knarrten unter ihren Schritten, als würden sie wer weiß was verbergen. Eine schmuddelige Matratze lag in einer Ecke des einen Zimmers, ein paar Klamotten auf einem Haufen daneben. Vielleicht nächtigten hier Obdachlose. Oder Drogensüchtige. Aber hätten die einen zufällig Verstorbenen zersägt? Nowak konnte sich so viel Energie bei Junkies nicht vorstellen. Außerdem gab es auf den ersten Blick keine Blutspuren. Nur Spuren im Staub auf dem Boden, als wäre hier etwas bewegt oder entlang geschoben worden.

Nowak sah die Fenster an, sie waren länger nicht geöffnet worden. Die Glasscheiben waren verschmiert, Fliegenleichen säumten das Fensterbrett. Daneben standen aneinandergereiht Konservendosen, jede mit der gleichen Aufschrift: *Gulasch - scharf.* Nowak deutete Bernadette. „Kann da was drin sein?" Er zählte und kam auf 18 Dosen.

„Wenn jemand weiß, wie man die Dosen wieder zu bekommt, so dass sie wie neu aussehen? Dann ja." Bernadette zuckte die Achseln.

„Na prost, Mahlzeit."

„Wir müssen den Inhalt im Labor analysieren."

„Alles mitnehmen", entschied Kaschka. Nowak nickte. Bernadette teilte Krall und Schnurr ein, die Dosen ins Auto zu bringen.

Nowak blieb an der Aufschrift Gulasch hängen. „Moment", sagte er, ein Bild in seinem Kopf nahm Gestalt an. „Die Fleischerei. Wir sollten dort als erstes nachsehen. Auch wenn sie nicht mehr in Betrieb ist, es könnte doch sein ..." Mehr wollte er gar nicht sagen über die Möglichkeiten, die sich einem Mörder in einem solchen Umfeld bieten mochten.

Zielstrebig ging er die ausgetretenen Stufen nach unten, wollte sich den Staub aus dem Gesicht wischen, verschmierte ihn jedoch nur mit dem Schweiß. Ein Kollege machte sich daran, die verlassene Wohnung polizeilich zu versiegeln.

Kaschkas Schritte folgten Nowak klappernd, Bernadette und die anderen auf leisen Sohlen. Die Baumaschinen schwiegen brav. Vom Gangfenster aus beobachtete Nowak, wie unten eine Tür in den Hinterhof aufschwang. Ein paar bunt gekleidete Leute traten hinaus, mehrere Hunde sprangen wild bellend um sie herum.

Im Erdgeschoss gab es mehrere Türen. Nowak rekapitulierte, die alte Fleischerei lag von außen gesehen auf der linken Seite des Gebäudes, also wandte er sich dorthin.

Er klopfte an einer Tür – keine Antwort. An der zweiten, einer robusten Stahltür, spürte er das Wummern von Bässen, als er die Tür berührte. Er klopfte wieder.

Kaschka verzog den Mund zu einem schiefen Grinsen. „Du bist zu höflich, Nowak, so werden sie dich da drinnen kaum hören!" Sie streckte die Hand nach der Klinke aus. Tatsächlich ließ sich die Tür öffnen. Die Musik wurde lauter. Sex Pistols, *Anarchy in the UK*.

Kaschka hielt die Tür auf. Nowak blieb kurz im Rahmen stehen, ehe er eintrat. Vor ihm lag ein enger, finsterer Raum. Fenster waren von innen mit Pappe verklebt, nur ganz oben drang vages Tageslicht herein. Rauch kräuselte langsam zur Decke. Der Eindruck, sich in seinem Traum zu befinden, verstärkte sich. Schweiß trat auf Nowaks Handflächen, sein Herz pochte aufgeregt. Es roch ein wenig vergammelt, nach Essen, verschüttetem Bier und etwas Unangenehmem, Chemischem. Der Raum war leer, nur eine alte Verkaufsvitrine aus Glas stand in der Mitte vor ihnen. Darin hatte der Fleischermeister Trnksak seinerzeit Würstl, Schnitzelfleisch und die unsäglichen Kutteln ausgestellt, jetzt war sie mit Bierflaschen und Zigarettenpackungen befüllt. Nowak erinnerte sich an den Trnksak, wie er mit glänzenden, hervorstehenden Augäpfeln seine Ware angepriesen und dabei blutig gegrinst hatte. Der Anblick von Bier und Tschickpackerln tat Nowak wohler.

Sie gingen der Musik nach und betraten einen zweiten, größeren, früher einmal gelblich-weiß gekachelten Raum, vermutlich das ehemalige Kühlhaus. Er wirkte leer, gekühlt war er auch nicht mehr. Nur an den seitlichen Wänden waren noch die alten Fleischerhaken angebracht, an denen jetzt kein Schinken und keine Schweinehälften hingen. Ein Beil lag auf einem einzelnen Stuhl, als wäre der alte Trnksak nur kurz eine rauchen gegangen. Ein paar Burschen mit Mundschutz hantierten an der hinteren Wand mit Farbsprays. Ein Bild war skizziert worden, das man aber noch nicht erkennen konnte.

Für einen Moment fühlte sich Nowak geradezu unheimlich vertraut. So oder so ähnlich könnte es aussehen, sein Leben, wenn er nicht Schalanda kennengelernt und der ihn nicht zum Polizeisportverein gebracht hätte – und damit zur Polizei.

Ein Mädchen in kurzer Hose und mit verwaschen rosa und grün gefärbten Zöpfen, die ihr in ungleicher Länge vom Kopf abstanden, kam näher, murmelte etwas von einem Hund, ging auf eine Tür im Hintergrund zu, öffnete sie und verließ die Fleischerei.

„Gute Aufnahme", rief Nowak in den Raum, *„God Save the Queen* ist aber um Welten besser." Er näherte sich den Burschen bei der hinteren Wand.

„Bist du der Tontechniker?", fragte einer von ihnen über die Schulter. Er trug eine Camouflage-Hose und ein schwarzes Trägerhemd. „Wir sind gleich soweit. Willst vorher was essen? Es gibt frisches Erdäpfel-Gulasch mit Würstln, steht da drüben auf dem Tisch, bedien dich." Der Bursche deutete zur Seite, wo ein vielfarbig bekleckerter Tapeziertisch stand. Nowak ging hinüber und beugte sich über einen großen Topf, der zwischen Farbeimern stand. Er schnupperte, roch Paprika und Zwiebel, die Sauce sah sämig aus. Schmeckte sicher lecker. Sein Magen gab ein

Rumoren von sich. Etwas Weißes schwamm in der roten Sauce, etwas Weißes, Längliches.

„Danke, nein", stieß er hervor. „Kriminalpolizei." Fernsehgerecht zog er seine Dienstmarke heraus. „Es geht um eine laufende Ermittlung. Wer hat hier das Sagen?"

„Niemand. Wir sind ein Kollektiv. Fleisch."

„Wie bitte?"

„Wir sind das Kollektiv Fleisch. So nennen wir uns. Wir sind ein Wohn- und Gartenkollektiv. Da könnts ihr Kieberer natürlich nicht mit."

„Was geht hier ab?", mischte sich ein langer Dünner mit norddeutschem Akzent ein, der lässig auf Nowak zu schlenderte und sich dabei eine Zigarette drehte. Nur am Hinterkopf hatte er eine Locke stehen lassen, der Rest war abrasiert, die Kopfhaut spiegelglatt. Er leckte das Papier ab, klebte es zu und steckte sich die Zigarette zwischen die Lippen.

Kaschka ging unterdessen die Wände ab, auch die, an der das neue ‚Kunstwerk' entstand. Nickend kam sie zu Nowak zurück.

„Also", fing Nowak noch einmal an, „wir haben es vermutlich mit einem Verbrechen zu tun. Deshalb sind wir auf Ihre Unterstützung angewiesen. Ist jemandem von Ihnen etwas Ungewöhnliches aufgefallen?"

Die Burschen sahen sich an, wichen Nowaks Blick aus. Von denen würde er nichts erfahren. Hätte er früher auch so gemacht. Bevor er Polizist geworden war. Vielleicht sollte er ihnen den gefundenen Arm unter die Nase halten, um sie zum Sprechen zu bringen und nebenbei gleich den Besitzer der Gliedmaße zu identifizieren, einen Namen zu bekommen, irgendeinen Ansatzpunkt. Aber etwas in Nowak sträubte sich dagegen, als würde er mit dem Anblick zu viel verraten und so die Ermittlungen gefährden …

„Dürfen Sie hier einfach so aufmarschieren und Leute verhören?", fragte der mit der Glatze.

„Und ob. Uns sind noch ganz andere Dinge erlaubt. Als

erstes wird die Spurensicherung hier alles untersuchen." Nowak öffnete die Tür zum Gang und winkte Bernadette und ihre Leute herein. „Seht euch hier um", bat er. „Überall. Wirkt noch alles wie früher, als die Fleischerei in Betrieb war." Beim Wort Fleischerei sah er sie vielsagend an. „Untersucht bitte das Werkzeug und alle Winkel."

Bernadette nickte. Die ‚Bewohner' der Fleischerei murrten, sagten aber nichts mehr, als sich die Kollegen an die Arbeit machten. Erinnerungen purzelten wieder auf Nowak ein. Ein anderer Todesfall, ein anderes Opfer, andere Leute, die sich darum kümmerten. Er musste hier raus, schnell. Er brauchte frische Luft.

6

Nowak

Heftig atmend verließ Nowak die ehemalige Fleischerei. Die schwere Tür fiel krachend hinter ihm zu. Staub und Holzspäne wurden aufgewirbelt, er musste husten. Nach Atem ringend sah er sich im düsteren Licht um, erkannte eine verwitterte Holztür und öffnete sie. Sie führte in den Innenhof. Er trat hinaus. Trotz der Hitze bekam er draußen endlich etwas mehr Luft. Auf der Suche nach Schatten stieg er über Baugerümpel, alte Farbdosen und Hundehaufen, die in der Hitze verdorrten. Eine üppig rosa blühende Topfpflanze stand verlassen auf einem Fensterbrett im Erdgeschoss neben einer heraus gebrochenen Tür. In der alten Ziegelmauer, die den Hof eingrenzte, war ein schmaler Durchgang, wo vermutlich früher eine Tür gewesen war. Neugierig trat Nowak hindurch und stand auf einer Grünfläche mit kleinen, eingegrenzten Beeten voller bunter Blumen und duftender Kräuter. Lavendelgeruch stieg ihm in die Nase, irgendwas Minze-artiges, Kamille. Er atmete tief durch, umrundete die kleinen Beete, zwischen denen sich Trittsteine befanden, und kam schließlich zu einer Metallstiege, die über eine weitere Mauer führte. Sonne stach ihm in die Augen. Nowak blickte zurück, auf das im Schatten liegende Haus, aus dem er gekommen war, dort rührte sich nichts, als wäre es tot. Tot mit all seinen Menschen, mitsamt seinen Erinnerungen.

Kurzentschlossen kletterte Nowak die paar Metallstufen hinauf. Von oben hatte er einen weiten Ausblick. Ihm blieb der Mund offen stehen vor Staunen. In der Ferne drehte sich das Riesenrad, vor ihm erstreckte sich eine riesige grüne Wildnis soweit sein Auge reichte. Sonnenblumen, die größer als er selbst sein mussten, Beete mit Tomatenpflanzen voller frischer roter Früchte, Kukuruzstauden, an denen die Maiskolben andeutungsweise zu erkennen waren, und vieles mehr. Weiter hinten, zwischen Grünzeug, ehemalige Bahngeleise. Ein alter Lokschuppen ohne Dach. Ein kleineres Ziegelgebäude, das gegen den Verfall anleuchtete. Hollunderbüsche lehnten sich gegen die Mauern. Nowak stieg die Stufen auf der anderen Seite hinunter und atmete tief den Geruch von Ackererde ein. Und da war noch etwas. Zart, fast unmerkbar duftete es nach Veilchen.

„Nowak." Eine Frauenstimme herb und kratzig, wie es nur eine gab, erklang zwischen den Sonnenblumen. Das war doch …

„Ja?"

Die dicken Stengel teilten sich. Der Veilchenduft wurde intensiver. Eine schlanke, weibliche Gestalt tauchte dazwischen auf, es war die junge Frau mit den bunten Zöpfen, die vorhin so rasch das Haus verlassen hatte. Die Stimme kannte er, die hatte sich gar nicht verändert. So wenig, wie ihr herzförmiges Gesicht mit den Katzenaugen und das Veilchenparfüm, das sie offenbar immer noch trug. Er meinte, die Form des winzigen Fläschchens wieder in seinen Fingern zu spüren. So lange her, dass er es ihr geschenkt hatte. Eine kleine Probe nur. Eine winzige Wolke schob sich vor die Sonne und verdunkelte genau den Punkt, an dem sie standen.

„Toni? Bist du das wirklich?"

„So sieht man sich wieder, Nowak. Ich dachte, du würdest dich nie mehr blicken lassen." Forschend sah sie ihn an. „Du bist also Polizist geworden?"

„Das bin ich, ja. Seit ein paar Jahren schon. Kriminalpolizist, um genau zu sein."

Ihm war, als strecke der Traum seine Fühler nach ihm aus, anders konnte er es sich nicht erklären, dass diese Frau aus seiner Vergangenheit vor ihm stand und ihm mit ihren Augen durch und durch blickte, so wie sie es immer getan hatte, früher. Diesen Augen, vor denen er nie ein Geheimnis gehabt hatte. Damals hätte er alt werden wollen mit ihr, sie nie mehr verlassen.

Sein Blick wanderte über ihre immer noch schlanke Figur, die kleinen Hände, die jetzt schwarz waren, weil sie wohl in der Ackererde gewühlt hatte, die Finger, die sich ineinander verflochten.

„Und du findest, dass das richtig ist? Fühlst du dich gut dabei, Nowak? Kannst du das mit deinem Gewissen vereinbaren, dass du jetzt auf der anderen Seite des Gesetzes stehst? Diesmal ist es die richtige Seite, was?", höhnte sie. Ihre Wangen färbten sich während des Redens rot. Die kleine Wolke blieb beharrlich über ihnen.

„Hör auf mit der alten Geschichte, Toni." Er strich sich über die Stirn, als könne er so die Bilder verschwinden lassen, die Gedanken, die Schwere in seinem Herzen. Ihm war, als würde er vor einer Klippe stehen und gleich sterben, nicht das Mädchen. Nicht Marianne.

„Was geschehen ist, ist geschehen."

„Und deshalb darf man davon laufen und so tun, als wäre nichts passiert? Einfach, weil es eh schon passiert ist?" Antonia seufzte, als sähe sie seine Bilder. Er wäre nicht überrascht gewesen, wenn es so gewesen wäre. „Nowak, Nowak."

Er hatte sie allein gelassen, damals. Er war gerannt, nur gerannt, ohne nachzudenken. Weiter, immer weiter, immer in der Hoffnung, sich endlich irgendwo sicher zu fühlen. Doch das war nie eingetreten. Weil man sich eben selbst immer mitschleppte, egal wohin man ging.

Für jeden Fehler 1000 Hiebe ...

Betont cool zuckte er die Achseln und wedelte vor seiner Nase, um den Veilchenduft zu vertreiben. „Was machst du hier, Toni? Gehörst du zu den Typen da drin?" Er deutete über seine Schulter zu dem Haus, in dem er ermitteln musste.

„Selbständig sein, das mache ich. Ich bin jetzt unabhängig, autark. Ich will bestimmen, was ich esse. Ich will immer genug haben. Nie wieder will ich hungern. Nie."

„Oh, das will ich auch nicht. Nie wieder soll es sein wie bei Tante Maria."

„Nein, nie wieder."

Für einen Moment standen sie beide stumm da, als könnte wieder Einigkeit herrschen, Frieden. Die Mahlzeiten damals im Heim, noch schlimmer als Kuttelgerichte daheim. Zu wenig, zu fett, zu angebrannt. Und Tante Maria, die darüber wachte, dass alle Kinder aufaßen, egal wie. Selbst wenn sie ihnen den Kopf in den Teller drücken musste oder gar in ihre eigene Kotze.

„Ich versteh dich." Nowak wagte ein Lächeln. Keine Reaktion.

Ein Sonnenstrahl lugte hinter der kleinen Wolke hervor und machte Toni noch schöner.

„Komm schon, Nowak. Tu nicht so, als würden wir hier Smalltalk machen."

„Das mach ich nicht. Ich habe einen Fall. Deshalb bin ich hier. Rein dienstlich."

„Klar, rein dienstlich. Magst mich nicht gleich siezen?"

Jetzt denken wir wohl beide an die andere Tote.

Die Wolke schob sich wieder vor die Sonne.

„Ich hab gedacht, das zwischen uns wär was Besonderes, Nowak." Antonias Worte kamen gehaucht wie der Atem seiner nächtlichen Teufel. „Aber du hattest nichts besseres zu tun, als abzuhauen wie alle anderen. Männer!" Sie spuckte aus. „Damals hab ich geglaubt, wir stehen alles gemeinsam durch. Aber du warst weg. Wo hast du dich versteckt all die Zeit?"

In seinem Kopf flackerten Bilder auf von illegalen Lagerplätzen, von oberflächlichen Bekanntschaften, Feuerschluckern, Huren, Dealern und Abbruchhäusern wie diesem hier. Und wie er immer wieder weggegangen war, nirgends zur Ruhe kommen konnte. Er war gern mit Menschen zusammen gegen die Einsamkeit, aber er band sich nie an wen, niemals wieder. Das Geschehene holte ihn überall ein, trieb ihn weiter. Das Blut im Schnee, seine Schuld, sie ließ ihn nicht los. Er sah seine Hände an, als würden Schnee und Blut immer noch daran kleben.

Als wäre keine Nacht vergangen seit jener vor so vielen Jahren, als sein Leben auseinander brach.

Der Himmel schien sich zu verdüstern, doch als er nach oben blickte, strahlte die Sonne vom unbeteiligten Augusthimmel.

„In einer harten, kalten Welt wollt ich mit dir zusammen sein, Nowak", sagt sie mit dieser einzigartigen Stimme. „Aber als ich damals zurückkam, war Marianne tot und du verschwunden. Wohin, verdammt nochmal und warum?"

„Oh, hier und da", sagte er vage. „Es tut mir so leid, Toni."

„Davon kann ich mir nix kaufen, Nowak. Sorry. Marianne war meine Freundin. Ich habe sie in ihrem Blut gefunden, der Schädel zerschmettert. Du warst mit ihr im selben Raum. Du bist ein Mörder, Nowak."

Mörder. Mörder. Mörder.

Er sah sie an, unfähig zu einer Antwort, sah sie an, wie sie da stand, wie der Sommerwind über ihre bunten Haare strich und über die Sonnenblumen, deren Köpfe sich sanft in die andere Richtung neigten, von ihnen weg, als wollten nicht einmal sie ihn ansehen. Eine kleine, magere graue Katze schlich zwischen den Stengeln herum.

„Warum hast du ihr das angetan, Nowak? Hast du sie doch nicht gemocht?"

„Wieso ‚doch nicht'?"

„Mach mir nichts vor, Nowak. Deine wilde Flucht sagt alles."

„Ich hab ihr nichts getan. Bitte, Toni, das musst du mir glauben." Er machte einen Schritt auf sie zu. Die kleine Katze schoss auf Toni zu und fletschte die Zähne, als wolle sie sie gegen Nowak verteidigen.

„Ich konnte nur nichts ausrichten", stammelte er und kam sich vor wie ein Schüler, der wusste, was er ausgefressen hatte und der trotzdem die üblichen Ausreden benutzte. Ausreden, die nie durch gingen, niemals. Und keinen wieder lebendig machten.

„Wenn das rauskommt, kannst du dir deine Karriere abschminken, Nowak. Mord verjährt nicht, das weißt du wohl."

Er räusperte sich. „Reden wir nicht mehr von der Vergangenheit, Toni", brachte er schließlich heraus. Er strich mit der Zunge über die staubigen, trockenen Lippen. „Ich bin wegen eines aktuellen Falles hier. Du bist vorhin vor mir geflüchtet. Warum? Hast du etwas zu verbergen?"

„Pf! Und wenn schon! Da redet genau der Richtige." Sie verschränkte die nackten, braunen Arme vor der Brust. Herausfordernd und ohne zu zwinkern sah sie Nowak an. „Geht es um einen Todesfall? Gibt dir das was, als Mörder selbst Mörder zu fangen?"

„Toni! Bitte! Das hier ist mein gottverdammter Job. Es gibt einen abgetrennten Arm." Eigentlich hatte er das niemandem sagen wollen, auch ihr nicht.

„Was?" Sie blickte ehrlich entsetzt drein, aber er wusste, sie hatte immer gut schauspielern können. Nur so war man damals durchgekommen. Wieder meinte er, frische Hamburger zu riechen. Sein Magen grummelte verlangend.

„Weißt du etwas darüber, Toni? Ein Siegelring steckt an einem Finger. Wenn du was beobachtet hast, musst du es mir sagen. Bitte." Prüfend betrachtete er sie, wie sie mit der großen Zehe Kreise in die Erde malte. Ihre Füße waren nackt und schwarz vor Erde.

„Du willst den Spieß umdrehen, Nowak? Mich verdächtigen? Kehr lieber den Dreck vor deiner eigenen Tür. Sonst wird deine Karriere nicht von langer Dauer sein. Adieu!"

Ehe er etwas antworten konnte, hatte Toni kehrt gemacht und war zwischen den Sonnenblumen verschwunden. Und er stand da, mit hängendem Kopf, schuldig gesprochen, ohne überführt zu sein.

Nowak

Völlig durcheinander kletterte Nowak über die Mauer, um wieder an seinen Einsatzort zu gelangen. Mehrmals stieg er ins Leere und wäre fast von der Leiter gestürzt. Obwohl er in der wild wuchernden grünen Welt noch nach Antonia gesucht hatte, hatte er nach einer Weile erfolglos aufgeben müssen. Sie konnte überall sein, die Pflanzen wuchsen zu dicht, das Licht dazwischen war düster, sie waren teilweise höher als Nowak selbst. Wege gab es nicht wirklich. Seine Suche war aussichtslos, dazu war das Gelände zu groß. Also hatte er sich auf den Rückweg gemacht.

Er passierte die brav geordneten Blumenbeete mit ihrem verlogenen Kamillenduft, Tonis Veilchenparfüm immer noch in der Nase, und kehrte durch die Öffnung in der Mauer zurück in Elses Wohnhaus.

Die beiden Arbeiter standen im düsteren, schmalen Innenhof zwischen Gerümpel, rauchten und schrien sich in einer fremden Sprache an, obwohl sie fast nebeneinander standen. Der finster Blickende gestikulierte aufgebracht.

„Entschuldigung." Nowak räusperte sich. Abruptes Schweigen. „Gut, dass ich Sie treffe, ich habe noch ein paar Fragen. Wie lange haben Sie gestern auf der Baustelle oben am Dach gearbeitet?"

Die Männer sahen sich an, der mit dem nackten Oberkörper rieb sich über seine Bartstoppeln. „Ich denke, 17 Uhr. Oder, Dragan?"

Der Dragan Genannte drückte nachdenklich die Zigarette aus. „Ja." Er zögerte, wechselte einen immer noch finsteren Blick mit dem anderen. „Ich denke wie Milan. Aber auf Uhr nix geschaut."

„Und wann waren Sie heute morgen hier?"

„Kurz bevor Sie kommen, Meister."

„Okay, danke." Nowak ließ sich die Personalien der Arbeiter geben sowie die Namen der Firmen, die hier tätig waren. „Und dann noch eine Frage."

Die beiden Arbeiter traten unruhig von einem Fuß auf den anderen. „Ja?"

„Wann wurde der Dachboden betoniert?"

„Eine Woche."

„Vor einer Woche?"

Beide nickten. „Heute arbeiten noch oder nix möglich?", fragte der mit dem nackten Oberkörper.

„Derzeit kein Zutritt, tut mir leid. Machen Sie das mit Ihrem Chef aus, aber ich kann Ihnen für heute wirklich keine Hoffnungen machen."

Nowak betrat wieder die alte Fleischerei. Die Musik war ausgestellt, die Stille vibrierte in seinen Ohren. Der Typ mit der Glatze und dem Zöpfchen am Hinterkopf kam ihm im ehemaligen Verkaufsraum entgegen und wedelte mit einer großen Hand vor Nowaks Gesicht.

„Hören Sie auf damit!", murrte Nowak, weil ihm von dieser schnellen Bewegung schwindlig wurde. „Was gibt es denn? Sie können ganz normal mit mir sprechen."

„Dieser Überfall der Bullen – das geht so nicht."

„Jetzt mal langsam. Wir haben Verdachtsmomente in einem möglichen Mordfall. Was ist das hier? Eine Hausbesetzung?"

„Besetzung?" Der Glatzige lachte. „Wir sind rechtmäßige Bewohner."

„Rechtmäßig? Verarschen Sie mich nicht."

„Rechtmäßig, jawohl, Bulle. Kannst mich duzen. Ich bin der Heini. Von Heinrich." Er streckte Nowak provokant die Rechte hin. Dabei wurde eine fleischige Wunde an seinem Unterarm sichtbar.

Nowak verschränkte die Arme. „Was haben Sie denn da?" Die Verletzung sah neu aus, das Blut frisch verkrustet.

„Ach das." Heini rieb sich über die Stelle. „Das ist nur vom Kochen, ein kleiner Haushaltsunfall."

„Aha."

„Ja. Was ist, glaubst mir nicht, Bulle?"

„Schon gut. Also wie sieht der angebliche rechtmäßige Status aus?"

„Der Hausbesitzer hat uns eingeladen, hier leerstehende Räume zu nutzen und zu bewohnen. Auf Abruf, klar. Aber der Arsch hat uns reingelegt. Vorigen Winter war es kalt, ein paar von uns sind zu dem Zeitpunkt ohne Bleibe auf der Straße gestanden, also haben wir uns auf Waschmuths Angebot eingelassen. Obwohl die Sache von Anfang an gestunken hat. Der hat wohl gehofft, wir würden die anderen Mieter vergraulen. Die alte Baronin zum Beispiel. Und noch ein paar." Heini grinste und zeigte Zahnlücken. „Was aber nicht geschehen ist, im Gegenteil."

„Wie ist das zu verstehen?"

„Na die sind immer noch da, die langjährigen Mieter."

„Aha, aha", machte Nowak und notierte sich den Punkt geistig. „Und was ist mit dieser Wildnis draußen?"

„Das ist unser Garten Eden." Heini strahlte plötzlich, was ihn um einiges sympathischer wirken ließ. Seine Gesichtsmuskeln entspannten sich. „Ist toll, nicht wahr? Wir leben autark, wir bauen an, was wir brauchen und können sogar noch was verschenken."

„An wen denn?", fragte Nowak nun ehrlich neugierig.

„An arme Leute. Kinder zum Beispiel. Kaum zu glauben, aber es gibt auch in Wien Familien, da reicht es nicht einmal für Obst oder frische Tomaten. Und alle Kinder lieben Sonnenblumen. Sie sollten sie sehen, wenn sie dort spielen. So glücklich sehen sie aus inmitten der Pflanzen. Dort dürfen sie wild sein und frei. Wir werden von der Bahn, der das Grundstück gehört, geduldet. Momentan."

„Zurück zum Fall. Vermissen Sie jemand hier im Haus?", fragte Nowak.

Heini grinste, dann schüttelte er den Kopf. „Ich führe keine Gestapo-Akten über andere Menschen. Wir sind ein

Kollektiv, da ist keiner jemand anderem Rechenschaft schuldig."

„Gab es Streit? Haben Sie etwas beobachtet?"

„He, warum siezt du mich immer noch, Bulle?"

„Also? Bekomme ich eine Antwort?"

„Naja, manchmal gibt's schon auch Streit. Aber nix Schlimmes. Echt nicht, Mann."

„Nowak, kommst du kurz?", rief Bernadette aus dem alten Kühlraum nebenan.

„Wir sprechen uns noch", sagte Nowak zu Heini.

„Was gibt es?" Er trat an die Wand, bei der die Tatortleute werkten. Der Kessel mit Suppe war weg.

„Ich habe den Verdacht, als hätten sie hier eine Blutspur zu übermalen versucht." Bernadette hockte auf dem Boden und zeigte an eine Stelle am unteren Ende der Wand. Dunkelblaue Farbe war zu sehen, wo die Sprayer vorher gewerkt hatten, sie verrann in schwachen Schlieren nach unten hin. „Wird noch mit Luminol bearbeitet, dann kann ich mehr sagen."

„Gut. Sehr gut." Nowak nickte und drehte sich zum Glatzköpfigen um. „Die Räume werden polizeilich versiegelt und dürfen bis auf weiteres nicht betreten werden. Ich muss Sie alle bitten, die Fleischerei zu verlassen."

„Aber so geht das nicht!" schrie Heini. „Sie können uns nicht so mir nichts, dir nichts aus unseren Räumen verjagen."

Die anderen Burschen scharten sich breitbeinig um ihn.

„Polizeistaat!", murrte einer mit gepiercter Unterlippe.

„Ihr wollt's uns was anhängen!", schrie ein anderer in schlabbrigen Hosen und violetten Haaren. „Das is' ja wohl das letzte. Das ist für euch immer der einfachste Weg! Aber ich spiel euch nicht den Deschek. Und den Mörder schon gar nicht." Er holte aus und warf mit der Spraydose nach den Polizisten, traf aber nur die Wand.

Kaschka kam heran. „Ruhe!" Nowak verbiss sich ein Grinsen. Kaschka war klein und mollig, aber ihre Stimme übertönte alle. Sie wurde leicht unterschätzt, vor allem von Männern. Doch als Sängerin wusste sie, wie man die Stimme am besten einsetzte. „Hier wird überhaupt niemand vorverurteilt, hier wird korrekt untersucht, die Beweise werden für sich sprechen. Und jetzt verlassen Sie alle diese Fleischerei, oder müss'ma räumen?"

8

Antonia

Ich bring sein Gesicht nicht aus dem Kopf. Wie er mich ansieht. Fast so wie damals. Als hätte er nichts getan, als hätt er nie was falsch gemacht. Jedes Mal, wenn ich in den fast blinden Spiegel mit dem goldenem Rahmen schaue, der noch von meiner verstorbenen Vormieterin innen an meiner Tür hängt, glaube ich, nicht meine roten Wangen darin zu sehen, sondern einen Schatten vom Nowak seinem Gesicht. So, wie er damals ausgeschaut hat, mit den langen Haaren und dem Dreitagebart, den die Erzieher so ungern gesehen haben. Jahre habe ich gegen den Verlust angekämpft, gegen seine Täuschung, meine Enttäuschung. Das Verlassensein hat mich überall hin begleitet, vom Heim weg, egal wohin ich gegangen bin. Aber weit bin ich ja nie gekommen. So viele Jahre sind seit Nowaks Verschwinden ins Land gegangen, und jetzt fühl ich mich wie damals. Mit einem Schlag ist die mühsam aufgerichtete Barrikade dahin, kaputt, eingerissen, bröckelig. Alles wieder da. Alles. Als wäre seit Mariannes Tod kein einziger Tag vergangen, so drängt es sich mir wieder in der Brust, der Schluchzer, den ich nie geweint habe, um sie, um mich, um ihn. Um uns.

Seine schönen Worte, die doch nichts wert waren. Zusammenhalten, für immer. Ein Immer war offenbar schnell vorbei für ihn, war nicht so gemeint.

Es klopft an der Tür. Heini steht draußen, der Wichtigmacher. Alles könnte so schön sein, wenn er sich nicht ständig in den Vordergrund spielen würde. Er hat eine Einkaufstasche in der Hand.

„Na, suchst du Obst für deine seltsame Diät?" Der Heini isst nur rohe Früchte, sonst nichts. „Da bist du hier fehl am Platz", sag ich.

„Wir müssen reden", sagt er düster.

Mir schwant nichts Gutes.

„Hast du schon gehört?" Er stellt einen Fuß in die Tür und reibt über die Verletzung an seinem Unterarm. Sieht nicht gut aus, die Wunde.

„Was denn?", sag ich und mach die Tür nicht weiter auf. Ganz gewiss nicht.

„Blut im alten Kühllager. Möglicherweise Menschenblut." Er redet wie ein Märchenerzähler, der mir eine gruslige Geschichte erzählen will. „Andernfalls wären die Bullen nicht so nervös. Sie haben den Raum versiegelt. Keiner darf ihn betreten."

„Was?!" Das darf nicht wahr sein.

Heini nützt meine Verwunderung aus und drückt die Tür ganz auf.

„Heini, nicht, ich möcht das nicht."

Er schiebt sich in den Raum. „Nur kurz, Fräulein Gnädigste." Er dehnt die Worte und grinst dabei komisch. Er schließt die Tür und lehnt sich von innen dagegen. Sein Blick wandert durch mein Zimmer. „Nett hast du's hier. Schön bürgerlich." Er macht ein paar Schritte, streicht über die Tischplatte mit dem gestickten Tischtuch. Alles noch von meiner Vormieterin. Frau Müller stand noch an der Tür, auf einem alten Email-Schild. Sie müssen sogar für die Räumung zu geizig gewesen sein, offenbar hat die Frau Müller keine Erben gehabt. Sie ist im Spital gestorben, heißt es, und nie mehr hierher zurück gekommen. Ich frag mich oft, wer sie war und wer auf den ausgebleichten Schwarz-Weiß-Fotos ist, eines davon trägt einen Trauerflor, über den Heini jetzt mit einem Finger streicht.

„Also, was willst du?", herrsch ich ihn an.

Er sieht das Bett mit dem Eisengestänge an. „Wenn wir ein Verbrechen da unten angehängt bekommen, dann haben wir ein Problem. Und zwar ein gravierendes."

„Das hast du jetzt von deinem Kommunen-Gedöns." Mir wird noch heißer. „Wer kann es gewesen sein?"

„Wir wissen ja nicht einmal, was geschehen ist. Oder hast

du was mitbekommen, Antonia?" Sein Blick ist gar zu prüfend. „Du bist die Neueste, wir kennen dich nicht gut, eigentlich fast gar nicht."

„Na und? Deshalb bin ich keine Verbrecherin." Da fiele mir ganz wer anderer ein. Aber der steht ja jetzt auf der andern Seite. Auf der der Guten. Und wir, wir sind die, die immer als erstes verdächtigt werden. Weil wir bunt sind und anders als die Masse. Und laut. Bis auf Leute wie die süße Baronin hält uns jeder für die Bösen.

„Wer war im Kühlraum die letzten Tage?", frag ich.

„Viele. Wenn jemand was von dir wissen will, Fräulein Antonia ..."

Er hat eine Art, die mir das G'impfte aufgehen lässt.

„ ... dann sagst du am besten, du weißt nichts."

„Verstehe. Und warum? Ich weiß doch, dass ich nichts Böses getan habe."

„Tu es für das Projekt." Heini und sein Traum.

„Und für dich?"

„Das habe ich nicht gesagt, mein Fräulein."

„Hast du was zu verbergen, Heini?"

„Sollte ich?" Er kratzt sich am Kopf.

„Das ist keine Antwort."

„Wir sind ein offenes Kollektiv, in dem man sich gegenseitig vertraut."

„Auch keine Antwort. Und jetzt geh. Lass mich allein. Bitte, Heini. Nerv nicht."

„Ist ja gut, Fräulein Gnädigste." Er deutet spöttisch eine Verbeugung an, beäugt die Blümchentassen auf dem alten Holz-Bord mit dem weißen Lack. „Schick hast du's hier." Er dreht sich um die eigene Achse, guckt eins der Fotos an. Ein Mann mit Schnauzer und eine Frau im dunklem Kleid mit weißem Spitzenkragen, sie sehen aus wie ein Hochzeitspaar.

„Deine Verwandten?"

„Nein."

„Achso." Heini nickt. Was will der noch von mir? Während ich überlege, wie ich ihn los werd, redet er schon weiter. Von Massnahmen, wenn die Räumung des Gebäudes droht. Dass er nicht kampflos gehen werde. Der Heini hat schon einmal einen Polizisten tätlich angegriffen. Ich mag ihn nicht, aber irgendwo muss ich ja schlafen.

„Hast du die letzten Tage wen gesehen, der sonst nicht hier ist?", fragt er mich und lässt mich nicht aus den Augen. Sein Blick ist stechend.

„Nur die Musiker, glaub ich. Aber ich war öfter weg, im Garten, du weißt ja."

„Du nimmst das wirklich ernst mit der Selbstversorgung, was."

„Na und? Wofür ist der Garten sonst da. Immerhin hat ja schon jemand anderer mit dem Auspflanzen angefangen. Und das Wetter war auch gut, alles ist schnell gewachsen."

„Jedenfalls, ich lasse mich von hier nicht vertreiben. Ich werde mich mit aller Gewalt zur Wehr setzen. Bist du dabei, Antonia?"

Ich zögere mit der Antwort, ich weiß einfach nicht, was ich sagen soll ... „Du willst kämpfen?", frag ich dann.

„Natürlich. Jede Waffe ist mir recht im Kampf gegen die Bourgoisie. Immobilienspekulation und Wohnungsleerstand sind nur ein Teil der Ungerechtigkeit dieser Welt."

Ich nick nur.

„Die Häuser denen, die drin wohnen!", schreit er, „dafür ist mir jede Waffe recht!"

9

Nowak

Es dauerte, bis das bunte Volk unter lautstarkem Protest das alte Geschäftslokal verlassen hatte. „Es sollte auch noch drüben auf einem Gartengrundstück gesucht werden", erklärte Nowak nun Bernadette und schilderte die dortige Lage.

„Machen wir alles", versprach Bernadette.

„Und jetzt auf zu unserer Lieblingsarbeit!" Kaschka grinste schief und rieb sich die Hände. „Mögliche Zeugen identifizieren. Wir müssen rausfinden, was passiert sein könnte. Also, auf geht's. Komm mit, Sebastian, kannst was lernen." Sie legten ihre Schutzanzüge ab, dann gingen sie erneut die Wendeltreppe hinauf, die beiden anderen folgten ihnen. Schön langsam läpperten sich die Fußwege. Immer wieder hielt Nowak inne, wartete auf Gestank, der auf ein weiteres Leichenteil hinweisen würde, aber das war nicht der Fall.

„Haben wir eine Liste der Menschen, die hier wohnen?", fragte Kaschka, die nichts lieber machte, als zu ordnen und zu sortieren. Voller Energie blätterte sie in ihrem Kalender.

„Ich habe die Namen, die mir Else Molnar genannt hat", erklärte Nowak. „Außer ihr sind es noch zwei weitere Mietparteien, eine Baronin und ein Zuckerbäcker namens Hammer."

„Und die anderen Wohnungen?", fragte Sebastian.

„Wir werden sehen, vielleicht wohnt in manchen doch jemand, Else wusste es nicht genau, wie das mit den Wilden, wie sie es nennt, geregelt ist."

„Wilde?" Sebastian machte kugelrunde Augen. „Echt?"

„Natürlich nicht! Sebastian, bitte." Nowak schüttelte den Kopf. „Sie meint die Typen, die wir gerade aus der Fleischerei vertrieben haben. Manche wohnen angeblich da. Der Hausbesitzer hat sie eingeladen. Else nennt sie Wilde."

„Oh." Sebastian strich sich die akkurat geschnittenen Haare aus der Stirn. „Verstehe, die Leute da unten sahen wirklich wild aus."

Im ersten Stock stand auf einem Messingschild zu linker Hand in schnörkeliger Schrift „Beata Baronin Viribowskaja", als ob der Adel in Österreich nicht schon mit Gründung der Republik vor bald 100 Jahren abgeschafft worden wäre.

Nowak drückte auf die Glocke. Ein schrilles, altmodisches Läuten erklang – und verklang. Er räusperte sich. Schritte kamen schlurfend näher, eine hohe, fast kindliche Stimme fragte: „Wer ist da?"

„Kriminalpolizei. Nowak mein Name. Frau Baronin Viribowskaja?"

Die Tür wurde einen Spalt geöffnet, eine Kette war vorgelegt, darüber zeigte sich ein schmales, feines Gesicht mit schlohweißen Haaren. „Ihren Ausweis bitte?"

Nowak holte Ausweis und Marke aus der Tasche und hielt sie vor den Türspalt. Eine knochige Hand griff danach, zog beides nach innen. Eine Brille wurde auf die Nase geschoben, der Ausweis von allen Seiten betrachtet. Nowak wartete auf abweisende Worte wie früher. Stattdessen kam nur ein Nicken.

„Bitte." Die Tür wurde geschlossen, die Kette rasselte, dann wurde ihnen geöffnet. „Treten Sie ein, Herr Inspektor. Entschuldigen Sie mein Misstrauen."

So höflich war sie früher nie gewesen. Nicht zu ihm.

„Aber in meinem Alter muss man vorsichtig sein. Sie glauben gar nicht, wer mir aller Böses will. Ich bin 91 Jahre alt, aber mit mir legt sich keiner an, das sag ich Ihnen!"

Das hätte nie jemand gewagt.

„Richtig so!", stimmte er ihr zu. „Ihr Misstrauen ist gerechtfertigt." Er merkte mit einem Seitenblick, wie sich Sebastian ein Grinsen verkniff.

„Aber Sie kenne ich noch, glaub ich", fuhr die Baronin fort.

Nowak nickte gelassen. Die Baronin sah fast so aus wie

früher, nur ihr Gesicht war faltiger und ihre Haare waren ganz weiß, statt kohlrabenschwarz wie früher.

„Das sind meine Kollegen, Kaschka Endres und unser Praktikant Sebastian Hübner."

„Kommen Sie, meine Herrschaften." Die weißhaarige Dame war kaum einen Meter sechzig groß, doch sie ging ihnen sehr aufrecht und resolut voraus und führte sie in einen großen Raum voller alter Möbel. Es roch eine Spur säuerlich und nach Staub, Nowak unterdrückte ein Niesen. Aber nicht nach Leiche.

„Bitte, nehmen Sie Platz!" Sie zeigte mit eleganter Bewegung der schmalen rechten Hand auf eine ausgebleichte grün gepolsterte Sitzecke, die irgendwann einmal teuer gewesen sein musste. Die Polsterung gab ein Quietschen von sich, als Nowak sich setzte. Kaschka tat es ihm gleich, dann Sebastian. Gleich darauf fiel Nowak ein, dass er als Mann sich als Letzter hätte setzen müssen, nach der alten Dame … und dass die Baronin diese angestammten Regeln der Höflichkeit vermutlich besser kannte als er.

„Kann ich Ihnen etwas anbieten, ein Glas Limonade vielleicht?" Die Baronin lächelte Nowak an, als wolle sie ihn wegen seines Gedankengangs beruhigen. Wie friedlich sie wirkte im Gegensatz zu früher!

„Danke, nein. Es wird hoffentlich nicht lange dauern", mischte sich Kaschka ein.

„Also, worum geht es denn, wenn Sie hier drei Mann hoch aufmarschieren?", fragte die Baronin und ließ sich mit einem kaum hörbaren Aufseufzen in einen Fauteuil im gleichen ausgebleicht-grünen Farbton sinken.

„Das wissen wir noch nicht im Detail", wich Nowak aus. „Möglicherweise ist ein Verbrechen geschehen."

Die Baronin machte große Augen, fast wie ein Kind. „Wie schrecklich. Ich fürchte mich hier Tag für Tag mehr. Offenbar zu Recht."

„Sie sind Hauptmieterin hier?", fuhr Nowak fort, um sie mit einer harmlosen Frage zu beruhigen.

„Schon seit über 50 Jahren", erzählte die Baronin stolz mit ihrer Kinderstimme. „Aber das wissen Sie doch."

Immerhin siezte ihn diese alte Dame.

„Der neue Hausbesitzer hat mir 50.000 Euro angeboten, wenn ich ausziehe. Klar, solche Räumlichkeiten, da könnte er gut dran verdienen, wenn er neu vermietet. Aber das wird nix. Ich gehe nicht weg, hier bringen sie mich nur im Sarg raus."

Nowak nickte.

„Als ich dieses Angebot abgelehnt habe, ist es erst richtig losgegangen."

„Was denn?" Nowaks Blick glitt die Zimmerflucht entlang, die sich im Rücken der Baronin auftat. Ein Kristallluster im nächsten Raum glitzerte in einem Sonnenstrahl. Der alte Sternparkettboden war dunkel und glatt poliert.

„Na, mit den Schikanen, junger Mann. Dieser Waschmuth hat mich bedroht. Leider gab es keine Zeugen und er streitet natürlich alles ab. Dann hat er Patrick, Conrad, Heini und die anderen hier einquartiert, in der durchsichtigen Hoffnung, wir letzten Mohikaner würden uns von dem bunten Volk in die Flucht schlagen lassen. Aber weit gefehlt." Die Baronin schlug überraschend kräftig auf die Armlehne, dass die Fransen am Fauteuil zitterten. „Nicht mit uns. Marcus, Else und ich harren aus." Sie hob stolz das schmale Kinn und blickte Nowak fest an.

„Verstehe."

„Das kann ich mir nicht vorstellen, dass Sie das verstehen, junger Mann." Die Baronin lächelte fein. „Ich hab Hitler gesehen und die Russen bei Kriegsende. Fast möchte man glauben, es sei wieder so weit."

Nowaks Blick kreuzte sich mit dem von Kaschka.

„Aber dem ist zum Glück nicht so", fuhr Beata von Viribowskaja nach einem Moment des Schweigens fort. „Auch wenn sich der dunkelhaarige Kerl, den ich manchmal im Haus sehe, so herum drückt wie die Besatzer seinerzeit."

„Um wen geht es?"

„Keine Ahnung, ich kenne den Burschen nicht. Ich glaube, er ist mit Marcus befreundet, zumindest habe ich die beiden schon zusammen gesehen. Wie der Kerl heißt, weiß ich leider nicht. Eine ungute Gestalt. Er ist immer in Schwarz gekleidet und auch sein Blick ist so … düster. Kann sein, er kennt Waschmuth und es ist nur eine neue Tücke von dem Spekulanten. Es laufen ständig unangenehme Gestalten hier herum, immer wieder andere. Stiernackige Kerle, die einen im dunklen Hausflur erschrecken, weil plötzlich ganz zufällig der Strom ausfällt. Tagelang, im Winter. Nur dass man nachher draufkommt, jemand hat die Sicherungen rausgedreht."

„Oh."

„Ja, so geht es zu, Herr Revierinspektor, wenn jemand alte Mieter loswerden will. Da gibt es noch ganz Anderes, aber ich will Ihnen eklige Details wie die toten Mäuse im Postkasten ersparen."

Kaschka quiekte leise auf, Nowak machte sich Notizen.

„Ich zahle hier noch Friedenszins", erklärte die Baronin, „220 Euro im Monat. Ich verstehe schon, dass Waschmuth das nicht mag. Aber kündigen kann er meinen Vertrag deswegen nicht so einfach. Der ist unbefristet, da kommt er nicht so einfach raus. Er hat mich vor Gericht gezerrt, weil ich angeblich an Wasserschäden im Haus schuld sein soll. Aber auch das ging gegen ihn aus. Da zumindest ist das Mietrecht auf meiner Seite. Immerhin wohnen wir schon so lange da, wir haben alles selbst instandgehalten, in die eigenen Wohnungen investiert, sie mit unserem Geld verbessert. Jetzt würde Waschmuth kommen und davon profitieren. Mit mir nicht!"

„Gibt es jemanden im Haus, den Sie vermissen?"

„Sie meinen wohl nicht die Nachbarn, die weggezogen sind."

„Nein."

Die Baronin hob die mageren Schultern, was sie wie ein

Vögelchen aussehen ließ. „Nun, verschwunden ist keiner. Aber bei den jungen Leuten unten beim Trnksak ist immer ein Kommen und Gehen."

„Hatten Sie Streit mit ihnen?"

„Ach, woher denn. Das sind liebe junge Leute, und klug sind die, Sie würden staunen! Der Conrad studiert Architekt, der wird einmal was Besonderes. Der schaut auf die Menschen, nicht auf sein Prestige. Am Anfang, als sie eingezogen sind, war es schon ein bisschen ungewohnt, sie waren halt laut und haben gefeiert. Und sie trinken gern. Else hat sich da ziemlich aufgeregt und ein paar Mal die Polizei gerufen. Sie benimmt sich oft so daneben. Aber seit wir uns miteinander arrangiert haben, ist es wunderbar. Durchs Reden kommen die Leut' z'amm, das wissen Sie doch."

Nowak nickte, Sebastian runzelte die faltenfreie Stirn.

„Die jungen Leute helfen uns gegen Waschmuth, wissen Sie. Wenn uns wieder mal nachts jemand bedroht, sind sie da und schlagen die Typen in die Flucht."

„Großartig, verstehe. Trauen Sie jemandem von ihnen oder überhaupt wem aus dem Haus einen Mord zu?"

„Aber ich bitte Sie, Inspektor!"

Er zuckte bei dieser Anrede nicht einmal mehr zusammen, seine Zeit als einfacher Inspektor war gar nicht so lange her.

„Wie schon gesagt", fuhr die Baronin in freundlichem Tonfall fort, „das sind nette und sympathische junge Leute, die nach ihrer Art glücklich werden möchten!"

„Achso?", fragte Nowak. Ja, er hatte früher auch einmal einfach nur glücklich werden wollen. Aber das, das war viel zu lange her.

Ein Schloss klickte, eine Tür wurde geöffnet und geschlossen. „Beata?", kam eine Männerstimme vom Vorraum her. „Hier sind deine Einkäufe."

„Komm nur herein, Patrick, ich bin im Salon!"

Ein Bursche mit violetten Haaren und löchrigem weißen T-Shirt zur Shorts kam mit einem Einkaufstrolley herein.

„Wo soll ich die Sachen hin tun? In die Küche wie immer?"

„Ja, aber bleib kurz hier, Patrick, bitte." Die Baronin stützte sich mit beiden Händen auf den Armlehnen ab. „Ich habe den Herrschaften hier gerade erzählt, wie freundlich ihr euch um mich kümmert. Und dass ich mich freue, dass ihr im Haus wohnt."

Patrick runzelte die Stirn. „Ja?", sagte er mit jungenhafter Stimme und klang misstrauisch. Genauso misstrauisch war Nowak selbst gewesen, wenn Polizei im Spiel war, früher. Der Nebel aus seinem Traum legte sich wieder über alles, er kam sich vor wie in einer undurchsichtigen Verwechslungskomödie, in der niemand war, was er zu sein vorgab. Wie in seiner Kindheit …

„Die Herrschaften sind von der Kriminalpolizei und wegen einer Ermittlung hier", erklärte die Baronin sanft in Patricks Richtung.

„Polizei überall, Gerechtigkeit nirgends", zischte der junge Mann, die Augen zu Boden gerichtet.

„Aber, aber, Patrick. Herr Nowak und seine Kollegen klären ein Verbrechen auf, sie sind sehr wohl an Gerechtigkeit interessiert."

„Sie sind nicht nur wegen uns gekommen?", fragte Patrick und blickte nun auf, immer noch argwöhnisch.

„Nein." Nowak bemühte sich zu einem Lächeln. „Außer Sie haben mit dem Verbrechen zu tun."

„Natürlich nicht."

„Ich wollte Ihnen gerade von unseren Performances erzählen", fuhr die Baronin fort, „wir veranstalten sie einmal im Monat. Sie müssen wissen, ich war Ballerina, ich kann ohne Kunst nicht leben und ich bin froh, dass ich das nun nicht mehr muss. Und dass es junge Leute gibt, die sich über die Welt Gedanken machen. - In Ordnung, Patrick, ich denke, du kannst gehen. Oder, Inspektor?"

Nowak nickte.

„Ich stell alles an seinen Platz, Beata", sagte der junge Mann schnell. „Brauchst du noch etwas?"

„Im Moment nicht, danke." Die Baronin lächelte Patrick zu, der mit dem Trolley verschwand.

„Also, Frau Viribowskaja." Nowak atmete tief durch. Er musste diese Frage stellen, fürchtete sich aber davor, dass sich die alte Dame darüber aufregen könnte. „Kennen Sie jemand, der einen Siegelring mit einer Zackenlinie trägt?"

„Ich glaube nicht, nein." Die Baronin prüfte ihre Frisur. „Aber wieso fragen Sie das? Sagen Sie endlich, was passiert ist! Man muss ja angst und bange sein in diesem Haus!"

„Ich kann noch keine Details nennen, das werden erst die Ermittlungen zeigen. Aber machen Sie sich bitte keine Sorgen, wir sorgen dafür, dass Ihnen nichts passiert."

Die Baronin nickte zögerlich.

„Danke, Frau Viribowskaja, für Ihre Hilfsbereitschaft." Nowak stand auf. „Und geben Sie weiterhin gut auf sich acht."

„Natürlich. Sie auch."

Nowak lächelte über ihre Worte. Sie gingen zur Tür, die Baronin begleitete sie, danach hörten sie sie noch freundlich mit Patrick reden, bis die Tür hinter ihnen zufiel. Sie musste sich wirklich sehr verändert haben.

*

„Was haltet ihr von der Baronin?", fragte Nowak, als sie wieder draußen auf dem Gang waren. Durch das Fenster im Stiegenhaus blitzte ein Sonnenstrahl und ließ den Staub in der Luft flirren.

„Dass sie mit den Hausbesetzern gemeinsame Sache macht, ist schon seltsam." Sebastian lockerte seinen Krawattenknopf.

„Es sind ja offenbar keine echten Besetzer. Der junge Mann, dieser Patrick, wirkte eigentlich recht angenehm", meinte Nowak. „Und er ist offenbar wirklich hilfsbereit. Das sagte Frau Viribowskaja selbst."

„Du magst ihn?" Kaschka verzog abfällig ihre Mundwinkel.

„Na, ich weiß nicht. Lila Haare – es gibt Styling, das besser aussieht." Sie zog ihren Ringbuchkalender aus der Tasche. Nowak sah ihr zu, wie sie eine leere Seite aufschlug und oben groß ‚Liste der Verdächtigen' schrieb.

„Was is', Nowak?!", rief sie und klappte das Buch vor seiner Nase zu. „Brauchst du jetzt schon meine Listen, nur weil man dir das Frühstück versaut hat?"

„Aber geh. Bei mir ist alles im Kopf." Er klopfte sich lächelnd an die Schläfe. „Kommt, machen wir weiter, vielleicht erwischen wir den Zuckerbäcker jetzt. Hoffentlich sieht der wenigstens so aus, wie du dir das vorstellst." Nowak zwinkerte ihr zu.

„Scherzkeks."

Sie setzten sich in Bewegung und gingen den Gang entlang. Durch eine weitere Tür drang lautes Gerede. Abrupt blieb Nowak stehen. „Da redet wer von Waffen."

Antonia

Es pocht schon wieder an der Tür, da ist ja was los heute! Fast bin ich froh darüber, Heini geht mir gehörig auf den Geist. Bevor ich noch ein Wort sagen kann, fliegt die Tür gegen die Wand. Nowak stürmt herein, mit Gefolge. Der traut sich wohl nur mehr in Begleitung zu mir. Sein Haarschopf ist so wild wie immer, wenn er sich aufgeregt hat und sein Blick dunkel. Fast unmerklich nickt er mir zu. Heini kriegt davon nix mit, gut so. Hat vermutlich schon zu viel intus, gesoffen wird hier ständig. So sind wir halt. Nur ich tu mir die Sinne nicht gern vernebeln, zumindest nicht ganz.

„Frau, äh, Müller", sagt Nowak förmlich und glotzt auf das alte Emailleschild von meiner Vormieterin.

„Winkler", sag ich automatisch.

„Frau Winkler. Kriminalpolizei, Nowak."

Er kommt sich ganz offensichtlich nicht blöd vor, diese Komödie zu spielen, dass er mich zum ersten Mal sieht. Für wen tut er das? Für mich? Für sich? Für seine Leute?

„Was geht hier vor? Ich habe von draußen gehört, dass Sie von Waffen sprechen." Er siezt mich auch noch und schaut martialisch drein. Na gut, dann so - kann er alles haben. Und noch mehr.

„Das Wort allein ist hoffentlich nicht verboten?", fährt Heini an meiner statt auf. Ich grins mir eins. Der Blümchenvorhang flattert in der Zugluft.

„Überhaupt, ein Bulle, der Punkrock mag, da stimmt was nicht." Der Heini wird viel zu laut. „Mit mir brauchen Sie das nicht machen, ich falle nicht auf eure Spielchen rein!"

„Das werden wir ja noch sehen, Herr Heini. Und nun müssen wir Frau Winkler zu einer Ermittlung befragen. Bitte verlassen Sie diese Wohnung."

Nowak bezeichnet dieses Sammelsurium alter Möbel und fremder Fotografien tatsächlich als meine Wohnung – ich hab immer mehr Spaß an ihm. „Ich möchte, dass Heini bleibt", sag ich spontan, obwohl Heini so anstrengend ist. Aber bei den Bullen können Zeugen wichtig werden. Besser der Heini als gar keiner. „Schießen Sie los, Nowak." Ich kann sein Spiel schon mitspielen.

Seine weibliche Begleitung schaut irritiert, sagt aber nix. Jaja, die hat wohl was mitbekommen von dem, was wir nicht gesagt haben. Den dünnen gelackten Kerl hinter den beiden sortier ich als ungefählich aus. Muss nur drauf achten, dass er nix sieht, was er nicht sehen soll.

„Ich muss Sie zu einigen Vorkommnissen hier im Haus befragen." Nowak unterbricht sich, räuspert sich.

„Ja?" Fragend schau ich ihn an.

„Sie sind, äh, Mieterin hier?"

„Der liebe W. hat mir die Bleibe überlassen. Mir und noch ein paar anderen. Aber es gibt einen Räumungstermin und wir müssen diskutieren, was wir machen, ob wir gehen oder bleiben. Wie würde Ihnen das gefallen, aus Ihrer Wohnung geworfen zu werden, in die Sie im guten Glauben eingezogen sind, bleiben zu dürfen?" Ganz cool siez ich ihn.

Nowak zuckt mit den Achseln. „Mir ist das egal, ich war an so vielen Orten, ich hänge mein Herz nie mehr an etwas."

Nie mehr … in mir tut etwas überraschend weh, als hätte mich jemand mitten rein gestochen. „Ein paar von uns haben beschlossen, woanders unterzukommen", sag ich schnell. „Bei einer Wagengruppe oder so. Aber der Rest, wir wissen noch nicht … "

„Man darf nicht so einfach nachgeben", mischt sich der Heini ein. Und das alles vor den Augen der Polizei. Gloria! Gleich rückt er noch mit seinen Plänen raus oder zeigt ihnen das Zeug für die Barrikaden.

„Was willst du, Nowak", ruf ich, um ihn loszuwerden. Heini fällt eh nix auf. „Sag, was du noch wissen willst.

Und dann lass uns in Frieden. Wir haben zu tun." Ich steh auf und schubse wie nebenbei die Schachtel mit der Bohrmaschine und dem Schweißgerät weiter hinters Bett. Ein Baseballschläger ist auch drin. Der Nowak wird doch keine Durchsuchung hier veranstalten, oder? Nicht bei mir, hoff ich.

Ich linse seitlich durchs Hoffenster, auf das ganze Zeug, das wir dort unten für den Tag der Räumung als Barrikaden horten. Man sieht es nur aus dem Augenwinkel. Beata ist eingeweiht, sie wird die anderen beruhigen im Haus, diese anstrengende alte Schreckschraube vom Installateur und den süßelnden Marcus. Das Zeug fällt sowieso nicht auf in all dem Baustellenmüll.

Mit einem Schlag wird mir bewusst, dass ich den Nowak überhaupt nicht kenn. Ich kann ihn nicht einschätzen, kann nicht spüren, was er tun wird, wie er drauf ist. Nicht mehr. Dass er wirklich Bulle geworden ist, treibt mir Tränen in die Augen. Tränen der Wut. Was haben wir alles anders machen wollen damals! Ein Schatten fällt ins Zimmer, die Sonne ist weiter gewandert, hinter eine Mauer.

Der Nowak fragt mich ein paar übliche Sachen. Ob mir was Außergewöhnliches aufgefallen ist. Das werd ich grad ihm auf die Nase binden. Das mit dem Krach vor einigen Nächten zum Beispiel.

Endlich gehen die Polizisten wieder. Ich schick Heini weg, ich muss raus. Raus will ich, zu den Pflanzen, die Erde an meiner Haut spüren, nur das wird mich beruhigen. Und über alles nachdenken, das ist ja gerade noch einmal gut gegangen.

11

Nowak

„Puh." Nowak entkam ein Seufzen. Er strich sich über die klebrige Stirn. Die Hitze, sicher nur die Hitze. Sie gingen den nun düster da liegenden Gang entlang. Diesmal fragte er die andern nicht, was sie von dem Gespräch mit Antonia hielten und hoffte, dass Kaschka und Sebastian ebenfalls schweigen würden. Mit einem Mal fühlte er sich wieder wie damals im Kinderheim, unsicher, durcheinander, ständig verletzt. Schmerzlich erinnerte er sich an sein Hochgefühl, als er gemerkt hatte, dass Antonia auch in ihn verliebt war ... so wie er in sie. Wie lange sie gebraucht hatten, wie lange sie umeinander herumscharwänzelt waren, bis er ihr diese Probe mit dem Veilchenparfüm geschenkt hatte und sie sich endlich, endlich schüchtern geküsst hatten, im Blumenrad im Prater, gar nicht weit von hier. Sie waren abgehauen, ein Nachmittag nur sie beide, selten genug, sie hatten die Strafen in Kauf genommen, die kamen sowieso, die Schläge, der Hausarrest und alles andere, egal was man tat. Das war es wert, das war es alles wert. Er hatte ihr eine rosa Plastikrose bei einer Schießbude geschossen, ihre Lieblingsfarbe – offenbar galt das immer noch, wenn er nach ihren Haaren ging.

Schluss jetzt mit den Sentimentalitäten.

„Und nun suchen wir endlich Herrn Hammer auf", sagte er bestimmt. „Schauen wir, ob er zuhause ist."

Entschlossen nahm er die Treppe hinauf, die anderen folgten. An der Tür mit dem rosa Schild gab es jedoch wieder keine Reaktion auf ihr Läuten. Also bei Else im ersten Stock fragen, wo dieser Marcus arbeitete.

„Wolferl!", rief die Witwe, als sie ihre Tür öffnete. Sie grinste erfreut, als besuche er sie zum Kaffee.

„Ihr kennt euch?" Kaschka sah verwirrt zwischen ihnen hin und her.

„Ja. Oberflächlich, von früher", antwortete Nowak. Else grinste weiter.

„Frau Molnar hat den Arm gefunden", erklärte Nowak an seine Chefin gewandt.

Die Installateurswitwe hörte schlagartig zu grinsen auf. Sie beschrieb ihnen auf Nachfragen den Weg zur Konditorei, in der Marcus Torten und Kuchen herstellte. Nur ein paar Gassen weiter, vermutlich kannte er das Lokal sogar, Nowak konnte sich aber nicht daran erinnern.

„Danke, Else!", sagte Nowak. Sie wandten sich zum Gehen.

„Weißt du schon mehr, Wolferl?", rief Else ihnen nach, als sie bereits auf dem Stiegenabsatz waren.

„Noch nicht, Else!" Nowak machte kehrt. „Da fällt mir was ein. Wie ist dein Verhältnis zu den Leuten von der Fleischerei?"

„Naja, naja." Jetzt wand sie sich und machte Anstalten, in ihre Wohnung zu verschwinden, trat dann aber doch aus der Tür. „Ich halte sie für seltsame Gestalten, die ganze Art und so. Aber in unserer Situation muss man pragmatisch sein. Sie haben uns mehr als einmal gegenüber Waschmuth sehr unterstützt."

„In welcher Weise?" Kaschka klappte ihr Buch wieder auf.

„Wer sind Sie denn, Gnädigste?" Else machte große Augen.

„Gruppeninspektor Endres, ich bin Nowaks Vorgesetzte."

„Achso, Entschuldigung. Wissen Sie, man hört soviel. Und Frauen bei der Polizei – also früher hat's das nicht gegeben", sagte Else in einem missbilligenden Tonfall.

Kaschka ging darüber hinweg. „Also, wie hat sich die Unterstützung gegenüber Waschmuth gezeigt?"

Else bestätigte mehr oder weniger das, was die Baronin erzählt hatte. Die jungen Leute kümmerten sich um die beiden älteren Mieterinnen, stellten sich schon mal einem Kleinganoven in den Weg, wenn der die Altmieter erschrecken oder gar eine Treppe runterschubsen wollte. Ja, auch das war vorgekommen. Von solchen zwielichtigen Gestalten kannte der Vermieter offenbar eine unendliche Anzahl.

„Und sag, noch etwas, Else. Haben hier schon Obdachlose genächtigt?!"

„Sandler, meinst du? Nicht dass ich wüsste. Vor einiger Zeit stand die Kellertüre immer offen, da haben sich ein paar Mal Drogensüchtige reingeschlichen. Aber sonst … "

Nowak bedankte sich bei Else. Die Tür der Witwe flog ins Schloss, ehe er ausgesprochen hatte. Kraft hatte sie noch, die Dame.

Sie traten auf die Straße. Der Wind hatte beinahe aufgehört. Es war still ohne die Musik aus der Fleischerei und ohne Baulärm. In den Gassen waberte die heiße Luft, vermischte sich mit undefinierbaren Kochdünsten, Rauch und Alkoholgeruch und etwas Süßlichem – Räucherstäbchen, wenn Nowak nicht alles täuschte. Gegenüber stand eine Tür halb offen, eine asiatische Aufschrift daran, ein roter Drache darunter. Drinnen trainierten Männer in weißer Kleidung irgendeine Kampfsportart. Er sollte auch wieder zum Kyudo gehen. Das japanische Bogenschießen würde ihn erden. Wenn es nicht so heiß wär und die Zeit nicht so knapp! Neben dem Studio lag ein verlassenes Geschäft, darüber stand noch die alte Aufschrift Obst & Gemüse, in der Auslage verdorrte Papier.

Nachdem sie um die Ecke bogen, setzte wieder Baulärm ein. Gleich drei Häuser auf beiden Straßenseiten waren eingerüstet, davor hohe Kräne, die sich wie bei einem absurden Ballett drehten. Von einem der alten Häuser war nur die Front geblieben, wie ein potemkinsches Dorf. Mehrere andere Wohnhäuser zierten bereits Aufbauten, die auf dem alten Gemäuer wie Ufos aus der Zukunft aussahen. Es war, als würden sie ihm seine Heimat ein zweites Mal stehlen.

Sie passierten das Haus, in dem Nowak seine Kindheit verbracht hatte, dann ein abgefucktes Lokal mit der

Aufschrift *Stambulia Kaffee*, aus dem Zigarettenrauch quoll. Ob seine Mutter da noch rein ging …?

Die Konditorei Süß dagegen war ebenfalls altmodisch, jedoch gut in Schuss. Das Portal war frisch in Gelb und Weiß gestrichen, die geschwungene Aufschrift darüber glänzte golden in der Sommersonne. Die großen Fenster waren frisch geputzt.

Unter dem Läuten eines feines Türglöckchens traten sie ein. Vorwiegend ältere Damen saßen an den Tischen, allein oder mit Begleitung. Sanfte Klaviermusik spielte, ab und zu raschelte Papier, wenn die Seite einer Zeitschrift umgeblättert wurde. Es duftete nach frischem Biskuit.

Nowak trat zur Glasvitrine, wo alle Arten von Köstlichkeiten lauerten, Erdbeerkuchen, Obstplunder, Cremeschnitten, Schokoladetorte. Das Wasser rann ihm im Mund zusammen. Mit Hunger konnte er genauso wenig umgehen wie Antonia, am liebsten hätte er sich eine Torte bestellt, Esterhazy vielleicht, Elses Empfehlung fiel ihm ein, aber nicht mehr, was sie ihm empfohlen hatte. Mit einem Seitenblick auf seine Chefin schob er den Gedanken weg und beugte sich über die Theke, um nach jemandem vom Personal Ausschau zu halten.

„Grüß Gott, was darf's denn sein?", erklang eine Stimme hinter ihm, fast so süß wie die Kuchen.

Überrascht drehte Nowak sich um. Eine mollige junge Frau mit braunen Locken sah ihn fragend an. Sie trug eine gelb-weiße, kniekurze Uniform mit Rüschenschürze.

„Guten Tag, Nowak mein Name, Kriminalpolizei. Wir, äh, sind dienstlich hier, wir suchen Herrn Marcus Hammer, der hier arbeiten soll."

„Uje, was ist denn passiert?" Die Kellnerin schlug sich die Hand vor den Mund. „Doch nichts Schlimmes?"

„Das wissen wir noch nicht. Also, wo finden wir Herrn Hammer?"

„Warten Sie bitte hier, ich hole ihn."

Drei ältere Damen an einem runden Tisch hinter ihnen

hatten aufgehört zu tuscheln und sahen neugierig herüber. „Jetzt suchen's den Zuckerbäcker!", zischte die eine und spießte ein Stück Oberstorte auf.

„Ich hab den immer schon für ein wenig, naja, gehalten", sagte eine andere mit hochtoupierten grau-lila Haaren und stach mit ihrer Tortengabel in die Luft.

„Ja, gell. Wie der immer schaut", raunte die dritte im Bunde und äugte auf den kleinen Mann in weißer Jacke und Mütze, der eben aus einer Tür neben der Theke trat, den Blick auf den gekachelten braunen Boden gerichtet.

„Da ist er!", flüsterte die mit der Gabel in der Luft und starrte ihn an. „Mein Gott, schlecht sieht der aus!", raunte sie genüsslich.

„Ja, gell?"

„Herr Hammer?", fragte Nowak.

„Der bin ich, ja." Marcus Hammers Stimme war leise und ruhig. „Was kann ich für Sie tun?"

„Nowak, Kriminalpolizei, die beiden sind meine Kollegen." Er zeigte auf Kaschka und Sebastian.

Hammers Augen weiteten sich erschrocken. „Meine Güte, was ist denn passiert? So viel, was in letzter Zeit Böses geschieht, ich meine … " Er nahm seine Mütze ab, wischte sich Schweiß von der Stirn. „Man ist sich seines Lebens nicht mehr sicher."

„Wir wissen noch keine Details, Herr Hammer. Wir stellen derzeit Ermittlungen in einem möglichen Kapitalverbrechen an. Ist Ihnen denn in den letzten Tagen etwas in oder bei Ihrem Wohnhaus aufgefallen? Irgendwelche ungewöhnlichen Vorkommnisse?"

Hammer wischte weiter mit dem Handrücken über die Stirn, Schweiß konnte da eigentlich keiner mehr sein. „Fragen Sie mich lieber, wann es in dem Haus normal zugeht." Er blickte sekundenkurz zu Nowak auf, ehe er wieder seine Schuhe anstarrte. „Ich war zwar immer schon anders als die anderen, aber das, was ich seit dem Eigentümerwechsel mitmache, das geht auf keine Kuhhaut."

„Was zum Beispiel?"

„Waschmuth will uns alle hinaus ekeln. Die ganzen langjährigen Mieter. Ich habe einen alten Mietvertrag, von meiner Mutter geerbt. Ich zahle etwas über 100 Euro im Monat, es ist aber auch nur eine kleine Wohnung, knapp 34 Quadratmeter. Für heutige Begriffe ist das spottbillig, vor allem für die Gegend. Dafür habe ich Bad und Toilette selbst eingebaut."

Nowak nickte. Er musste über 500 Euro für seine Bleibe berappen, obwohl sie im Grunde ebenfalls ein Loch war. Ein größeres Loch, aber trotzdem ein Loch. Normale Zustände hier im Karmeliterviertel. Die halbe Stadt wollte unbedingt in Reichweite des Karmelitermarkts wohnen, die andere Hälfte überlegte sich vermutlich gerade, wie ihr das noch gelingen konnte. Zusätzlich wurde durch absichtlichen Leerstand ein Wohnungsmangel in der ganzen Stadt erzeugt, der die Mieten in die Höhe trieb. Die neuen Mieten, wohlgemerkt, denn Friedenszins und alte Billigmieten durften ja nicht verändert werden. Er hätte kotzen können über die Zustände, vor allem, wenn das Büro des Wohnungsstadtrates einmal mehr via Medien verlauten ließ, alles unter Kontrolle zu haben. Und dass es in Wien keine Wohnungsspekulation gebe.

Ja woher denn!

Die lebenswerteste Stadt der Welt, haha.

„Leben Sie alleine, Herr Hammer?", fragte Nowak.

„Äh", Hammer wand die Kopfbedeckung in seinen Händen, „ja. Also meistens. Ich habe keine Geschwister. Meine Eltern sind beide verstorben. Ab und zu besucht mich ein, äh, guter Freund."

„Aha. Wie lautet sein Name?"

„Muss ich das sagen?"

„Es wäre gut. Zwingen können wir Sie nicht."

„Roberto Rossi", sagte Hammer leise, ein Glitzern in den Augen.

„Danke. Was hat denn Herr Waschmuth getan, um sein

Ziel zu erreichen?"

„Viel." Der Zuckerbäcker seufzte. „Erst, als er das Haus gekauft hat, hat er es noch im Guten versucht. Zumindest vermeintlich. Er hat uns bisherigen Mietern Geld angeboten, viel Geld, wenn wir ausziehen. Ein paar haben das Angebot angenommen, aber für mich hat es sich nicht gerechnet. Sowas Günstiges finde ich heute einfach nicht mehr, da kann man mir noch so viel zahlen, um das aufzuwiegen. Als Waschmuth so nicht weiterkam, wurde sabotiert. Das Licht in den Gängen funktionierte wochenlang nicht, angeblich musste eine große Reparatur durchgeführt werden, aber die begann erst, als sich der Mieterschutz einmischte. Dann haben sie angefangen, im Hof lärmintensive Bauarbeiten durchzuführen, von denen aber keiner gewusst hat, was da gemacht wird. Wieder sind ein paar Leute ausgezogen, so auch mein direkter Nachbar Andreas, der spielt die erste Geige im Musikverein, er ist sehr sensibel auf Geräusche, da geht das gar nicht. Und dann hat es angefangen mit den dubiosen Gestalten, meist nachts. Ich sag Ihnen, zum Fürchten! Muskelmänner hämmerten an die Türen, wenn man schon schlafen gegangen ist. Oder im Stiegenhaus stehen finstere Typen mit Schusswaffen. Die Vorfälle sind alle dokumentiert. Die Polizei hat übrigens nicht geholfen, als wir sie gerufen haben."

„Tut mir leid", sagte Nowak automatisch.

„Sie können ja vermutlich nichts dafür." Der Zuckerbäcker verzog einen Mundwinkel, was fast ein Lächeln war, und rieb sich die Hände.

„Kannten Sie jemanden von diesen Leuten?"

„Nein." Hammer runzelte nachdenklich die Stirn. „Nein, eigentlich nicht. Aber es müssen Mitarbeiter vom Herrn Waschmuth gewesen sein, sie berufen sich manchmal auf ihn, wenn man sie anspricht. In letzter Zeit war es ruhiger, bis er dann auf die Idee mit den jungen Leuten in der Fleischerei gekommen ist. Die hat auch er geholt."

„Davon hab ich gehört, ja", bestätigte Nowak.

„Er dachte, die würden uns hinausekeln mit ihrer lauten Musik und den wilden Parties. Waschmuth soll selbst einmal ein Alternativer gewesen sein. Dass der sich jetzt so verändert hat ... komisch, oder? Er hat keine schöne Art, der Herr Waschmuth."

„Verstehe." Nowak nickte. Zumindest war die Einladung an die Punks bestätigt und kein Gschichterl von diesem Heini.

„Vermutlich hat er jetzt die letzte Barriere überschritten", sagte Marcus Hammer in Nowaks Gedanken hinein.

„Wie meinen Sie das?" Nowak schrak auf.

Konzentrier dich!

„Dass er jemanden ermordet hat."

Forschend sah Nowak sein Gegenüber an. Interessant, er hatte gar kein Verbrechen gegen Leib und Leben erwähnt ...

„Woher wissen Sie von einem Mord, Herr Hammer?"

Marcus Hammer zuckte ganz leicht zusammen und schüttelte dann den Kopf. „Gar nichts, ich weiß nichts, tut mir leid. Ich ... ich dachte nur ... bei Kriminalpolizei denkt doch jeder an Mord. Oder nicht?"

Nowak ließ Hammer nicht aus den Augen. Alle schienen die Luft anzuhalten. Hammer hielt dem Blick stand. Mühsam, aber doch.

„Vermissen Sie jemanden, der tot sein könnte?", fragte Nowak schließlich.

„Ich?" Marcus Hammer machte große Augen und sah dann wieder den Boden an. „Nein, nicht dass ich wüßte. Ach, es ist alles so furchtbar."

„Eine Frage noch: Inwiefern sind Sie anders?"

Marcus sah weiter den Boden an und drehte sich von den alten Damen weg. „Ich bin schwul", sagte er leise.

„Das ist zum Glück heute nicht mehr verboten", antwortete Nowak ebenso leise.

Überrascht sah Hammer ihn an. „Ich glaube, Herr Waschmuth hasst mich deswegen. Er ekelt sich vor Leuten wie mir. Deshalb wollte er mich schnellstmöglich draußen haben. Er hat nicht einmal persönlich mit mir geredet über einen möglichen Auszug, sondern, äh, eine junge Frau geschickt. Ich … ich habe wirklich Angst. Einmal wurde ich so beschimpft, Sie wissen schon, ich kann die Worte nicht aussprechen. Dreckig gegrinst hat sie dabei. Geschah sicher im Auftrag des Hausbesitzers." Hammer keuchte auf, als unterdrücke er ein Schluchzen.

„Beruhigen Sie sich, wir werden alles aufklären, damit Sie keine Angst mehr haben müssen. Ansonsten, wenn Ihnen nichts mehr einfällt …?" Abwartend sah Nowak den Mann an. Irgendwas war an Hammer, aber er konnte den Finger nicht drauf legen. Irritierend war, dass er Nowaks Blick immerzu auswich.

Der Zuckerbäcker schüttelte den Kopf.

„Dann war es das, Herr Hammer. Danke für das Gespräch. Hier ist meine Karte, wenn noch was ist, rufen Sie mich bitte an."

Hammer knetete die weiße Kopfbedeckung in seinen Händen und schluckte mehrmals, als würde er zu reden ansetzen wollen.

„Gibt es noch etwas, was Sie mir sagen möchten?"

„Nein", Hammer schluckte krampfhaft, „nein, es ist nur die Angst. Ich … ich bin schon mehrfach bedroht worden. Wegen meiner Vorlieben, wissen Sie. Ist etwas Schlimmes passiert? Haben Sie … das schon herausgefunden?"

„Das können wir Ihnen wirklich nicht sagen. Aber wir tun unser Bestes, Sie zu schützen."

Antonia

Auf der Treppe nach unten läuft mir die Installateurswitwe Else Molnar über den Weg. Nein, *läuft* kann man eigentlich nicht sagen. Sie schiebt sich auf der ausgetretenen Wendeltreppe nach unten. „Ich muss noch einkaufen", sagt sie. Dabei schaut sie mich komisch an, aber das tut sie immer.

„Mir geht's gar nicht gut", flüstert sie und wirklich, sie sieht angeschlagen aus und blass. „Nach dem, was ich heute gefunden hab, das wünsch ich keinem."

„Komm mit", ruf ich spontan, „komm, raus in den Garten, das tut dir gut!"

Und tatsächlich, sie folgt mir, erst zögernd, dann sehe ich die Neugier in ihren alten Augen aufblitzen. Mit ihrem engen Kostüm plagt sie sich über die Leiter in unsere grüne Wildnis. Sie macht sich gut für den Anfang.

„Wenn man ohne Pflanzen und ohne Bäume lebt, das kann nicht gut gehen", sag ich und starre die Ziegelmauern an.

„Du hast recht, das Grün ist Balsam für die Seele." Sie bückt sich, berührt die klumpige Ackererde mit ihren gichtigen Händen, nimmt einen Brocken hoch. „Das ist wie früher, nach dem Krieg, wir haben alles selbst angebaut. Nur das da war kaputt." Sie deutet mit dem Kinn Richtung Steffl. Ich würd gern wissen, was sie erlebt hat, dass sie so biestig geworden ist, aber fürs erste will ich's dabei belassen.

„Was ist denn heut vorgefallen?", frag ich stattdessen, „diese Polizisten sind maulfaul, sie verraten nix. Leuten wie mir schon gar nicht."

„Na geh, Mädel, so schlimm wird's nicht sein?" Ihr Blick wirkt ernsthaft interessiert, während sie an ihrer Goldkette fingert.

„Doch. Glaubst wirklich, die behandeln uns genauso wie Leute deiner Art? Die Polente schon gar nicht."

„Ist es so schlimm?"

Ich nick und komm mir wehleidig vor. Alles wegen einer Geschichte aus der Vergangenheit, die ich längst für begraben gehalten hab.

„Aber der Nowak ist doch in Ordnung", sagt sie.

„Du kennst ihn, oder?", frag ich.

„Wolferl? Ja, von ganz früher. Du doch auch, nicht wahr? Das seh ich dir an."

Ich nicke. Ich dachte zumindest, ich kenn ihn. Dass ihn wer Wolferl nennt, hör ich zum ersten Mal.

„Er ist ein korrekter Beamter", sagt Else in meine Gedanken hinein. „Deshalb hab ich den vergammelten Arm auch zu ihm gebracht."

„Vergammelten – was?!" Ich glaub, mir wird schlecht.

„Eine Schachtel, darin lag ein abgetrennter Arm." Sie deutet zu ihrer Schulter. „Ein Männerarm. Hier abgetrennt. Oben am Dach hab ich den gefunden. Oh, ist dir nicht gut, Antonia? Komisch, ich fühl mich besser … " Ihre Wangen sind tatsächlich wieder gerötet, sie plappert weiter, ihre Worte rauschen an meinen Ohren vorbei, aber irgendwann geht's wieder.

„Ich habe das Fundstück Wolferl gegeben und seither schauen sich die Polizisten um. Wenn du mich fragst, Antonia … " Sie beugt sich zu mir herunter. „ … wenn du mich fragst, geht es um Mord. Wer zersägt denn sonst einen Körper?"

„Das ist sicher wieder so eine Abschreckmethode vom Hausbesitzer, Else, glaubst du nicht?"

„Du denkst an die Typen, die uns raus haben wollen?"

„Ja."

„Der eine, der bei Marcus manchmal auftaucht, kommt mir nicht koscher vor. Am Anfang hab ich geglaubt, der gehört auch zu Waschmuths Mafiabande."

„Wir wissen es nicht, der Marcus redet nicht viel."

„Nein, das tut er nicht." Else verschränkt ihre Arme vor der beige kostümierten Brust. „Wenn sie uns mit dem Arm erschrecken wollten, wo haben sie sowas denn her? Aus einem Spital entwendet vielleicht?"

„Oder aus einer alten Gruft? Man liest immer wieder Sachen."

„Wie schauderhaft." Else schüttelt sich, aber in ihren Augen funkelt die Lust am Grusel. „Wenn es aber kein Scherz war ... Hast du irgendwann Geräusche gehört? Aus der Fleischerei vielleicht?"

Ich muss an das Poltern denken. Also doch!? „Nein", sag ich justament. Jetzt fragt die mich auch noch aus!

„Ich mein, da sind doch noch alle Geräte, oder?"

„Ja", sag ich zögernd und will gar nicht weiterdenken, was das bedeutet. „Wie sah er denn aus, dieser Arm?", frag ich. Ich muss erst mit dem Gedanken vertraut werden, dass in meiner unmittelbaren Nähe ein Verbrechen geschehen sein kann. Vielleicht war es jemand, den ich kenne. Heini hat mich so seltsam ausgefragt und von Blut geredet. Und tatsächlich weiß ich nicht, wer aller in den letzten Tagen in der Fleischerei war. Niemand weiß das vermutlich. Wir haben Party gemacht und dann waren da diese Geräusche. Andererseits ... könnte nicht einfach jemand eines natürlichen Todes gestorben sein? Irgendjemand, bei dem nachher die Leut die Nerven verloren haben und ihn zersägt haben? Oder ein Erbe, der die Rente von Oma oder Opa weiter kassieren will und so tut, als gäbe es keine Leiche?

„Haarig. Dunkle Haare", schildert Else ihren Fund. „Ein Siegelring. Ein Zickzacksymbol ... genau hab ich nicht hin schauen wollen." Else blickt wieder fast so zweifelnd und misstrauisch drein wie immer. „Trägt nicht unser Hausherr so einen Ring? Aber was da für ein Symbol drauf ist, weiß ich nimmer." Else überlegt. „Ein W? Ich weiß es einfach nicht. Der Arm ... diese Haare ...wie er mich abgewimmelt hat, der feine Herr, so mit der Hand hat er gewedelt." Sie macht es vor, verliert dabei irgendwie das Gleichgewicht und taumelt. Rasch fang ich sie auf und stelle sie wieder auf die Füße. Fehlt noch, dass ich eine Oma am Hals hab, die sich selbst den Exitus an einem der Begrenzungssteine des Grundstücks gegeben hat.

„Vielleicht ist er tot, der tolle W.!" Ich spür keinen Triumph in mir.

Else nickt, dass das Doppelkinn wabbelt. „Weißt du doch was?"

„Nein. Wem würdest du sowas zutrauen?", frag ich sie.

„Ich kann mir nicht vorstellen, wer sowas macht. Ich mein, ihr seid wilde Gesellen, aber sowas ..." Sie pustet Luft aus wie eine Dampflok.

„Danke, Else, hat lang gedauert, bis du uns übern Weg traust", sag ich und denk gleichzeitig, dass ich jetzt niemandem trauen kann.

„Naja." Sie hebt ein wenig beschämt die Schultern. An ihren Schuhen klebt braune, saftige Ackererde und ihre Hände sind schwarz. „Dem Gauner wär er vergönnt, so ein Tod. Da trifft's einmal den Richtigen!"

„Schon, aber ..." Dass ich einmal die Sichtweise der Bullen einnehm, hätt ich mir auch nicht gedacht. „Selbstjustiz und so, du weißt schon. Nicht gut."

„Nein, natürlich nicht. Ich denke, ich werde dich jetzt wieder verlassen. Ich brauch meine Insulin-Dosis, weißt du."

Bild ich mir das ein oder will die flüchten?

„Verstehe", sag ich und habe das Gefühl, überhaupt nichts zu kapieren. Nicht das geringste Bisschen. Könnte der W. tot sein und wer hat es getan? Stirbt man schon von einem fehlenden Arm? Wieso will die Else so schnell weg? Und wollte sie nicht vorher nach draußen?

„Soll ich dir helfen, Else?"

„Nein, danke, ich schaff das schon." Überraschend flink klettert sie über die Leiter und winkt von oben noch einmal.

Ratlos wink ich zurück. Sachen über Sachen, die ich den Nowak fragen könnt, aber der, der schweigt sich aus.

13

Nowak

Nach dem Gespräch mit Hammer kehrte Nowak gemeinsam mit den anderen zu Elses Wohnhaus zurück. „Wir müssen zur Immobilienverwaltung", sagte Nowak zu Kaschka, „die sollen uns die restlichen Wohnungen öffnen. Ich will überall nachsehen, ob es da noch Leichenteile gibt."

„Und wenn gar niemand gestorben ist?" Sebastian schaute sie fragend an. „Ich mein, ich hab einmal von einem Irren gehört, der sich selbst verstümmelt hat." Sebastian zurrte seinen Krawattenknoten zurecht. Der Kerl war Nowak unheimlich, selbst jetzt, beim Einsatz auf der Baustelle, fand sich kein Stäubchen Dreck auf seinem Anzug und keine Spur von Schweiß in seinem Gesicht. „Erst neulich, der Mann in der öffentlichen Toilette an der U-Bahn, der hat sich sein Geschlechtsteil … ."

„Ja, aber man sägt sich selbst eher keinen ganzen Arm ab", unterbrach ihn Nowak ungeduldig, „das machen vielleicht Soldaten im Krieg, wenn sie keine andere Möglichkeit sehen, nach Hause zu kommen. Und selbst dann hätte man sicher nur einen Finger oder so genommen. Mann!" Den Rest seiner Entgegnung schluckte er schnell. Er musste dringend beantragen, dass der Praktikant woanders eingesetzt wurde.

Im Erdgeschoß knirschte Bausand unter ihren Schuhsohlen. „Da hat's wohl ordentlich reingeregnet", murmelte Nowak.

In einem verstaubten Glaskasten hingen allerlei Verlautbarungen und Mitteilungen über Instandsetzungsarbeiten, ganz so, als würden hier wirklich Dinge ausgebessert werden. Und da stand auch die Adresse der Hausverwaltung. Gute Gegend, mitten in der Innenstadt. Zum Glück war der Weg nicht allzu weit.

Sie teilten sich auf, Kaschka würde mit der Spurensicherung

hier im Haus weiter tun; ein Kollege die Baufirma befragen; Nowak und Sebastian machten sich auf den Weg ins Stadtzentrum.

Als sie aus dem Tor auf die Straße traten, wehte ein Stoffstück über ihnen – ein schwarzes Transparent hing aus zwei Dachluken. Nowak trat auf die andere Straßenseite, um die Aufschrift lesen zu können: *die Häuser denen, die drin wohnen.*

Richtig! Aber, Moment.

Nowak stürmte zurück ins Haus. „Da hängt etwas aus den Dachluken", rief er Kaschka zu, als er sie am Weg zur Fleischerei wiederfand. „Womöglich haben die jungen Leute sich Zugang zum Dachboden verschafft. Das sollte nicht sein."

„Na geh, da oben sollte doch von uns versiegelt sein", maulte seine Chefin.

„Aber eben nur so gut es geht." Nowak zog die Achseln hoch. „Ist eine Baustelle, eine Tür fehlt. Tut mir leid."

„Ist ok, Nowak, du kannst ja nix dafür. Bis nachher."

*

In der Innenstadt schoben sich die Touristenmassen durch die Fußgängerzonen, rammten andere mit ihren Selfiesticks und machten jedes Durchkommen unmöglich.

„Verzeihung!", sagte Sebastian sehr höflich und leise. „Gestatten." Doch niemand machte ihm den Weg frei.

„So wird das nix!", schimpfte Nowak und war sich nicht sicher, wer ihn mehr nervte, die Menschenmassen oder der Praktikant.

Nowak räusperte sich. „Aus dem Weg bitte, Polizei!", rief er laut und bestimmt. Die Leute sprangen zur Seite, ein paar blieben wie angewurzelt stehen, dann bildete sich endlich eine Gasse vor ihnen. Ein Teenager rannte weg. Vielleicht ein Taschendieb, aber da hatte Nowak ihn schon aus den Augen verloren.

„Siehst du, so macht man das", erklärte er Sebastian, als sie den Stephansplatz links liegen ließen.

„Concert tonight?", fragte ein schlechter Mozart-Verschnitt mit verlauster Perücke und verstaubter Kostümierung in schlechtem Englisch.

„Na, sicher net", zischte Nowak.

Sie bogen in den Graben und gelangten zum Petersplatz, wo etwas weniger Trubel war. Zwei Fiaker warteten auf Fahrgäste, die Pferde scharrten mit den Hufen, die Kutscher unterhielten sich über die steigende Kriminalität in Wien. Einer der beiden zitierte grad Karl Marx. Die Fiaker waren auch nicht mehr das, was sie einmal gewesen waren. An der Peterskirche schlug die Uhr dreimal – 15 Uhr. So spät schon.

Die Hausverwaltung residierte in einem alten Barock-Gebäude mit frisch gestrichener hellgelber Fassade. Sogar die Engel über dem Portal sahen aus, als hätten sie gerade ihre goldenen Flügel frisch poliert. Das Tor stand offen, also traten Nowak und Sebastian ein. Glänzender Marmorboden, Stuckdecken, indirekte Beleuchtung. Sehr nobel.

„Scheint sich zu rentieren, das Immobiliengeschäft." Sebastian sah sich bewundernd in dem pompösen Stiegenhaus um, in dem ein gläserner Lift nach oben führte.

„Mehr als Polizeiarbeit jedenfalls, falls du dir das noch überlegen willst", sagte Nowak und bemühte sich, seine Hoffnung nicht zu zeigen. Er drückte den Liftknopf. Ein dezentes Pling ertönte, als der Aufzug kam, die Türen öffneten sich.

„Würdest du denn gern wechseln?", fragte Sebastian zurück.

Nowak drückte die Taste fürs Dachgeschoß, wo die Hausverwaltung ihr Büro hatte. Wieder ein Pling, sie fuhren los.

„Nein, würde ich nicht."

Der Lift glitt fast geräuschlos nach oben. Wenn Nowak da an das Exemplar in seinem Wohnhaus dachte, das altersschwach nach oben keuchte …

Pling. „Dachgeschoß", sagte eine dezente weibliche Automaten-Stimme.

Nowak war in Versuchung, die Stimme zu fragen, wohin er sich wenden müsse. Die Frage war obsolet, denn es gab nur eine Tür auf dieser Etage. Nowak probierte, abgeschlossen. Also klingelte er. Sie warteten. Nichts passierte. 15 Uhr war eigentlich beste Bürozeit, da müssten die Angestellten aus der Mittagspause zurück sein, aber noch nicht Feierabend haben.

Erneut legte Nowak einen Finger erneut auf die Klingel, da wurde von innen geöffnet, in dem Spalt zeigte sich ein Kopf mit kurzen schwarzen Haaren. „Ja bitte?"

„Nowak, Kriminalpolizei. Wir müssen im Zuge einer aktuellen Ermittlung mit Ihnen sprechen."

Der Mann zögerte, drückte dann die massive Tür ganz auf und ließ sie eintreten. Sie kamen zu einem verlassen wirkenden Empfangsbereich, ein PC surrte, ein Drehsessel bewegte sich noch ein wenig, als wäre gerade erst jemand aufgestanden. Vage nahm Nowak einen Geruch wahr, der da nicht hingehörte. Einen Geruch, der ihn an etwas erinnerte. Vielleicht nur ein voller Mistkübel?

„Ich bin auf der Suche nach Herrn Waschmuth", erklärte Nowak, als die Tür hinter ihnen geschlossen wurde.

Der Mann nickte. „Warten Sie bitte hier." Er trug die blaue Uniform einer Security-Firma. Mit einer großen, dunklen Hand wies er auf ein paar mit türkisem Stoff bezogene Sessel neben dem Empfangsbereich. Wie beim Zahnarzt. Nowak setzte sich. Der Stoff war genauso kratzig, auch wenn das alles hier viel nobler aussah.

„Worum geht es?", erklang gleich darauf eine befehlsgewohnte männliche Stimme aus einem seitlichen Gang. Ein groß gewachsener, schlanker junger Mann im maßgeschneiderten grauen Leinenanzug und blauem Hemd kam auf sie zu. Einer von der Sorte, die in Rekordzeit Betriebswirtschaft studierte und danach dachte, die Welt regieren zu können. Und mittlerweile sah es ganz danach aus, als hätten sie damit bereits begonnen.

„Guten Tag. Nowak, Kriminalpolizei", wiederholte sich

Nowak. Er stand auf und zeigte auf Sebastian. „Mein Kollege."

„Schneider", sagte der Geschniegelte knapp. Kein Gruß. Auch recht ...

„Ich möchte Herrn Waschmuth sprechen, bitte. Er ist doch der Geschäftsführer hier?"

Schneider zuckte beinahe unmerklich zusammen und starrte ihn einen Moment lang an. „Das ist richtig", murmelte er dann und nestelte an seinem Jackett. „Bedauerlicherweise ist Herr Waschmuth, äh, derzeit nicht im Hause."

„Das ist in der Tat bedauerlich, wann erwarten Sie ihn zurück?"

„Ich, äh, weiß es nicht. Tut mir leid."

„Sie können uns sicher auch helfen. Wir benötigen Zugang zu einem von Ihrer Firma verwalteten Mietshaus." Nowak nannte die Adresse.

„Ach, Sie meinen das beschissene Haus, das uns den letzten Nerv kostet", erwiderte Schneider überraschend derb. „Da kommen Sie gerade recht. Wir werden polizeilich räumen müssen."

Nowak kommentierte Schneiders Worte nicht. „In einigen Wohnungen war niemand anzutreffen, deshalb benötigen wir Ihre Unterstützung", sagte er stattdessen. Höflich bleiben, zumindest vorerst, das war Nowaks Devise. „Wir müssen im Zuge dieser Ermittlung dringend überall Zutritt erhalten."

„Warum das denn?" Schneider verzog unschön das Gesicht. Passte nicht zu seinem teuren Anzug.

„Es geht um ein vermutetes Kapitalverbrechen, Sie sind als Bürger dieses Staates dazu verpflichtet, die Untersuchungen zu unterstützen", erklärte Nowak immer noch ruhig.

„Haben Sie einen Durchsuchungsbefehl dafür?" Schneiders blaue Augen blickten Nowak eisig an.

„Nein – noch nicht. Doch da hier Gefahr in Verzug ist -"

„Abgelehnt", unterbrach Schneider, als wäre er vor Gericht und Nowak ein Angeklagter, der Einspruch erheben wollte.

„Außerdem brauchen wir Einblick in die Bautätigkeit, welche Aufträge vorliegen, welche Baufirmen an der Adresse tätig sind."

„Ich sagte doch schon, abgelehnt! Wir legen Wert darauf, unsere Geschäfte diskret abzuwickeln. Eine Durchsuchung der Kripo ist das Gegenteil davon. Das gilt auch für unsere Unterhaltung. Wenn jemand mitbekommt, wer Sie sind … bitte gehen Sie."

„Wir sehen uns wieder, Schneider, verlassen Sie sich drauf", zischte Nowak. „Egal wie." Er spürte Zorn in sich aufsteigen, wie früher. Wie von selbst ballte sich seine Hand zur Faust. Er hatte oft rebelliert. Irgendwann hatte er eingesehen, dass er nicht weiter kam auf diese Art. Zum Glück hatte ihn Schalanda dann zum Kyudo gebracht. Und dann hatte Nowak bei der Polizei den Kampf gegen die Ungerechtigkeiten auf andere Art aufgenommen.

Nowak blickte Schneider an. Die Psychopathen waren mittlerweile überall, selbst in den vermeintlich besten Kreisen. Geld verbesserte den Charakter nicht, eher im Gegenteil.

„Ich werde nicht ruhen, ehe ich die Wahrheit herausgefunden habe. Darauf können Sie Gift nehmen", sagte Nowak wie die Karikatur so eines Hollywood-Cops. Sei's drum. Immerhin wich Schneider jetzt doch ein paar Zentimeter zurück und seine Augen flackerten kurz auf, als hätte Nowak doch eine wunde Stelle getroffen, wenn schon nicht ins Schwarze. Noch nicht.

„Kriminalpolizei? Na endlich!" Eine junge Frau mit niedlichem Puppengesicht kam auf hohen Stöckelschuhen daher geklappert. Ihre brünetten Locken sahen sicher sonst apart aus, jetzt standen sie ihr in alle Richtungen zu Berge, der Träger ihres geblümten Sommerkleides war ihr von der gebräunten Schulter gerutscht. Sie hielt eine Schachtel weit von sich und visierte Nowak an.

Schneider rannte auf sie zu, die Arme ausgestreckt, als wolle er sie stoppen. „Frau Malik!", rief er, doch die junge Frau umrundete ihn geschickt.

„Wieso endlich?" Nowak kniff verwirrt die Augen zusammen. Er hatte doch hoffentlich keinen Termin vergessen! Das war sonst Kaschkas Spezialität, trotz ihrer Kalender-Manie. Der ungute Geruch wurde ein wenig stärker.

„Na hier, bitte. Deswegen." Die Frau blieb vor Nowak stehen, hielt ihm die Schachtel hin. „Bitte, nehmen Sie das endlich! Ich habe Gänsehaut, seit ich das in der Post gefunden habe!" Sie keuchte. Ihre Augen waren rot, als hätte sie geweint.

Nowak nahm ihr die Schachtel ab. Die sah aus wie …

Schneider beobachtete sie, sein Gesichtsausdruck wie versteinert. Frau Malik wischte sich über die braunen Augen.

… sah aus wie die, mit der ihm Else sein Frühstück verleidet hatte. Nur dass hier eine Postanschrift und Briefmarken auf dem Karton waren. Und der Gestank war der gleiche, wenn auch nicht so stark. Nowak stellte das Paket auf den Empfangstisch, nahm ein frisches Papiertaschentuch und öffnete es damit. Bingo! Ein Fuß. Etwa in Höhe des Knöchels abgetrennt. Wieder sehr sauber, wieder nicht allzu viel Blut. Keine Socken. Keine Einstiche. Und soweit er es sehen konnte, auch keine Tattoos. Aber dafür stank er nicht so. War auch ein bisschen weniger vergammelt. War wohl auf dem Postweg kühler gewesen als auf Elses Dachboden.

„Man wollte alles unter den Tisch kehren", flüsterte Frau Malik Nowak zu. „Aber das lasse ich nicht zu! Ich habe Sie trotzdem gerufen."

„Danke, ich bin Ihnen wirklich zu Dank verpflichtet", sagte Nowak, als wüsste er davon. Wahrscheinlich war der Anruf von Frau Malik beim Journaldienst gelandet.

„Erkennen Sie etwas daran, also an dem, nun ja, Fundstück?"

Jetzt brach Frau Malik richtig in Tränen aus. „Ich weiß nicht, aber … Sie haben Herrn Waschmuth vorhin gesucht, richtig?"

„Ja, warum?" Langsam dämmerte Nowak etwas.

„Frau Malik, bitte!" zischte Schneider.

„Er war seit drei Tagen nicht mehr hier im Büro." Frau Malik wischte sich mit einer ungeschickten Handbewegung die Tränen ab. „So sehr Schneider das auch vertuschen will."

„Das muss noch nichts Schlimmes bedeuten."

Mit dem Kinn deutete Frau Malik auf den blutigen Fuß. „Und wenn das seiner ist? Es ist so furchtbar. Jetzt wo er sich für mich entschieden hat … "

„Er hat sich für Sie entschieden? Wie meinen Sie das?", fragte Nowak und sah sich nach einer Sitzgelegenheit für Frau Malik um. „Herr Schneider, wir brauchen einen ruhigen Raum für ein Gespräch."

„Das geht jetzt nicht, Sie können nicht während des laufenden Betriebs mit Frau Malik … das ist … wir haben Termine, gleich kommen wichtige Kunden, Russen, die das Penthouse gegenüber besichtigen wollen! Frau Malik, das können Sie nicht machen, das ist … "

„Herr Schneider, bitte!", sagte Nowak. „Ihnen müsste selbst daran gelegen sein, dass der Fuß nicht hier im Empfangsbereich herumliegt, oder?"

Schneider nickte knapp. Sehr knapp. „Ja, aber Frau Malik muss … wir können den Empfang nicht unbewacht lassen."

„Dann setzen Sie sich selbst hin, Herr Schneider!" Langsam wurde Nowak tatsächlich unhöflich. „Oder den Security-Mann. Und jetzt lassen Sie uns bitte alleine." Nowak verpackte das Paket mit dem grausigen Inhalt in eine Plastiktüte, die ihm Frau Malik gab, nahm es und öffnete die erste Tür neben dem Empfang. Dort ratterte ein Kopiergerät vor sich hin, an den Wänden wurde Druckerzubehör und Papier gelagert. Besser als nichts. „Kommen Sie, Frau Malik. Sebastian?"

Als die beiden eingetreten waren, wollte Nowak die Tür schließen, Schneider stieß sie wieder auf.

„Tut mir leid, Schneider, das hier findet ohne Sie statt!", zischte Nowak. „Ich habe Ihnen angekündigt, dass ich erst Ruhe gebe, wenn alles aufgeklärt ist. Seien Sie froh, wenn ich Sie nicht wegen Verdunklung einer Straftat verhafte." Er drückte die Tür zu, Schneider trat im letzten Moment zurück.

„Okay, Frau Malik, wir müssen leise reden."

Die Locken wippten, als Frau Malik nickte. Die Sonne stand jetzt hoch am Himmel und stach ihre spitzen Strahlen durch die Jalousien am Fenster.

„Mein Kollege Sebastian wird das Protokoll aufnehmen. Nachher kümmern wir uns darum, dass diese Schachtel und ihr, äh, Inhalt von der Spurensicherung untersucht wird. Erzählen Sie uns bitte alles, was Sie uns über Herrn Waschmuth sagen können. Jede Information hilft. Wie ist Ihr Verhältnis zu ihm?"

Frau Malik lehnte sich mit dem Rücken gegen den Kopierer und stützte sich mit beiden Händen ab. „Gut. Jetzt war es gut. Ich ... wir hatten schon seit längerem ein Verhältnis. Bernhard ist oder war mit Regina verlobt. Eine fürchterliche Schreckschraube, wenn Sie mich fragen." Sie schob den Träger ihres Kleides zurecht und lächelte fast entrückt. „Am Montag hat sich Bernhard für mich entschieden. Wir wollten glücklich werden, für den Rest unseres Leben." Ein Seufzer entkam dem Schmollmund.

„Das freut mich." Aus irgendeinem Grund hatte er das Bedürfnis, diese junge Frau zu trösten. „Wann haben Sie ihn denn zuletzt gesehen?"

„Eben am Montag. Wir hatten einen romantischen Abend, ein Candle-Light-Dinner. Wir haben seinen Entschluss gefeiert. Danach hatte er noch etwas zu erledigen, er wollte mir aber nicht sagen, was. Vielleicht hatte es mit dieser Regina zu tun."

„Wissen Sie, wo er hin wollte?"

„Nein, leider, keine Ahnung. Er führt seinen Kalender

selbst. Er hat viel zu tun mit seinen Häusern, auch außerhalb der Stadt."

„Na sehen Sie, vielleicht hat alles eine ganz harmlose Erklärung und ihm ist zum Beispiel sein Mobiltelefon gestohlen worden. Oder sein Auto eingegangen."

„Glauben Sie?"

„Man kann es nie wissen. Geben Sie mir doch bitte sein Kennzeichen und die Handynummer."

Frau Malik schrieb ihm beides auf einen Zettel, der neben dem Kopierer lag.

„In welchem Lokal haben Sie sich an dem Abend getroffen?"

„Chez Mathieu, in der Innenstadt. Eine Brasserie. Meine Güte, wenn ich gewusst hätte … "

„Immer mit der Ruhe, Frau Malik. Wir tun alles dafür, ihn zu finden. Also, war Herr Waschmuth mit dem Wagen da?"

„Nein, wir sind Taxi gefahren. Er hat mich hier abgeholt, hat unten auf mich gewartet."

„Und nach Ihrem Essen?"

„Hat er sich verabschiedet und ist zu Fuß davon gegangen, Richtung Sacher."

„Zu Fuß? Hat er eine Bemerkung darüber gemacht?"

„Nein, gar nicht. Er ist öfter zu Fuß unterwegs, das bietet sich in der Innenstadt ja an. Nur wegen mir sind wir Taxi gefahren, ich hatte an dem Tag Stöckelschuhe an."

Nowak nickte.

„Was fiel Ihnen sonst auf?"

„Gar nichts. Oder alles. Ich war so glücklich. Alles sollte anders werden, hat er gesagt." Frau Malik drückte ihre Fäuste an die Augen und seufzte schwer. Das Kopiergerät kam zum Stillstand. Von draußen drang der Lärm der Straße herein, Rufe, Gelächter, das Hupen eines Autos.

„Wie ist er denn so als Chef?"

„Nett. Wirklich nett und zuvorkommend, also zu mir zumindest." Frieda Malik beugte sich zu Nowak. „Die anderen schneiden mich, seit sie wissen, dass ich mit

Bernhard ein besonderes Verhältnis habe. Er ist ein Mann mit Macht und Geld, er hat Kontakte – da ist der Neid groß. Aber es ist wirklich Liebe. Wirkliche und unendlich große Liebe." Eine Träne rann Frieda Malik aus dem Augenwinkel, sie tat nichts dagegen. Still stand sie da.

„Und seine Verlobung mit dieser Regina, was ist damit?", fragte Nowak nach einer Weile.

„Er hat die Verlobung gelöst, zumindest hatte er es vor. Vielleicht wollte er das an jenem Abend tun. Um Klarheit zu schaffen. Er wollte alles ändern. Alles. Ich weiß und er wusste, dass hier – nun ja, dass nicht alles völlig korrekt gelaufen ist in seinen Häusern. Aber er wollte das abstellen, es besser machen. Schneider hat ihn in so manches hinein manövriert. Der hat immer so fiese Ideen. Er steht auf den größtmöglichen Revenue, den man aus etwas ziehen kann, Revenue, ja, so nennt er das. Bernhard wollte die Dinge regeln. Wiedergutmachen. Das wollte er auch Schneider sagen. Ich weiß nicht, ob das schon geschehen ist. So wie Schneider herumzickt, vermutlich schon."

Nowak nickte. „Okay, ich brauche Namen und Wohnanschrift von dieser Regina."

„Rogalla. Sie heißt Regina Rogalla."

„Das ist doch diese Industriellenfamilie, nicht wahr?" Nowak erinnerte sich vage an Medienberichte, an viel Geld und Investitionen im ganzen Land, die von den Rogallas getätigt wurden, ob mit oder ohne Einverständnis von Staat oder Mitbewohnern.

„Richtig. Sie hat ihm ursprünglich das Geld geliehen, mit dem Bernhard seine ersten Häuser gekauft hat."

„Das ist ja interessant, hat er sich keines über die Bank geborgt?"

„Die genauen Details kenne ich nicht, da müssten Sie mit der Buchhaltung reden. Sicher ist, dass er mit Reginas Geld begonnen hat. Seit er mich kennt, ist alles anders." Sie stockte. Der Kopierer warf irgendwelche Seiten aus, Frieda Malik bückte sich automatisch. „Aber ich bin nur ein armes Hascherl, ich habe kein Vermögen, nicht einmal ein gutes Gehalt, obwohl der Bernhard da nachbessern will. Ich bin befördert worden und nun auch für die Fachbibliothek zuständig." Sie stapelte die Papierseiten akkurat übereinander. „Aber was hilft mir das alles, wenn ich meinen Berni nicht mehr hab!"

„Noch wissen wir nichts, es besteht jede Hoffung, Frau Malik. Ich brauche noch Herrn Waschmuths Privatadresse."

„Er ist bei mir eingezogen. Im fünften Bezirk. Siebenbrunnenplatz 1. Wir haben uns ein neues Himmelbett gekauft, erst vor wenigen Tagen."

„Frau Malik, es tut mir leid, dass ich Sie so viel fragen muss, aber Sie wollen sicher genauso wie wir die Sache schnellstens aufklären."

Frieda Malik nickte stumm.

„Wie wir gehört haben, hat Herr Waschmuth nicht nur Freunde."

„Sie meinen die Altmieter?" Frieda Malik seufzte. „Das Immobiliengeschäft ist nicht einfach. Es gibt Konkurrenz, und es gibt Menschen, die uns feindlich gegenüber stehen. Wir stehen vor der Situation, dass Mieter seit Jahrzehnten Wohnungen okkupieren, womöglich bereits ererbt, und weiter zu einem so niedrigen Zins darin wohnen wie vor dreißig Jahren oder noch länger."

„Der Friedenszins?", merkte Nowak an.

„Ja, aber nicht nur. Ist es nicht absurd, dass die Menschen sich auf etwas berufen können, was vor 100 Jahren eingeführt wurde? Nach dem ersten Weltkrieg?"

Nowak nickte.

„Auf diese Weise wird die kleinste Erhaltungsarbeit im Haus unfinanzierbar. Wir müssen neue Mietverträge so abschließen, dass das in Summe rentabel wird. Ein Vermieter ist ja nicht die Caritas."

„Nein", sagte Nowak und bemerkte überrascht seinen eigenen bitteren Tonfall.

„Es gibt immer wieder Streit mit Mietern. Da gibt es zum Beispiel eine uralte Baronin, die für ihre Sieben-Zimmer-Wohnung schlappe 220 Euro im Monat bezahlt."

Nowak lächelte. „Ich kenne Frau Viribowskaja."
Frau Malik nickte. „Ach, Sie haben in dem Haus zu tun?"
Nowak nickte, wollte aber nicht mehr sagen.
„220 Euro, das müssen Sie sich vorstellen. Dafür fordert sie seit Jahren Reparaturen, die weder notwendig noch bezahlbar sind. Ein neues Stiegengeländer zum Beispiel wollte sie, das alte war ihr nicht fein genug."
„Es sind nicht nur Kleinigkeiten kaputt in dem Haus."
„Ach, das verstehen Sie nicht. Es gibt ständig Beschwerden, von Leuten, die fast nix zahlen. Handwerker sind teuer."
„Aber nicht die Slowaken und die Ungarn."
„Sie sind mir ja ein Obergscheiter! Wenn die Mieteinnahmen so gering sind, ist das wurscht. In den anderen Häusern läuft es ähnlich, solange wir diese Altmieter nicht loswerden. Das Mietrecht muss da geändert werden, dringend. Wir müssen diese Leute loswerden, wenn wir profitabel agieren wollen. Das sind wir den Anlegern schuldig."
„Und den Mietern sind Sie keine Vertragstreue schuldig? Erzählen Sie mir mehr davon, wie Sie dagegen vorgehen, Frau Malik." Nowak betrachtete die junge Frau eingehend. Er war sich nicht sicher, ob sie ihre Aussagen selbst glaubte – oder ob sie Waschmuths Gehirnwäsche unterlegen war, ob sie aus Liebe seine Sicht der Dinge übernommen hatte. Liebe – Gehirnwäsche – war das nicht oft das Gleiche?!
„Ganz normal, Herr Inspektor. Leider können wir nicht wie in anderen Ländern Eigenbedarf anmelden oder den Mieter kündigen. Das ist doch bizarr für die Besitzer, finden Sie nicht?"
Er kommentierte das nicht. „Am besten geben Sie uns eine Liste mit allen Mietern, darunter die, die mit Waschmuth Differenzen haben."
„Uj, das wird lang." Frieda Malik quälte sich ein schiefes Lächeln ab. „Sie bekommen natürlich alles."
„Gerne. Und was ist mit den Einschüchterungsversuchen, was können Sie uns dazu sagen?"
„Einschüchterungsversuche? Aber ich bitte Sie!" Frieda

Malik verschränkte die Arme vor der Brust, mit der heftigen Bewegung wischte sie den Papierstapel von der Ablagefläche. Diesmal bückte sie sich nicht mehr danach.

„Hat Herr Waschmuth Feinde?"

„Aber woher denn. Bis auf Frau Regina Rogalla."

„Könnte jemand Herrn Waschmuth … " Nowak stockte. „ … ihn zum Beispiel festhalten?", fuhr er fort, um nicht das Wort Entführung zu benützen.

„Wieso sollte das jemand tun? Wir hatten einen Termin bei der Gemeinde, alles ist in bester Ordnung. Die Mieter schwärzen uns an, das ist der Punkt. Eigentlich könnten wir die alle wegen Verleumdung drankriegen, Herr Nowak."

„Das lassen Sie nur unsere Sorge sein."

„Einige Journalisten haben gegen Bernhard gehetzt, angeblich weil ein Barockjuwel am Spittelberg wegen uns verfällt. Der Punkt war nur, dort war seit Jahr und Tag die Abbrissbirne und ein Neubau für die Gemeinde geplant." Fast triumphierend sah sie Nowak an. „Sehen Sie, es ist alles Propaganda."

„Und wieso hat uns der Security-Mann hier nicht rein lassen wollen? Und Schneider, wieso wollte der nicht mit uns reden? Er hat alles abgeblockt. Was, Frau Malik, haben Sie alle hier zu verschweigen?" Nowak war lauter geworden. Sebastian stand still daneben und machte ab und zu Notizen.

„Gar nichts. Uns geht es um Diskretion."

„Erzählen Sie das doch Ihrer Großmutter!"

Frieda Malik schwieg und schlang die Arme noch enger um ihren Oberkörper.

„Denken Sie an das Paket!" Er zeigte auf die Schachtel. „Möchten Sie auch so enden?"

Schweigen.

„Gut, wenn das so ist …"

Ein böser Blick traf Nowak.

„ … dann führen Sie uns bitte in Herrn Waschmuths Büro."

Frieda Malik nickte stumm, atmete tief durch und stieß sich vom Kopierer ab. Schweigend verließ sie den Kopierraum, führte Nowak und Sebastian einen leeren Gang entlang, in dem ihre Schritte übertrieben laut wirkten, und öffnete eine Tür in ein riesiges Büro. Immer noch ohne etwas zu sagen, klapperte Frieda Malik über den Marmorfußboden. Im Raum roch es muffig, als wäre schon länger kein Fenster mehr geöffnet worden. Ein dicker Kalender lag auf dem Schreibtisch. „Ich bin so frei", sagte Nowak.

Frieda Malik nickte, ihre Kiefer mahlten. Nowak blätterte zurück – vor drei Tagen waren nur Abkürzungen eingetragen, ein R und ein K.

„Was bedeutet das?", fragte er und rechnete mit weiterem Schweigen.

„Das könnte die Sicherheitsfirma sein", antwortete Frau Malik überraschend. „Aber Sie dürfen das sicher nicht untersuchen."

„Das werden wir erst sehen." Nowak wandte sich vom Schreibtisch ab. „Und jetzt benötige ich immer noch Zutritt zu allen Wohnungen, Frau Malik."

Ohne weiteren Kommentar ging sie zum Schreibtisch, öffnete eine Lade, kramte herum und hielt ihm schließlich einen dicken Schlüsselbund und einen Ordner unter die Nase. „Hier. An jedem Schlüssel hängt die Türnummer. Die Liste ist ebenfalls nach Türnummern sortiert, Sie finden dort alle Mieter der letzten Jahre und wie lange der Mietvertrag läuft. Viel Spaß dabei."

Nowak nahm alles an sich. Es klang wie beim Kerkermeister, als er den Schlüsselbund einsteckte. Er klemmte die Schachtel unter einen Arm, gab den Ordner an Sebastian. Gemeinsam verließen sie ohne weiteres Wort den Raum und die Firma. Schade, dass ein gewisser Anstand Nowak verbot, mit der Tür zu knallen …

14

Nowak

„Ich bringe Nachschub", sagte Nowak, als sie zurück in der Fleischerei auf Kaschka und Bernadette trafen. Er reichte Bernadette die von Frieda Malik übergebene Schachtel und erzählte von dem Fuß darin.

„Hätt' nicht sein müssen, Nowak. Wir sind eigentlich schon gut eingedeckt." Bernadette zeigte auf die Wand mit den begonnenen Malereien. „Wir haben Luminol gesprüht und tatsächlich Blutspuren unter der Wandfarbe gefunden."

Nowak nickte. „Danke." Dann setzte er die anderen über die wichtigsten Schlussfolgerungen aus dem Gespräch mit Frieda Malik in Kenntnis. Er zog den Schlüsselbund zu den restlichen Wohnungen aus der Hosentasche. Während er die Erklärungen widergab, unterdrückte er mühsam ein Gähnen.

„Geh nach Hause", schlug Kaschka vor, als er geendet hatte. „Mach für heute Feierabend. Ich halte hier die Stellung und Sebastian ist auch noch da. Ich hole Verstärkung, wenn nötig."

„Aber … "

„Du bist seit dem frühen Morgen auf den Beinen und das so gut wie ohne Pause. Du hast dir den Dienstschluss nur verdient. Iss was und ruh dich aus."

„Auch wieder wahr." Mit einem Schlag spürte er die Müdigkeit in jeder Faser seines Körpers. Ein nagendes Gefühl des Hungers schlich sich wie nebenbei in seinen Magen. „Gut, dann bis morgen. Wir sehen uns im Büro, wenn ich nichts anderes höre." Er gab Kaschka den Schlüsselbund. „Viel Glück mit den anderen Wohnungen."

Kaschka nickte. „Erhol dich gut. Und bitte iss irgendwas."

Nowak lächelte. „Jaja. Ich bin kein kleines Kind mehr. Ich weiß schon, was ich tue."

*

Langsam ging er davon. Staub knirschte unter seinen Füßen, die stickige, schwüle Luft drückte auf sein Gemüt, dunkle Wolken ballten sich am Himmel. Aber noch kein Windhauch regte sich. Mit langsamer Bewegung strich sich Nowak übers Gesicht, wo ihm Schmutz und Schweiß in allen Poren saßen. Seine Augen brannten trocken. Er überquerte den fast leeren Markt. Vor den Lokalen saßen Leute im Garten, bei den Geschäften war wenig los.

„Gibt es schon was Neues, Wolferl?" Else Molnar schon wieder! Sie kam aus der kleinen Trafik und eilte auf ihn zu, ein paar bunte Zeitschriften unter den Arm geklemmt. Das Antlitz der englischen Queen blitzte von einem Titelblatt. Erfreut blieb Else vor ihm stehen, so frisch und munter, dass er neidisch wurde.

„Nein, Else, ich kann dir leider immer noch nichts sagen."

Elses Blick wurde nachdenklich. Und noch etwas lag darin. Eine Freude am Grauen. „Vielleicht ist doch kein Mord geschehen", raunte sie, „vielleicht ist es Leichendiebstahl. Jemand hat sich an einem Toten vergangen!"

„Nein, das glaube ich nicht, Else, du brauchst dir deswegen keine Sorgen zu machen." Er spürte, wie langsam seine Worte kamen.

„Nun gut." Else wischte sich über die Stirn.

„Heiß heute, was?", sagte er.

„Wenn ich mir vorstelle, dass bei der Hitze noch irgendwo menschliche Körperteile vergammeln ... "

Das wollte er sich auch nicht ausmalen, doch irgendwo musste der Rest des Körpers sein. Ein Rumpf, Beine, ein Arm, der Kopf. Aber wo, verdammt? Er merkte, wie langsam seine Gedanken arbeiteten. Die Hitze drückte auf seine Schläfen, die Augen.

„Du kannst beruhigt sein, Else, wirklich. Wir tun alles, was zu tun ist. Meine Chefin ist weiterhin vor Ort." Mit dem Kinn deutete er zurück zu Elses Wohnhaus, vor dem noch immer Polizeiautos parkten. Sollte sich Kaschka doch mal den Spaß mit der Installateurswitwe geben. Nowak verbiss sich ein Grinsen. Bei Kaschka würde Else gegen eine Mauer reden. „Also, bis bald, schönen Abend noch." Er wandte sich ab, während Else ihre Zeitschriften fester packte.

„Servus, Wolferl", rief sie ihm mit einem leise fragenden Unterton nach.

Nowak ging davon. Er überlegte, wo er überhaupt hin wollte. Nach Hause? Die Wohnung würde warm und stickig sein, aber vielleicht war es am Balkon angenehmer. Er könnte auch bei Sabrina was essen. Unschlüssig blieb er an einer roten Ampel stehen, an der Fußgänger wie üblich endlos warten mussten. Eine junge Afrikanerin in einem kurzem Spaghetti-Träger-Kleid und Flip-Flops stand knapp am Randstein, eine Dose Bier in der Hand, sonst trug sie nichts mit sich, gar nichts. Nicht einmal ihr Kleid hatte eine Tasche. Als die Ampel endlich auf Grün schaltete, setzte sich die Frau in Bewegung. Nowak ging hinter ihr her, sie machte ihn neugierig. Ihr Gang hatte etwas eigenartiges, nicht direkt ungelenkes, und es lag auch nicht an den Plastikschlapfen. Er war sich nicht sicher, was es war, nur dass sie sich ungewöhnlich bewegte, ein wenig schlingernd vielleicht. An einer Grünfläche nach der Bushaltestelle scherte sie abrupt nach rechts aus, betrat den Rasen, bückte sich und verschwand zwischen ein paar Büschen. Ein orthodoxer Jude in schwarzem Kaftan und eine Frau mit wirren grauen Haaren sahen genauso verblüfft wie Nowak auf die Stelle, wo die Afrikanerin verschwunden war. Ihm war, als wäre sie nur ein weiterer Geist aus seinen Träumen.

„Jetzt ist es gut, wenn man …" Die Frau mit den grauen Haaren nuschelte etwas. „… sich unsichtbar machen kann … unsichtbar wie … "

In Gedanken ging Nowak weiter.

„Hast du eine Uhrzeit für mich?", fragte ihn eine vielleicht zwanzigjährige Frau, die ihm entgegen kam, als er gerade ein weiteres Baugerüst passierte.

Verwirrt blickte Nowak auf. Er duzte sich mit Kollegen

und auch beim Kyudo, aber mit Fremden auf der Straße wäre er nie auf die Idee gekommen. Er sah auf seinem Handy nach. „Kurz vor sechs", sagte er.

„Danke, Servus."

„Wiedersehen." Verwirrt bog er in seine Gasse ein. Er fühlte sich mit einem Schlag alt. Waren nicht seine Schritte schon schleppend? Viel schleppender als die der Afrikanerin? Und seine Müdigkeit, kam die nicht bedeutend früher, als noch vor kurzem?

Nachdenklich erreichte er sein Wohnhaus. Der Sechzigerjahre-Bau lag mit seiner grauen, schmucklosen Fassade wie ein Fremdkörper zwischen den aufgemotzten Gründerzeithäusern. Die Gasse mit dem kleinen, namenlosen Platz, drei Bänke, zwei Bäume, wirkte seltsam unberührt von den Ermittlungen nur wenige Blocks entfernt. Nowak strebte auf sein Haustor zu. Der Regen hatte dunkle Schlieren auf die Fassade unterhalb der Fenster gemalt. Das Geschäftslokal im Erdgeschoß stand schon monatelang leer, ohne dass sich darin irgendwas rührte. Die Balkone im obersten Stock starrten nackt ins Nichts, auf keinem einzigen gab es Pflanzenschmuck, Nowaks eigener eingeschlossen. Aber bei ihm war das was Anderes. Er war nur auf der Durchreise, er würde nicht bleiben. Nicht in diesem Viertel, nicht in diesem Bunker, vielleicht nicht einmal in der Stadt. Was hielt ihn denn schon hier? Außer sein Job? Und selbst das ...

Du weißt, wer dich hält.

Antonias Bild tauchte vor seinem inneren Auge auf, verblasste wieder.

Wie üblich wurde er dabei beobachtet, wie er sein Wohnhaus betrat. Diesmal war es Frau Exner, die ihm vom Ende der düster da liegenden Einfahrt her einen Gruß zurief, Frau Grünschädl schob ihre lange Nase hinterher.

„Da ist ja unser Inspektor", rief die Exner, „jetzt können wir jemand Kompetenten fragen. Nicht wahr?" Sie sah Frau Grünschädl an. Diese nickte.

„Finden Sie nicht auch, dass die Hausbesorgerin schlampig ist? Schauen Sie sich die Papiertonnen an, jetzt hat sogar jemand drauf gekotzt. Wie oft habe ich ihr gesagt, sie soll die Kübel abwaschen. Aber glauben Sie, sie macht das?"

Die Grünschädl nickte – zumindest glaubte man das immer, tatsächlich wackelte sie ständig mit dem Kopf, vermutlich irgendeine Krankheit. „Jugo bleibt Jugo", sagte sie abschätzig, „da kann doch der Inspektor nix machen."

Die Vorstellung, die nunmehr ex-jugoslawische Hausmeisterin Dragoslava, die Nowaks Meinung nach ihre Arbeit ganz ordentlich machte, zu verhaften, entlockte ihm ein schwaches Grinsen. Er räusperte sich und biss sich auf die Lippe. „Da kann ich Ihnen wirklich nicht helfen, meine Damen. Schönen Abend noch!"

Er hörte sie noch miteinander debattieren. „Dafür ist ihr eigenes Schlafzimmerfenster voller Taubendreck", sagte die Grünschädl gerade.

„Und von woher kam eigentlich der Lärm letzte Nacht?" Frau Exner hatte ihre Stimme erhoben. „Laute Musik, furchtbar. Sicher von dem gruseligen Haus hinterm Markt."

Oh, da könnte er ihr Schlimmeres erzählen! Nowak erreichte immer noch grinsend den Lift. Der Aufzug brachte ihn langsam nach oben. Im fensterlosen, schwach beleuchteten Gang des vierten Stocks sperrte er seine Wohnungstür auf. Kein Sicherheitsschloss, den Kollegen zufolge ein Risiko, doch was sollte jemand schon bei ihm fladern? Am härtesten würde Nowak noch der Verlust seiner Schallplattensammlung treffen. Vieles von dem Vinyl war unersetzbar, da es nicht mehr neu aufgelegt wurde, und wenn, dann nicht auf Vinyl.

Er ging zwischen seinen wenigen Einrichtungsgegenständen hindurch zur Balkontür und öffnete sie. Er hatte nur ein Schlafsofa vom Flohmarkt reingestellt, nachdem ihm sein Kollege Jan die Wohnung überlassen hatte, die Platten im Eck aufgereiht, seine wenigen

Klamotten auf ein fahrbares Gestell gehängt, wie es Kleiderläden hatten. Er brauchte Luft, Raum, Leichtigkeit, wenn er schon so wenig Platz zum Wohnen hatte. Das war der Preis dafür, um hier zu sein, um seinen Träumen auf die Schliche zu kommen, ehe sie ihn in den Wahnsinn trieben.

Er sah sich um. Fast so spartanisch wie bei Antonia. Antonia ... lange hatte er nicht mehr an sie gedacht. Wozu auch, wenn etwas verloren gegangen, kaputt war, kaputt für immer.

Von irgendwo erklang das Gesäusel einer Fernsehserie, eine Frauenstimme, unterbrochen von einem Mann. Vermutlich irgendeine Liebesschmonzette. Nowak holte sich ein Bier aus der Küche und hockte sich vor seine Plattensammlung. Nach einigem Gustieren legte er *The Clash* auf.

Should I stay or should I go ...

Die hatte ihm Antonia geschenkt. Zum Geburtstag. Die Platte war eins der wenigen Dinge, das er all die Jahre überall hin mit geschleppt hatte. Er musste an seine Nachbarinnen denken und stellte eine gerade noch allgemeinverträgliche Lautstärke ein. Dann trat er mit dem Bier in der Hand auf den Balkon und ließ sich in seine Hollywoodschaukel gleiten, die ihm sein Kollege Jan geschenkt und als Einstandsgeschenk mit den anderen heraufgeschleppt hatte. Ein Kieberer, den sie wegen Lärmbelästigung verwarnten - das wäre einmal was Neues. Wieder musste Nowak grinsen. Wie hatte dieser Mensch namens Heini gesagt? Ein Bulle, der Punkrock mag, da stimmt was nicht. Der würde sich wundern ... ! Was stimmte wohl mit dem Typen nicht, dass er so misstrauisch war? Na gut, Nowak hätte sich früher genauso verhalten.

Und Antonia?

Da war es, das Thema, das er den ganzen Tag vor sich her geschoben hatte. Jetzt stand ihr Gesicht wieder vor ihm, wechselte zu dem von damals, den braunen Zöpfen, die sie früher getragen hatte. Nowak trank gierig und leckte sich den Schaum von der Lippe. Es war, als stünde Antonia neben ihm, wie damals im Heim. Jede freie Minute hatten sie miteinander verbracht. Heute hielt sie ihn für Mariannes Mörder. Und irgendwie hatte sie recht …

Er trank, ohne sich davon zu entspannen. Er hörte Lieferwägen rumpeln und einen Ball, der gegen eine Hausmauer knallte.

Der Druck saß Nowak im Nacken wie seine Erinnerung. Ein Tag ohne Frühstück, was konnte auch daraus werden! Eigentlich sollte er in die Küche gehen, sich etwas zu essen machen. Wenn überhaupt noch was im Eiskasten war. Doch hier heraußen war es so gemütlich. Er konnte sich einbilden, dass ihn das schwache Lüftchen ein wenig kühlte. Der Wind spielte mit den ausgedörrten Blättern der übrig gebliebenen Kastanie vor seinem Balkon. Die daneben hatten sie kurz nach Nowaks Einzug umgesägt, weil einige Anrainer mehr Licht in ihren Räumen haben wollten. Jetzt meckerten sie über die Hitze. Einen kausalen Zusammenhang herzustellen vermochten sie hingegen nicht. Typisch.

Endlich raffte er sich auf, tappte durch die dunkle Wohnung zum Eiskasten. Fast leer, außer einem eingeschweißten Paar Würstel. Abrupt warf er die Türe wieder zu.

Draußen ließ er sich wieder in die Schaukel fallen und trank. Das Bier rann kühl und bitter seine Kehle hinunter. Ob sich seine Mutter auch grad zubecherte? Da drüben, auf der anderen Seite des Marktes wohnte sie, in derselben Wohnung wie früher, das hat ihm das Melderegister verraten. Der alte Kasten stand grau wie eh und je in der Gegend herum. Es war eine der wenigen Fassaden weit und breit, die schon lang kein Anstreicher berührt hatte. Aber das war wohl nur mehr eine Frage der Zeit. Es war, als dürfte kein Haus der Leopoldstadt ohne Gerüst sein. Fast hätte Nowak rüber spucken können, so nahe stand das Gebäude seiner Kindheit. Wenn es stimmte, was Else sagte, dass seine Mutter seltsam geworden war, wenn sie womöglich sich oder, noch schlimmer, andere gefährdete, dann würde er über kurz oder lang etwas unternehmen müssen. Sie womöglich in eine Entzugsanstalt einweisen oder gar in ein Heim.

Während er die Wolken am Himmel beobachtete, wie sie sich zusammenballten und wieder auseinander drifteten, fragte er sich, was geschehen wäre, wenn Else sich seinen Vater gekrallt hätte. Wäre er dann auch im Heim gelandet? Und später abgehauen? Ob er dann auch der Wolf geworden wäre, der er war? Sinnlose Gedankenspielerei. Er war der, der er war. Basta.

Gierig ließ Nowak die bittere Flüssigkeit in seine Kehle rinnen und starrte in den dunstigen Gewitterhimmel. Staub, Müll und Dreckpartikel flogen durch die Luft. Wenn es nur endlich regnen würde …

Da vorne steht sie wieder und stirbt, stirbt ihre allnächtlichen Tode und mit ihm sein ganzes Leben. Wind tobt vom offenen Fenster herein, trägt den Duft der Hamburger mit sich. Seine Füße sind angenehm warm unter einer Decke, unter die auch seine Liebste ihre Beine streckt. Sie ist so nah, endlich wieder, und doch so fern. Er hatte gedacht, sie hasst ihn, hasst ihn für alle Zeit. Der kalte Wind wird sein Leben durcheinander wirbeln, das Leben eines Mörders. Auch diesmal gibt es kein Entkommen. Sie fällt und fällt, schreit, und er, er wackelt nur mit den Fingern. Schon duckt er sich unter den kommenden Schlägen.

Donnerstag, 12. August

15

Nowak

Am Morgen hing Nebel zwischen den Gassen wie die Geister, die aus seinen Träumen entflohen. Es hatte geregnet in der Nacht, endlich hatte es geregnet. Hart wie Schüsse waren die Tropfen auf Fensterbrett und Balkongeländer geknallt, viel zu kurz, viel zu wenig. Nowak hatte die Balkontür weit offenstehen lassen, aber abgekühlt hatte es kaum. Als er nun das Haus verließ, waberte warmer Dunst durch die Straßen und machte das Atmen schwer.

„Hallo!", rief eine Frauenstimme von oben, als er beim Markt abbiegen wollte. Verwirrt blickte Nowak in alle Richtungen.

„Sie da! Bei Ihnen klappert irgendwas!"

Nowak legte den Kopf in den Nacken. Erst da sah er eine weißhaarige Frau, die sich schräg gegenüber sehr weit oben aus einem Fenster lehnte.

„Meinen Sie mich?", rief er.

„Ja. Das macht total Lärm!"

„Was?"

„Sie wohnen doch da?" Sie deutete auf Nowaks Wohnhaus.

„Ja."

„Die ganze Nacht war so ein Wirbel! Gequietscht und geschepper hat's."

„Keine Ahnung." Er zuckte ratlos die Schultern, ging nach drinnen und läutete bei der Hausbesorgerin. Dragoslava, noch ziemlich verschlafen, versprach, der Sache nachzugehen.

*

Die Fenster in Nowaks Büros standen weit offen. Mit einem abgestanden riechenden Kaffee aus der Kantine setzte er sich an seinen Schreibtisch. Er war zum ersten Mal seit langem nicht im Café Sonne frühstücken gewesen. Weil er vermeiden wollte, auf den Fall angesprochen zu werden. Und weil sein Traum ihn immer noch in den Klauen hatte. Lustlos biss er in das fade mürbe Kipferl, das er zum Kaffee erstanden hatte, weil die Kantine nichts anderes führte.

„Morgen, Chef!", erklang eine forsche Stimme vom Gang her. Der Praktikant erschien in der Tür, trat ein, geschniegelt wie immer. „Bitte schön, die Vermisstenliste." Er warf eine dünne Akte auf Nowaks Tisch, direkt auf die Kaffeetasse. Das wurde ja zur Serie, täglich ein neuer fliegender Gegenstand statt eines Frühstücks. Braune Flüssigkeit ergoss sich bitter riechend über die Tischplatte, fraß die Liste, knabberte an Nowaks Stehkalender, in dem er sowieso nie was eintrug und tropfte dann quälend langsam über die Kante auf den Boden.

Nowak riss ein Taschentuch hervor und wischte auf. „Sebastian! Ich bitte dich, der Trank ist zwar unter aller Sau, aber so muss man ihn nun auch nicht entsorgen."

„Entschuldigung, wird nicht mehr vorkommen", kam die zackige Antwort.

„Na gut, sehen wir uns die Liste an." Nowak warf das Taschentuch weg und rieb sich die Augen. Feuchtwarme Luft wehte vom Fenster herein, als würde sie ihn einschläfern und zurück in seinen Traum schicken. Mit einem Taschentuch säuberte er die Akte und öffnete sie. Der Ausdruck war zum Glück lesbar geblieben. Er überflog die Seite. „Nur fünf Namen?" Fragend sah Nowak zu Sebastian auf.

„Reicht das nicht?" Ein schiefes Grinsen lag auf dem Gesicht des Praktikanten.

„Mehr als genug. Ich wundere mich nur, dass es nicht mehr sind."

„Ich habe ausschließlich die männlichen Vermissten genommen", erklärte Sebastian. „Das war doch korrekt?"

„Ja, vorerst einmal schon." Nowak blätterte die Seiten

um. „Ist zumindest zu vermuten anhand der Größe der Hand und der starken Behaarung." Er begann zu lesen.

Stefan Schüller, 19 Jahre jung, vermisst seit einer längeren Reise, die er im Sommer vor einem Jahr angetreten hatte. Letzter Kontakt stammt aus Polen, wollte danach nach Russland.

Patrick Fullmann, 43, Arbeiter, ledig, zum letzten Mal gesehen, als er vor vier Wochen gekündigt wurde.

Engelbert Allmeier, 80, abgängig seit einem Spaziergang entlang der Donau im vorletzten Winter.

Unwahrscheinlich, dass er zersägt worden war. Nowak vermutete eher einen Unfall am Flussufer, womöglich war der Hang vereist oder verschneit gewesen. Irgendwann würde eine Wasserleiche auftauchen. Außerdem hätte Allmeier vermutlich eher weiße Härchen auf dem Arm als schwarze.

Dragan Srbljanovic, 24, nicht mehr gesehen seit einem eskalierten Familienstreit vor zwei Monaten – hat Messer gezogen und einen Onkel schwer verletzt.

Vermutlich untergetaucht. Nowak dachte an die schwarzen Haare auf dem aufgefundenen Arm. Könnte hinkommen.

Erkan Cihan, 16, war von einer Reise in die syrische Heimat seiner Eltern nicht mehr zurückgekehrt. Letzter Kontakt zu Jahresbeginn.

Nowak betrachtete die Fotos der Vermissten. Stefan Schüllers Haare waren brünett, vermutlich passte auch seine Armbehaarung nicht zu ihrem Fundstück. Patrick

Fullmanns Äußeres war ebenfalls zu hell. Engelbert Allmeier schied aus, da er weißhaarig war. Blieben Dragan Srbljanovic und Erkan Cihan.

„Wir müssen uns DNA-Proben der Vermissten von den Angehörigen geben lassen, wenn das möglich ist. In allen fünf Fällen, auch wenn das Äußere auf den ersten Blick anders wirkt."

Sebastian nickte.

„Außerdem ist da noch die Baufirma, die sollten wir auch unter die Lupe nehmen. Alle Arbeiter, die an der Adresse im Einsatz waren, müssen befragt werden. Else hat von vier statt zwei Arbeitern gesprochen. Die Spur von Schwarzarbeitern kann sich leicht verlieren."

Sebastian nickte bedrückt.

„Gab es in letzter Zeit eine Inspektion an der Baustelle?", fragte Nowak.

„Ja, tatsächlich, vor zwei Tagen." Sebastian blätterte in weiteren Papieren. „Es wurden vier Arbeiter angetroffen, zwei sind stantepede geflüchtet. Niemand weiß wohin, obwohl man versucht hat, sie zu verfolgen. Sind wohl über die Dächer entkommen. Leider weiß man keine Namen. Bei der Mirkovics-Bau liegt angeblich nichts auf."

„Immer das Gleiche." Nowak schlug die Akte zu. „Niemand hat was gesehen, niemand war es. Keiner kennt die Arbeiter und ihre echten Namen. Ich könnte dir Sachen erzählen, Sebastian … sind doch alles Betrüger, diese Baufirmen, sie locken Arbeiter aus ärmeren Ländern, lassen sie arbeiten, pferchen sie in irgendwelche Löcher, versprechen ihnen das Blaue vom Himmel. Aber dann zahlen sie nicht einmal die versprochenen Löhne."

„Da muss man doch was dagegen unternehmen!", sagte Sebastian eifrig.

„Pah!", schnaubte Nowak. „Unternehmen! Bis wir was unternehmen oder ein betrogener Hackler vor Gericht sein Geld einklagen will, ist die Baufirma leider, leider in Konkurs gegangen."

Sebastian schnaubte empört.

„Aber das alles führt jetzt zu weit." Nowak stand auf. „Wir müssen los. Der Bau-Sache gehen wir später nach. Ich trinke schnell einen Kaffee, in zehn Minuten machen wir uns auf den Weg zu den Angehörigen der Vermissten. Aber ich warne dich, Sebastian, das wird keine leichte Arbeit."

„In Ordnung, Chef. Werde gewappnet sein."

„Ach, und Sebastian?"

„Ja?"

„Hör auf, mich Chef zu nennen. Die Gruppenleiter sind Kaschka und der Herr Dr. Jordan."

„Aye, aye, Chef. Werde in Hinkunft Nowak sagen, geht klar."

16

Nowak

Nowak begab sich zum Automaten und holte sich einen frischen Cappuccino, der seinen Namen nicht verdiente. In Gedanken versunken setzte er sich an seinen Schreibtisch und schlug die Akte mit den Fotos auf, da flog eine aufgeschlagene Zeitung auf seinen Schreibtisch, direkt auf den Plastikbecher. Nicht schon wieder!

„Soll ich jetzt einen Arm beerdigen oder was?"

Eine große Frau mit schwarzem Kurzhaarschnitt stand vor ihm, Zorn flackerte in ihren asiatisch schmalen, jedoch graublauen Augen.

Nowak wischte die neuerliche Bescherung auf seinem Schreibtisch notdürftig ab und sah sich dann die Zeitung an. Auf einem großen Foto war eine Schachtel zu sehen, die mit viel Fantasie Elses gestrigen Fund darstellen mochte. Oder auch nicht.

Vorhin hatte es geregnet, wieder viel zu kurz, der schwüle Dunst stand in seinem Büro. Obwohl Fenster und Tür weit offen standen, bewegte sich kein Lüftchen.

„Guten Morgen. Mit wem habe ich es zu tun?", fragte Nowak höflich. Er musste das von seinem Vater haben, der hatte immer solche Phrasen gedroschen. Eine der wenigen Erinnerungen an ihn.

„Rogalla", zischte die Frau, „Regina Rogalla."

Die Verlobte. Die aus der Industriellenfamilie.

„Und womit kann ich Ihnen helfen?"

„Pfff!" machte sie und klopfte auf die Zeitung. „Das fragen Sie noch? Mein Verlobter Bernhard Waschmuth ist seit fünf Tagen abgängig. Und was tut die Polizei? Statt ihn zu suchen, muss ich in der Zeitung lesen, dass Sie einen Arm gefunden haben! Er könnte leicht meinem Verlobten gehören."

Sie betonte die letzten Worte so, als ob es um einen Diebstahl ginge, um Gegenstände, die widerrechtlich entwendet worden waren und nun zurückgegeben werden sollten.

„Solange wir keine Identität haben, kann ich Ihnen nichts weiter mitteilen, gnädige Frau."

„Ja, sagen Sie-"

Ein Sonnenstrahl stach plötzlich zum Fenster herein. Regina Rogalla kniff die Augen zusammen. Nowak stand auf und ließ die Jalousien mit einem Ratschen heruntersausen, es wurde dunkler im Raum.

„Wann haben Sie ihn denn zuletzt gesehen?"

„Sagte ich doch, vor fünf Tagen!"

„Setzen Sie sich", bat er Regina Rogalla, deren ungewöhnliche Augen ihn immer noch irritierten.

Ein Stirnrunzeln, dann nahm die Rogalla Platz. Sehr aufrecht, sehr selbstbewusst. Entweder war das ihr Familienerbe, oder sie wusste nichts von Waschmuths - vermeintlicher – Entscheidung für Frieda Malik.

Nowak rief nach Sebastian und bat ihn, frischen Kaffee zu holen. Als das erledigt war, beauftragte er den Praktikanten, das Protokoll aufzunehmen. Zu dritt saßen sie schließlich an dem kleinen, runden Besprechungstisch, weiße Tassen vor sich und klimperten mit den Löffeln, als säßen sie bei einem familiären Sonntagsplausch.

„Gut, Frau Rogalla, wann genau haben Sie Herrn Waschmuth zuletzt gesehen?"

„Am Morgen, bevor er sich auf den Weg ins Büro machte. Vor fünf Tagen. Sagte ich doch eben. Danach habe ich nichts mehr von ihm gehört."

Sebastian tippte.

„Wo war das?"

„Ist das nicht unwichtig?"

„Bitte, Frau Rogalla. Überlassen Sie das mir, was ich wissen möchte."

„Gut." Sie verschränkte die Arme. „Ich war in seiner Wohnung."

„Haben Sie bei ihm übernachtet?"
„Nein."
Nowak sah sie überrascht an.
„Ich habe ihn ein paar Tage nicht gesehen und bin zu ihm gefahren, weil er auch am Telefon nicht zu erreichen war. Wir haben kurz geredet und dann ist er ins Büro gegangen."
„Worüber haben Sie geredet?" Nowak ließ die Rogalla nicht aus den Augen. Hatte es doch Streit gegeben zwischen den Verlobten? Oder zumindest einen Disput? Aber die Rogalla wirkte nicht anders als zuvor.
„Was man halt so redet. Ein paar geschäftliche Dinge, das Wetter, was weiß ich. Ich wusste doch nicht, dass er danach verschwinden würde."
„Verschwinden? Gibt es Anlass dazu oder einen Hinweis, dass Herr Waschmuth untertauchen wollte?"
„Wie stellen Sie ihn denn hin?" Die Rogalla sprang auf. „Mein Verlobter ist ein korrekter Mann!"
Nowak nickte. „Gut, dann erzählen Sie uns bitte mehr über Ihre Beziehung mit Herrn Waschmuth, wie lange sind Sie bereits verlobt?" Die Jalousien klapperten kurz, Nowak hoffte auf ein Lüftchen, doch gleich darauf war es damit wieder vorbei. Er wischte sich über die heiße Stirn, die Rogalla fächelte sich mit der Zeitung Luft zu. Wien wieder lebenswerteste Stadt, konnte Nowak eine weitere Schlagzeile entziffern. Na super.
Sebastian sah in seinem Anzug weiterhin wie aus dem Ei gepellt aus, nur dass er heute ein dezentes rosa Hemd statt des hellblauen von gestern trug.
„Seit dem Valentinstag vor zwei Jahren. Ganz romantisch hat mir Bernhard einen Antrag gemacht. Er war sehr förmlich an dem Abend, wir sind im Palmenhaus im Burggarten essen gegangen. Ich hätte ihm das nie zugetraut. Und auch nicht, dass er diesen geschmackvollen Ring für mich gekauft hatte." Sie hielt Nowak ihre schlanke linke Hand hin, an der ein Ring mit irgendwelchen blauen

kleinen Steinchen steckte, die einen großen weißen Klunker einfassten. Nowak hatte keine Ahnung von Schmuck, aber das Stück sah teuer aus. Wenn sie den Ring noch trug, wusste sie wohl nichts von der Geschichte mit Frieda Malik oder gar von einer Trennung. Oder … sie sagte absichtlich nichts dazu. Aus Angst, sich verdächtig zu machen.

„Wissen Sie, Bernhard kam aus einfachen Verhältnissen. Seine Mutter ist früh gestorben, muss ein großes Trauma gewesen sein. Sie war eine Hippie-Frau und Alleinerzieherin. Bernhard hat oft erzählt, wie schwierig es für sie gewesen sein muss, wie sehr sie an den Ämtern verzweifelt ist. Niemand hat ihr geholfen. Sie hat mal in einer Kommune gelebt mitsamt ihrem Kind. Er ist der Überzeugung, ihr Sturz vom Hochhaus war kein Unfall, sondern Selbstmord. Aus Verzweiflung. Bernhard hat die ganze Gesellschaft zu Schuldigen erklärt, niemand habe sie so leben lassen, wie sie wollte. Wie auch immer, der Tod der Mutter wurde als Unfall zu den Akten genommen. Bernhard war zu dem Zeitpunkt 17."

Nowak nickte. So alt wie er, als er abgehauen war.

„Bernhard lebte von da an allein. Seither hatte er immer den Wunsch, ganz nach oben zu kommen und viel Geld zu scheffeln. Ich habe ihn dabei unterstützt. Bernhard verdankt mir alles. Ich habe ihm die Millionen geliehen, mit denen er sein Geschäft gegründet hat. Meine Familie investiert gern in interessante Projekte. Vor unserer Bekanntschaft war er ein Niemand. Mittlerweile besitzt seine Firma 21 Zinshäuser in Wien."

Beachtlich. Die Zahl und das Tempo in der Besitzanhäufung. „Haben Sie auch eine Funktion in dieser Immobilienfirma, Frau Rogalla?"

„Ich?" Die Rogalla riss erstaunt die graublauen Augen auf. Ob ihre Überraschung wirklich echt war? „Nicht wirklich. Das ist Bernhards Sache. Ich habe nur ein Mitspracherecht im Aufsichtsrat, wenn es um größere Investitionen oder wichtige Entscheidungen geht. Das war meine Bedingung dafür, um ihm im Gegenzug das Geld zu leihen. Werde ich das Geliehene je wiedersehen?" Sie presste kurz eine Hand an die Augen, als müsse sie eine Träne wegwischen, doch ihr Blick war weiterhin klar.

„Ist das alles, was für Sie zählt?", fragte Nowak. „Und wieso glauben Sie, dass Sie ihn nicht mehr lebend sehen?" Bevor Regina Rogalla antworten konnte, fügte er hinzu: „Es wird schon eine firmeninterne Lösung geben, da bin ich sicher."

Sie nickte und sprach normal weiter. „Wir überlegen immer gemeinsam, was am besten zu tun ist. Ich stehe ihm beratend zur Seite, ich habe ihm empfohlen, sich nichts gefallen zu lassen. Vor allem in der Sache der Altmieter, die viel zu wenig zahlen. Man kann die ja gar nicht loswerden."

Nowak nickte. „So nennt man das also … "

„Wie bitte?"

„Nichts."

„Das Mietrecht schützt die Mieter. Man selbst will auch von etwas leben, wenn man schon in Zinshäuser investiert."

Und nicht zu knapp wollten die wohl verdienen. Dass die Menschen schon bald die Hälfte ihres Einkommens nur fürs Wohnen ausgaben, sogar noch ohne Heizungs- und Stromkosten … das war Leuten wie Waschmuth und Rogalla wohl völlig egal. Nowak hätte kotzen können. Er räusperte sich.

Keine persönliche Befangenheit im Dienst!

„Wir haben Aussagen, dass Herr Waschmuth nicht gerade zimperlich mit seinen Mietern umgeht."

„Übertreibung. Die Leute sind wehleidig." Die Rogalla spielte mit der Kaffeetasse, trank aber nicht.

„So", machte Nowak.

„Ja."

„Erzählen Sie mir mehr darüber."

„Was halten Sie von Leuten, die intakte Dinge erneuert haben wollen? Ich nenne sowas Querulanten."

„Uns wurde berichtet, dass dringend nötige Instandhaltungsarbeiten nicht erledigt wurden."

„Und was zum Beispiel?"

„Egal. Der Hauseigentümer ist dazu verpflichtet. Wir haben weiters Informationen, dass Mieter nächtens eingeschüchtert wurden, es war von Schlägern die Rede."

„Übertreibung. Klar, ich habe Bernhard Mitarbeiter empfohlen, die das Problem besser in die Hand nehmen können. Die mit härterer Hand vorgehen und nicht herum zaudern. Er selbst hat die Tendenz, sich erweichen zu lassen …"

„Sprechen Sie von Bedrohungen?"

„Aber ich bitte Sie, das ist alles legal. Ich hätte nicht gedacht, dass Sie auf solche Lügen reinfallen, Herr Inspektor." Die Rogalla grinste verächtlich.

„Revierinspektor, wenn ich bitten darf."

„Revierinspektor, natürlich." Das Grinsen wurde schärfer.

„Nun gut." Nowak dachte an Frieda Maliks Aussage, Waschmuth habe sich für sie entschieden. „Wie war Ihr Verhältnis zu Herrn Waschmuth in der letzten Zeit?"

„Ach, ganz gut." Die Rogalla zögerte. „So wie bei vielen Paaren. Es schleicht sich Gewohnheit ein, wenn man länger zusammen ist."

So, tat es das? Nowak schwieg.

„Hatten Sie je Anlass zur Eifersucht?" Nowak beobachtete Regina Rogallas Mienenspiel genau. Da war ein Zusammenzucken, dann setzte sie sich sehr aufrecht hin, als hätte sie einen Stock geschluckt.

„Nein. Nicht über das normale Ausmaß hinaus."

„Kennen Sie Frieda Malik?"

„Diese Schlampe? Klar kenne ich die. Leider. Sie hat keine Klasse. Ihr geht es nur um den Aufstieg, um Geld."

„Sind Sie eifersüchtig auf sie?"

„Sollte ich das sein?"

„Frau Rogalla, hören Sie auf mit dem Theaterspielen. Laut Frau Malik hat sich Herr Waschmuth für sie entschieden und sich von Ihnen, Frau Rogalla, getrennt."

„Das ist lächerlich." Die Rogalla spielte mit dem protzigen

Ring an ihrer Hand. „Bernhard hatte manchmal so … wie soll ich sagen … Sie sind doch auch ein Mann!" Sie sah Nowak provozierend an. „Ihm gefiel halt ab und zu eine andere Frau. Das war okay für mich. Solange unsere wirtschaftliche und private Beziehung nicht davon gestört wurde."

„Wurde sie das?"

„Ach, Sie glauben doch nicht, dass ich …?" Sie unterbrach sich, griff nun doch nach der Tasse mit dem Kaffee, nippte, verzog das Gesicht, stockte einen Moment, und stellte sie dann weg. Dunkelbraune Flüssigkeit schwappte auf den Tisch. Nowak hätte schwören können, dass sie ihm die Tasse gern an den Kopf geworfen hätte …

Abwartend sah Nowak sie an. Regina Rogalla blickte auf die Tasse, spielte mit dem kleinen Löffel. Niemand sagte etwas. Warum vermied sie seinen Blick? Hatte sie etwas zu verbergen oder war sie doch betroffener von den Ereignissen und Neuigkeiten, als sie zugab?

„Die Malik ist eine Hexe … ", kam es schließlich.

„Sie bezeichnen die Mitarbeiterin Ihres Mannes als Hexe? Weshalb?"

„Wie würden Sie jemanden bezeichnen, der sich einbildet, das Privatleben anderer Leute sei sein eigenes? Diese Malik wollte sich zwischen uns drängen. Aber das lasse ich nicht zu."

„Wie weit würden Sie dafür gehen, Frau Rogalla?"

„Sehr weit. Aber – oh nein, mich kriegen Sie nicht als Mörderin dran. Das würde ich nicht tun. Nicht Bernhard. Ich liebe meinen Mann – meinen Verlobten."

„Niemand hat bisher davon gesprochen, dass er tot ist." Nowak beobachtete die Rogalla genau.

„Was soll sonst sein!?"

„Hat Herr Waschmuth sich von Ihnen getrennt?", fragte Nowak.

„Nein. Die Malik lügt. Vielleicht hatten sie ein Pantscherl, mehr nicht. Bernhard gibt sich nicht auf Dauer mit solchen

Flittchen ab." Sie warf den Löffel klirrend hin. „War's das? Ich möchte wissen, ob ich noch einen Verlobten habe. Hier, ich habe etwas mitgebracht, für einen DNA-Test, zur Identifizierung. Falls Sie selber nicht dran denken." Sie knallte eine Plastiktüte mit einer ziemlich gebraucht aussehenden roten Zahnbürste auf den Tisch. „Ja, schauen Sie nur, ich kenne mich damit aus."

„Danke, Frau Rogalla", sagte Nowak extra freundlich. „Wir bemühen uns um schnellstmögliche Ergebnisse. Ein DNA-Abgleich dauert ein bisschen, also bitte um Geduld."

„Achja? Dann schauen Sie dazu, das da was weiter geht und reden Sie nicht so g'spreizt daher. Unglaublich!" Die Rogalla schlug mit einer flachen Hand auf ihr Bein.

„Vielleicht machen Sie sich unnötig Sorgen und Herr Waschmuth ist schon wieder in seinem Büro."

Die Rogalla sah ihn ungläubig an.

„Wenn wir schon beim Thema Identifizierung sind, trägt Herr Waschmuth üblicherweise einen Ring?"

„Ja", sagte sie schnippisch, sah ihn dann misstrauisch an. „Wieso?"

„Beschreiben Sie den Schmuck, bitte."

„Ein Siegelring. Mit einem W."

Nowak nickte. „Haben Sie ein Foto davon?"

„Wozu das denn?", fuhr die Rogalla auf.

„Bitte, Frau Rogalla. Wir möchten einfach alles ausschließen können." Er bemühte sich darum, sich nichts anmerken zu lassen.

„Ich werde versuchen, Ihnen was zu mailen."

„Danke, Frau Rogalla. Wir melden uns, sobald es Ergebnisse gibt. Soll ich Sie zum Tor begleiten?", fragte er so zuckersüß, wie er konnte.

„Nicht nötig, ich finde den Weg." Sie stand auf, strich ihr Kleid glatt, packte energisch die Zeitung, als wäre sie ihre Waffe und stöckelte hinaus.

17

Nowak

Sebastian servierte ab und nahm seine Mitschrift mit.
„Wir gehen später zu den Angehörigen der Vermissten", entschied Nowak.
Sebastian nickte und zog leise die Tür von draußen zu. Nowak war wieder alleine. Müde trat er ans Fenster, schob mit einer Hand die Lamellen der Jalousien auseinander und hing seinen Gedanken nach. Heiße, nach Auspuffgasen und Asphalt riechende Luft waberte herein. Seltsame Person, diese Rogalla. Er vermochte sie nicht einzuschätzen, besonders was ihre Beziehung zu Waschmuth betraf. Welche der Frauen sagte die Wahrheit – Frieda Malik oder Regina Rogalla? Beide betrachteten sich als die Frau an der Seite des Immobilienaufsteigers. Eben verließ Nowaks Besucherin das Gebäude und strebte über den Parkplatz auf einen schwarzen Mercedes mit verdunkelten Scheiben zu. Nowak kniff die Augen zusammen – saß da nicht wer wartend im Wagen? Sie stieg an der Fahrerseite ein und zischte mit aufheulendem Motor los. Fast hätte sie die Kurve nicht gekriegt, stoppte vor der Ecke, reversierte hektisch und raste dann durch die Einfahrt.
Als das Motorengeräusch leiser wurde, ließ Nowak die Verdunklung los und wandte sich seinem Schreibtisch zu. Seine Tasse mit dem Kaffee stand unverändert da – er nahm sie in die Hand – eiskalt. Mit müden Schritten trug er sie in die Kaffeeküche und schickte die Zahnbürste in die Gerichtsmedizin. Vielleicht würde die Spur ja was ergeben. Dann begab er sich ins Nebengebäude zu den Labors der Tatortgruppe.
„Morgen, Nowak!" Bernadette sah wie immer frisch und munter aus. „Heast, du schaust ja schon wieder so drein, als hätt dir wer dein Frühstück vermiest."

„Heute hat mir mein Besuch wenigstens keine Körperteile aufs Frühstück geworfen, nur Papiere. Das dafür gleich zweimal." Er schilderte den Besuch Regina Rogallas. „Ich weiß nicht, was ich von ihr halten soll. Ihr ganzes Verhalten … Sie kommt mir komisch vor. Nach dem Gespräch ist sie hektisch losgebraust, fast hätte sie dabei die Mauerecke mitgenommen."

„Na bravo, da gehört aber was dazu, die Ausfahrt ist eigentlich breit genug."

„Finde ich auch. Es gibt zwei gegenteilige Aussagen von zwei Frauen, dass sie mit dem abgängigen Hausbesitzer zusammen gewesen sind. Quasi exklusiv."

„Nowak, wie redest du denn, deine Wortwahl - du brauchst dringend Koffein."

„Ich wollt eigentlich wissen, wie weit die Untersuchungen sind, Bernadette."

„Immer diensteifrig, Herr Kollege, gell. Also, es hat alles Hand und Fuß."

„Kalauer, Kalauer. Du solltest unbedingt Kabarett machen."

„Haha, Nowak. Die Realität ist viel lustiger. Wir sind mittendrin, wenn du willst, kannst du hier bleiben, während ich mich um die Fingerabdrücke kümmere." Sie ging in den Nebenraum, er folgte ihr. Dort zog sie Handschuhe an, griff nach der Schachtel mit dem abgetrennten Arm, öffnete sie und legte sie auf ihren Arbeitstisch. Ein Glasgefäß, das entfernt an eine Blumenvase erinnerte, wurde mit Wasser gefüllt. Bernadette kam damit zum Tisch zurück.

„Du stellst doch nicht wieder eine Sauerei an?"

„Nowak, Nowak, du verträgst aber auch gar nix."

„Nicht vor dem ersten Kaffee."

Bernadette legte eine Schere bereit.

„Oh, die Knochenschere."

„Tut mir leid, Nowak." Bernadette nahm den verwaisten, weißlich-blass wirkenden Arm aus der Schachtel und griff nach der Schere.

„Moment, ich ahne, was du vor hast. Hast du alles festgehalten?"

„Alles, Nowak, auf Fotografie und Video. DNA ist entnommen und bei Dr. Sonnleitner, ebenso wie Proben vom Fuß und den Blutspuren aus der alten Fleischerei."

„Und die Gulaschdosen?"

„Ebenso Proben entnommen, war aber wirklich tierisch."

„Puh, wenigstens was."

„Unter den Fingernägeln von ihm hier waren Fasern."

„Ach ja?"

„Fasern wie bei Matratzen oder Schuhabstreifern."

„Interessant."

„Wird gerade mit Proben verglichen, die wir im Haus genommen haben." Bernadette klapperte mit der Schere.

„Dann tu, was du nicht lassen kannst."

Gruselnd und fasziniert zugleich beobachtete Nowak Bernadette dabei, wie sie einen Finger nach dem anderen abschnippelte wie beim Daumenlustscher im Struwwelpeter und ihn in die Vase mit dem Wasser plumpsen ließ.

„Und jetzt?"

„Warte ab, Meister der Ungeduld! Jetzt ist Zeit für ein gutes Kaffeetscherl, Nowak, komm mit." Sie sperrte das Labor von außen ab und ging Nowak voraus den Gang entlang. Vor einer offenen Tür, aus der laut die Ramones drangen, blieb sie stehen. „Wußt ich's doch, Ihr habt immer genügend Stoff!", rief sie in den Raum. „Gebt Ihr zwei gestressten Kollegen was ab von Eurer Droge?"

Sie betraten eine dunkle Höhle, vor den Fenstern schwarze Blenden, kein noch so winziger Sonnenstrahl drang herein. Nur über den Arbeitsflächen brannte Licht. Weder Krall noch Schnurr waren hier an der Arbeit, sondern ein Rocker-Typ mit grauer Mähne und Nietenarmband, den Nowak noch nicht kannte. Bei ihrem Eintreten stand er lachend auf. „Kommt auf den Preis an, den du zu zahlen bereit bist, schöne Maid!", rief er lauter als die Musik, drehte die Lautstärke dann runter.

„Keine Unanständigkeiten vor Kollegen, Joe!" Bernadette guckte betont finster und stemmte die Arme in die Hüften. „Nowak, das ist einer unserer besten Kollegen, spezialisiert auf Drogen-Spuren. Bisher war er in Salzburg, aber das Privatleben", Bernadette zwinkerte, „hat ihn zu uns geführt."

„Joe, freut mich." Der Rocker hielt ihm eine große Pranke zum Gruß hin.

„Wolf", sagte Nowak, „aber alle nennen mich Nowak."

„Gut, Nowak. Du willst von unserem Stoff? Aber ich warne dich, der ist hart und pur."

„Egal was, Hauptsache etwas, das mich wieder lebendig macht. Ich halte diese Hitze nicht aus. Immerhin hast du es hier etwas angenehmer."

Joe deutete auf die schwarzen Rollos. „Ein Vorteil der Labortätigkeit. Ich habe eine Klimaanlage." Er schenkte aus einer verchromten Kanne etwas Pechschwarzes in eine winzige Tasse und reichte sie Nowak. „Bitte. Auf deine eigene Verantwortung. Machst du Pause mit der schönsten und klügsten Kollegin im ganzen Haus?" Der Rocker schenkte noch eine Tasse ein, reichte sie Bernadette.

„Danke. Der Nowak wartet auf ein Ergebnis von mir." Bernadette nahm einen Schluck. „Es dauert einen Moment, ehe ich weiter machen kann."

„Verstehe. Ist es der Fall in dem schrecklichen Haus? Krall hat mir davon berichtet. Unheimlich, ein Körperteil zu finden." Joe schenkte sich selbst ein und trank. „Ich hab eigentlich gedacht, die Gegend ist nicht mehr so wild wie früher. Kenn's nur noch aus meiner Jugend, beim Schul-Stangln sind wir immer im Prater gelandet."

Nowak lachte. „Heute verstecken sich die Gauner einfach nur in Anzug und Krawatte. In meiner Kindheit war ein Verbrecher halt noch ehrlich."

Alle lachten.

„Du kennst die Gegend?", fragte Bernadette. „Ich hatte schon den Eindruck, dass Frau Molnar keine Fremde für dich ist."

„Nicht nur die." Antonia mit ihren bunten Zöpfen tauchte vor seinem inneren Auge auf. In seiner Brust verkrampfte sich etwas. „Wir haben unweit gewohnt, meine Eltern und ich. Und im Haus neben dem vom aktuellen Einsatz war die Fürsorgerin."

„Fürsorgerin?", fragte Bernadette und stellte ihre Tasse ab.

„Alte Geschichte, ich bin drüber hinweg."

„Bist du da nicht befangen, was den Fall betrifft?", fragte Joe.

Nowak zuckte die Achseln. „Und wenn schon, das ist so lange her, die meisten von damals leben gar nicht mehr. Mal abgesehen davon, dass ich mit kaum jemand engeren Kontakt gehabt habe."

Lass dich nie von fremden Menschen anreden. Wie wir leben, geht keinen was an.

Sie tranken aus und verabschiedeten sich von Joe. Zurück an Bernadettes Arbeitsplatz setzte sich Nowak in die Ecke und sah der Kollegin zu, wie sie frische Handschuhe anzog und den kleinen Finger aus dem Wasser nahm. „So, ich ziehe jetzt die Oberhaut ab", erklärte sie. Dabei stülpte sie ein Stück Haut von der aufgefundenen Hand über ihren eigenen kleinen Finger. „Damit mache ich Fingerabdrücke."

„Verstehe."

Sie wiederholte die Prozedur mit jedem Finger. Schließlich waren alle Abdrücke genommen. Nachdem sie die fremde Haut wieder losgeworden war und die Handschuhe ebenfalls, jagte sie die Fingerabdrücke durch den Polizeicomputer. Während sie auf das Ergebnis warteten, setzte sich Bernadette bequemer hin. „Was war das vorhin? Du hast eine Fürsorgerin gehabt?"

„Lange her." Nowak drehte sich auf dem Sessel hin und her und starrte auf die ehemals weißen Wände. „Es war wegen meiner Mutter. Sie hat zu viel getrunken und zu wenig auf mich aufgepasst. Mein Vater ist schließlich abgehauen, und deshalb wurde ich unter Fürsorge gestellt.

War damals so üblich."

„Fuck, das tut mir leid."

„Muss es nicht, Bernadette." Er schwitzte wieder. „Und, was sagt der Blechtrottel?"

„Er bedauert höflich, uns nicht weiter helfen zu können. Wer immer die Person mit der abgetrennten Hand war, sie ist nicht straffällig geworden. Beziehungsweise, ganz korrekt heißt es: sie ist bei keinem Verbrechen erwischt worden."

18

Nowak

Es wurde eine deprimierende und kräfteraubende Arbeit, die Angehörigen aller fünf Vermissten aufzusuchen, in hoffnungsvolle Gesichter zu blicken, zu beobachten, wie aus der Hoffnung Enttäuschung wurde, Verzweiflung. Der Weg führte Nowak und den Praktikanten einmal quer durch Wien und durch alle Höhen und Tiefen der Gesellschaft.

Ob jemand damals Marianne vermisst hatte? Wie sie mit dem Vorfall wohl umgegangen waren? Nowak seufzte schwer und kassierte einen Seitenblick von Sebastian. Damals waren immer wieder Kinder verschwunden, die einen wurden in andere Heime verlegt, andere kamen ins Krankenhaus und kehrten nie zurück. Mehr als einer hatte versucht, abzuhauen – oder sich umzubringen, weil es sonst keinen Ausweg gab. So gut wie alles wurde vertuscht, Antworten gab es nie.

Konzentrier dich auf heute! Ein tödlicher Fehler ist genug!

Sie läuteten an der Tür von Stefan Schüllers Familie in der Nähe der Oper. Gute Wohngegend. Der junge Mann hatte bis zu seinem Verschwinden noch bei seinen Eltern gewohnt, Angestellten, die es zu ein wenig Wohlstand gebracht und ihrem Sohn die Europareise bezahlt hatten. Nowak und Sebastian trafen beide Elternteile und die jüngere Schwester des Vermissten in ihrer Wohnung an. Hoffnung huschte über das Gesicht der jungen Frau, es war Nowak, als würde er hineinschlagen mit seiner Bitte um DNA-Material. Jeder halbwegs vernünftige Mensch konnte sich denken, was das bedeutete. Die Familie Schüller half ihm bereitwillig, nichts von den Sachen ihres Sohnes war verändert oder weggeräumt worden, selbst eine Zahnbürste stand in einem Becher neben den anderen, als würde er heute abend heimkommen und sie benutzen. Nowak bat, sie mitnehmen zu dürfen. Es wurde gewährt.

Es tröpfelte, als sie zur Straßenbahnhaltestelle gingen, um zur Ehefrau von Patrick Fullmann in Ottakring zu fahren. Die Luft stand auch dort feucht zwischen den Gassen, waberte um die Verkaufsstände des Brunnenmarktes, an dem dunkelhäutige Verkäufer ihre Waren ausriefen, saftig rote Tomaten, frisches Fladenbrot, Schafkäse, dazwischen Schuhe und billiges Gewand. Frau Fullmann gab ihnen schweigend, mit zusammengepressten Lippen einen Kamm ihres Mannes mit.

Dragan Srbljanovic hatte ganz in der Nähe gewohnt, das kürzte den Weg ein wenig ab. Seine Eltern betrieben ein Gemüsegeschäft. „Mein Sohn ist da in etwas reingeraten", weinte die Mutter. Der Vater ging in die Wohnung über dem Laden und kam mit einer haarigen Bürste zurück. Nowak nahm sie und steckte sie in die nächste beschriftete Plastiktüte. Ein Bild blitzte in seiner Erinnerung auf. Toni, wie sie ihre langen Haare gekämmt hatte. 1000 Striche täglich. Wie bei einer Prinzessin. Manchmal hatte er das für sie tun dürfen.

Schluss mit den Gedanken an früher!

Sie fuhren weiter in das Pensionistenheim in Nussdorf, in dem Engelbert Allmeier fünf Jahre lang gelebt hatte. Eine Betreuerin erklärte, es tue ihr leid, aber das Appartement, das Allmeier bewohnt habe, sei geräumt worden. Die Nachfrage nach Wohnplätzen sei riesengroß und wer so lange abgängig sei ... Allmeiers Sachen lagerten bis zu einer endgültigen Aufklärung in einem dafür vorgesehenen Teil des Kellers. Die Polizisten wurden hingeführt. Ihre Schritte hallten in dem schmucklosen Gang mit seinen rohen Mauern und den nackten Glühbirnen. In Abteilen hinter Gittern standen die Bruchstücke eines Lebens, vieler Leben. Die Betreuerin schloss klirrend wie eine Kerkermeisterin eine der Gittertüren auf. Alte, abgestoßene Rundholzmöbel, eine Stehlampe mit Fransenschirm, ein zerschlissenes, ehemals elegantes Sofa, das Nowak an die Baronin erinnerte. Die Toilettengegenstände waren sorgfältig in eine Kiste gepackt und auf den Kasten gestellt worden. Nowak nahm einen Kamm, steckte ihn in eine Plastiktüte und bedankte sich. Er war froh, als er den Keller und das Haus verlassen konnte, jetzt war ihm sogar die dumpfe Luft im Freien lieber.

Ihre letzte Station war Favoriten – Little Istanbul. Hier gab es unzählige türkische Geschäfte und Lokale. Erkan Cihans Eltern besaßen dort einen Juwelierladen. Ein junges Paar besichtigte gerade kichernd Eheringe. Nowak wartete, bis die beiden gegangen waren und brachte dann sein Anliegen vor.

„Haben Sie Erkan gefunden?", flehte die Mutter.

„Ich kann Ihnen leider keine Auskunft geben", sagte Nowak.

„Ich verstehe nicht, wie mein Sohn so werden konnte." Die Mutter wischte sich verstohlen eine Träne weg. „Er war unglücklich, keine Lehrstelle, keine Arbeit, nichts zu tun. Er hat die falschen Leute kennengelernt. Als ob es ihm im Paradies, das sie ihm versprochen haben, besser ginge", sagte sie bitter. Eine weitere Zahnbürste wanderte in eine mit Erkans Namen beschriftete Plastiktüte.

Draußen tröpfelte es unergiebig, der Himmel war grau, als sie sich auf den Weg zur Gerichtsmedizin machten. Nowak betrachtete die Gegenstände. Ob er damals auch Spuren hinterlassen hatte? Ob jemand die Sache untersucht hatte? Er hatte nie den Mut gehabt, den Fall im Polizeicomputer abzufragen. Falls es ein Fall war, falls nicht alles vertuscht worden war. Den Erziehern und ihren Vorgesetzten traute er alles zu. Bis heute.

„Ist etwas, Chef – ich meine, Nowak?" Sebastian sah ihn fragend an.

„Wie bitte?"

„Gehen wir rein?"

„Achso. Klar." Sie waren bereits bei dem zum alten AKH gehörenden Gebäude des Departments für Gerichtsmedizin angekommen. Rasch eilten sie die im Halbdunkel liegende

Gänge entlang und lieferten die fünf Gegenstände in ihren Plastiktüten für die Untersuchung ab. Dr. Sonnleitner war nicht im Haus, aber eine Kollegin nahm alles für ihn in Empfang.

Auf der Straße klatschten ein paar große Regentropfen herunter, die nichts außer Dampf hinterließen. Schweißgebadet kam Nowak schließlich bei der Baustelle an, im Unterschied zu Sebastian, dem die Hitze nichts anzuhaben schien. Ja, die Jugend …

„Jetzt wollen wir doch sehen, wo der Rest der verdammten Leiche ist", sagte Nowak.

19

Antonia

Sie sind wieder da. Hätt mich ja gewundert, wenns so einfach abgegangen wär. Die Regentropfen klatschen auf die Tomaten, auf den Kukuruz, die Rosen. Sie bringen die Erde zum Duften, ich kann sie riechen, aber ich werde vom Betreten des Gartens abgehalten. Ich darf nicht zwischen den Pflanzen sein, die ich angebaut habe, die für mich wachsen. Ich wollt mir frische Paradeiser und Schnittlauch holen. Eier wären auch gut, vermutlich könnte man hier sogar Hühner halten, das hab ich vor, sobald wieder Ruhe einkehrt. Aber sie haben mich abgefangen, bevor ich ernten konnte. Alles ist mit rot-weiß-rotem Band abgesperrt. Die Verwüstung hat schon begonnen. Tomatenstauden liegen ausgerissen herum, dem Kukurruz geht es jetzt an den Kragen. Überall Erdhaufen, Löcher, sie haben sogar Hunde dabei, Leichenspürhunde, hab ich aufgeschnappt. Unheimlich ist das. Heini steht herum und gafft, eh klar. Er ballt die Fäuste und sieht aus, als würde er gleich das Gelände unseres Gartens stürmen und sich auf den nächstbesten Polizisten stürzen. Jemand sollte ihm sagen, dass sein Verhalten ihn erst recht verdächtig macht.

Else tritt verloren von einem Fuß auf den anderen. Und ganz am Rand, fast verschmolzen mit den hohen Maisstauden, lümmelt der dunkle Typ, dessen Namen ich nicht kenn, der mit dem Herrn Hammer so befreundet tut. Trägt seinen locker sitzenden schwarzen Anzug mit dem weißen T-Shirt drunter, beißt auf seinen Lippen herum und glotzt auf seine weißen Schuhe. Komisch, dass der nicht bei Markus ist, sonst hängt er halbe Tage in der Konditorei herum und frisst Kuchen um Kuchen in sich hinein. Oder ist der Zuckerbäcker hier? Ich kann ihn nicht entdecken.

Den Nowak hab ich heut noch nicht zu Gesicht

bekommen, aber ich weiß, dass sie im Haus sind, die Kieberer, sie rumoren überall in den leerstehenden Wohnungen.

Abara-Kadabara, a Kiwara is ka Hawara.

In den Stauden raschelt es. Einer der Hunde kläfft aufgeregt, drei Uniformierte nähern sich, einer fängt mit einem Spaten zu buddeln an, er wirkt wie ein Totengräber an einem frischen Grab aus dunkler Erde. Ich muss an Mariannes Grab denken, das ich nicht kenne …

Ein weiteres Loch im Boden, mitten im Kürbis-Beet, Blüten und Pflanze hackt er achtlos entzwei, wirft sie mit der Erde zur Seite. Wer ersetzt uns eigentlich nachher den Schaden?

Und dann seh ichs, diesmal mit eigenen Augen: Ein Kopf wird ausgegraben, hoch gehoben. Erde pickt in den Augenhöhlen, die Haare sind drecksverklebt. Else kreischt auf, ich schlag mir die Hand vor den Mund. Jetzt wird mir doch noch übel. Ich bin auf einmal froh, dass ich nichts gegessen hab.

Jetzt ist er da, der Nowak, er schaut aus einem Gangfester im obersten Stock, kurz darauf eilt er durch den Hof und über die Leiter zu unserem Garten. Else schreit, Heini feixt, der Hund wird zur Seite geführt und bekommt eine Belohnung. Der Dunkle aber, dessen Namen ich nicht kenn, der ist weg.

Freitag,
13. August

Nowak

Wer besuchte schon den Leichenfledderer statt eines Frühstücks? Bei seinem Glück der letzten Tage war es sowieso besser so. Nowak ging zu Fuß zum Gerichtsmedizinischen Institut, was er normalerweise genossen hätte, wäre da nicht die ungeminderte schwüle Hitze gewesen. Schon wieder hatte es in der Nacht kein bisschen abgekühlt. Deshalb war er auch so lange auf seinem Balkon gehockt, nachdem keiner von den Kollegen was trinken gehen wollte. Er hatte dem bitteren Geschmack des allein getrunkenen Biers nachgespürt. Die Schaukel hatte vor sich hin gequietscht, wenn er sich darin bewegte. Nowak hatte sich an die Frau erinnert, die sich über ein Geräusch in der vergangenen Nacht beschwert hatte. Aber er war viel zu faul, viel zu müde gewesen, um aufzustehen und irgendwas zu ändern.

Jetzt überquerte Nowak den Donaukanal, der so wenig Wasser führte wie schon lange nicht. Auf den Gehsteigen klebte der Dreck. Erleichtert betrat Nowak das klimatisierte Gebäude der Gerichtsmedizin und ging langsam durch die Gänge, um sich etwas abzukühlen, ehe er an den Rahmen von Sonnleitners offen stehender Bürotür klopfte.

„Guten Morgen, Herr Professor."

„Wünsche wohl geruht zu haben, Nowak." Der Arzt blickte von seinem Tisch auf, runzelte die buschigen Brauen. „Oje, was ist denn mit Ihnen los? Hat man Ihnen das Frühstück vergällt?"

„In gewisser Hinsicht und das auch nicht zum ersten Mal. Aber deswegen bin ich nicht hier."

„Schön, denn ich könnte Ihnen nix anbieten. Außer einem Glas Wasser vielleicht? Wollen Sie eins?"

„Gerne, Herr Professor."

Sonnleitner ließ das Wasser rauschen und füllte ein großes Glas für Nowak. Beim Plätschern sehnte sich Nowak schlagartig nach einer Dusche oder noch besser, nach einem kühlen Wasserfall irgendwo in den Bergen. Wenigstens zur Donauinsel könnte er wieder einmal radeln, nahm er sich vor. Zur Not allein.

„Ich bin auf der Suche nach Untersuchungsergebnissen zu den diversen Körperteilen", sagte er schroff, „den Fall haben doch Sie übernommen?"

„Positiv, Nowak. Sie haben's ja eilig. Aber gut, ich bin mit den ersten Ergebnissen in diesem Moment fertig geworden, wollte nur eine Pause machen und Ihnen dann … " Sonnleitner unterbrach sich selbst.

„Schon gut, Doktor. Ich brauche auch nicht lange. Nur eine Identität wäre gut. Reden Sie."

„Um es kurz zu fassen, ich habe die Gliedmaßen untersucht. Keine Angst, nicht hier."

Nowak grinste.

„Sie stammen beide von derselben männlichen Person." Sonnleitner lächelte ihn stolz an. „Ich weiß, was Sie am meisten interessiert. Eben ist das DNA-Ergebnis fertig geworden. Die Proben aus den Gliedmaßen sind identisch mit den Blutspuren, die aus der Fleischerei stammen."

„Ja?"

Sonnleitner lächelte. „Ich konnte eine Übereinstimmung mit DNA-Probe 1 herausfinden."

„Machen Sie's nicht so spannend, Professor."

Wieder ein Grinsen. „Die Probe war mit Waschmuth beschriftet."

„Bingo, dann haben wir eine Identität. Bernhard Waschmuth heißt der Besitzer des Hauses, in dem der Arm gefunden wurde."

„Gruslige Vorstellung, im eigenen Haus so zu enden. Zumindest der Fuß wurde nach Eintritt des Todes abgetrennt." Der Professor räusperte sich. „Die Spuren, die mit ‚Dachboden' beschriftet waren, stimmen nicht mit dieser Person oder einer anderen Probe überein."

„Die Spuren aus der Dachbodenecke? Ist das Blut?"

„Das ist es. Menschliches sogar, Nowak." Sonnleitner grinste.

„Ein Unfall? Oder noch eine Leiche?"

„Das herauszufinden, ist Ihre Aufgabe, Nowak." Sonnleitner lächelte fein.

„Was ist mit dem Kopf?"

„Wird noch untersucht. Was ich jetzt schon sagen kann: Es gibt keine äußeren Verletzungen an dem Schädel. Übrigens, eine große Bitte, Nowak. Liefern Sie mir in Hinkunft nach Möglichkeit komplette Leichen. Dieses Stückwerk ist ... wie soll ich sagen ... etwas schwierig zusammenzusetzen. Bei diesen Puzzles war ich schon als Kind nie besonders geduldig."

„Ich werd mich bemühen, dass die Lieferungen in Zukunft vollständig durchgeführt werden, Herr Professor. Ein Rundschreiben ergeht heute noch an die Herren Bösewichter??."

„Sehr freundlich, Nowak. Im Moment kann ich Ihnen noch keine Angaben zur Todesursache machen. Der Drogentest ist negativ, Gifte stehen noch aus."

„Irgendwas zum Werkzeug, mit dem die Körperteile abgetrennt wurden?"

„Habe ich, anhand der Spuren am Knochen. Ich tippe auf ein Fleischerbeil."

„Bingo! Also doch die Fleischerei, ich hab's mir schon gedacht." Nowak ließ das Bild der Räumlichkeiten vor seinem inneren Auge vorübergleiten. Hatte Bernadette das Beil mitgenommen? Vermutlich.

„Irgendwas zum Todeszeitpunkt?"

„Wenn ich die Hitze mit einberechne ... irgendwas zwischen Montag Nachmittag und dem späten Abend."

„Aha. Das passt dann vermutlich zum Postweg beim zweiten Paket, der schon zwei oder drei Tage dauern könnte. War der Typ tatsächlich hinüber, ehe man ihn – Sie wissen schon."

„Ja, das war er."

„Ich habe es mir gedacht, Herr Professor, anhand der nicht sehr blutigen Wunden."

„Gut aufgepasst, Nowak." Sonnleitner sah ihn an wie ein stolzer Lehrer.

„Danke, Sie sind mein Sonnenschein, Doktor."

„Sie kalauern ja ganz schön, Nowak."

„Das ist das einzige, was bei dem Gedanken hilft, dass ich gleich zwei Beinahe-Witwen die unfrohe Botschaft überbringen werde müssen."

„Mein Beileid, Nowak. Und jetzt gehen Sie was essen. Tun Sie uns allen den Gefallen und nehmen Sie irgendwas zu sich, bevor Sie hier beim Kalauern umkippen."

„Danke, Professor. Ich weiß Ihre Fürsorge zu schätzen."

„Keine Ursache. Ich möcht Sie nur nicht auf den Tisch bekommen."

„Wie reizend. In so einem Fall tät mir wenigstens nichts mehr weh. Auf Wiedersehen, Herr Doktor."

Sonnleitner runzelte die Brauen und musterte ihn scharf. „Auf Wiedersehen, Nowak."

21

Nowak

Donnergrollen empfing Nowak auf der Straße. Ein Blitz zuckte auf. Hoffnungsvoll hob Nowak den Blick zum Himmel. Schwarze Wolken ballten sich direkt über ihm, bei den Türmen des neuen AKHs kam die Sonne durch. Eine alte rote Straßenbahn fuhr ratternd vorbei. Während Nowak noch überlegte, wie nach den Erkenntnissen Doktor Sonnleitners weiter vorzugehen war, begann es heftig zu regnen. Endlich! Nowak hielt sein Gesicht in das Nass, dann schlüpfte er mit einem schnellen Schritt zurück unter den Vorsprung des Haustors hinter ihm. Fasziniert beobachtete er, wie die herab schießenden Wassermassen im Sonnenlicht glitzerten. Das Prasseln klang wie Musik in seinen Ohren und überdeckte alle anderen Geräusche. Bäche rannen die Gasse entlang, Wasser gluckerte in Kanäle. Nowak atmete tief die frische Luft ein. Was für eine Wohltat! Es war wie in seiner Kindheit, wenn er spielen war und einfach draußen blieb trotz eines Gewitters, seine Mutter kam ihn ja doch nie holen.

Endlich hatte er das Gefühl, wieder denken zu können. Sie hatten also eine Identität zu den Leichenteilen. Darüber musste er im Team berichten. Aber sie hatten immer noch nicht alle Teile des Körpers. Verdammt, die mussten doch irgendwo zu finden sein! Er starrte in den Regen, als könnte er zwischen den Tropfen irgendeinen Hinweis entdecken.

Außerdem hatte Doktor Sonnleitner einen vermuteten Todeszeitpunkt genannt. Also mussten Alibis geprüft werden. Von wem? Am besten von allen im Umfeld des verstorbenen Hausherrn: den wenigen Mietern, den sogenannten ‚Wilden‘, den Bauarbeitern und natürlich den beiden Frauen in Waschmuths Leben. Vor Nowaks innerem Auge tauchte die Rogalla auf, wie sie ihm die Zeitung auf den Tisch geworfen hatte. Das Bild von Frieda Malik schob sich davor. Er würde keine der Damen gern beim Frühstück nach einem Alibi fragen.

So schlagartig, wie der Regen begonnen hatte, war er wieder vorbei. Nowak verließ das schützende Haustor und wandte sich stadteinwärts. Stille hing über allem, nur ab und zu tropfte es von den Dächern. Die Luft roch vertraut nach feuchtem Asphalt. Jetzt hätte er immer so weiter gehen mögen. Er dachte an alles und nichts. Den Fall, den Regen, diesen allzu heißen, allzu trockenen Sommer, ob an dem der Klimawandel schuld war? Und wie seltsam es war, dass er Polizist geworden war. Jetzt wo er Toni wieder gesehen hatte, überhaupt. Toni, die ihn für einen Mörder hielt. Mariannes Mörder.

Abrupt blieb er an einer stillen Kreuzung stehen. Ein Sonnenstrahl brachte den regennassen Asphalt zum Glitzern.

Diesmal musst du es richtig machen!

Nowak starrte das alte Wirtshaus an der Ecke an, die grüne Gösser-Bier-Werbung, von der Regenwasser tropfte. Abwesend roch Nowak den Hauch Schnitzelpanier, der durch die Luft waberte. Sein Magen knurrte wie von selbst.

Er musste mit Toni reden. Jetzt. Sofort. Er musste Licht ins Dunkel bringen. Herausfinden, was sie über den Fall wusste. Ob sie was wusste. Ob sie ein Alibi für die Tatzeit hatte. Ob sie in Gefahr war. Ja, und dann? Was, dann? Was, wenn sie zu viel wusste? Dann müsste sie es ihm zuerst sagen, oder wie? Warum sollte sie? Damit er sie schützen konnte? Damit etwas von damals wieder gut gemacht wurde?

Aber davon wird keiner mehr lebendig.

Wie von selbst schlugen seine Füße die Richtung ein. Über den Donaukanal, dann enge, gewundene Gässchen entlang, durch ein schmales, langes Durchhaus, in dem es nach Urin und abgestandenem Essen stank. Eine der wenigen noch nicht glatt polierten Ecken des Karmeliterviertels.

Heimatgefühle wurden in Nowak wach. Schließlich erreichte er den Markt, passierte die paar wenigen Standln, die ??unter der Woche Gemüse und Wein anboten. Ein Fetzentandler mit Turban unterhielt sich mit seinem Nachbarn in einer Nowak unbekannten Sprache. Die Luft dampfte noch vom Regen, es war absolut windstill. Nowak brach der Schweiß aus. Wusste er, was er da jetzt tat?

Doch, ja. Und wie ihm das bewusst war. Er würde seine Chefin und die Kollegen hintergehen. Weil er mit seiner großen Liebe sprechen wollte. Seiner früheren großen Liebe. Allein. Schlagartig bekam er Gänsehaut trotz der Hitze.

Beim Näherkommen sah er Else mit einer gebückten älteren Frau vor ihrem Wohnhaus stehen. Der Asphalt glitzerte regenfeucht im Sonnenlicht. Geblendet hielt Nowak die Hand vor Augen. Er hatte das Gefühl, dass ihm jemand folgte, doch es waren nur die Schatten, die sich ständig veränderten. Am liebsten wäre er umgekehrt.

„Wolferl! Was gibt's Neues? Weißt du schon, wem der Kopf gehört? Und das, äh, Andere?", fragte die Installateurswitwe laut. Vier Augen starrten ihn erwartungsvoll an.

„Nein leider", sagte er und wich im letzten Moment einer zerbrochenen Bierflasche aus. Blinzelnd und einen Augenkontakt vermeidend wandte er sich an Else und der anderen Frau vorbei. Er spürte ihre Blicke im Nacken, schenkte dem verwaisten Baugerüst einen flüchtigen Blick und bückte sich unter der Plane durch, die das Haustor verdeckte.

Drinnen atmete er auf. Stille und Dunkelheit. Keine Musik, keine Bauarbeiten, keine Stimmen. Das Polizeisiegel an der Tür der ehemaligen Fleischerei sah intakt aus. Immerhin etwas.

Zögernd stieg Nowak die im Halbdunkel da liegenden, staubigen Stufen hinauf. Sollte er das wirklich tun? Und was, wenn er wieder einen Fehler machte?

Alles ist besser, als nichts zu tun.
Würde Toni ihm nicht sowieso ausweichen? Und wenn es so war - es war ihr nicht zu verübeln, nach allem, was geschehen war, wie er sich verhalten hatte. Sei's drum, er musste einfach mit ihr reden.
Vom Gangfenster warf er einen Blick auf das Gelände hinter den engen Höfen, wo nach Leichenteilen gesucht worden war. Es tat ihm fast körperlich weh, dass Maisstauden und Tomatenpflanzen ausgegraben und zerstört worden waren. Das rot-weiße Absperrband hing herab, ein einzelner Kollege von der Streife stand als Wache an der Mauer nahe des Übergangs. Der Kopf war genau dort gefunden worden, wo Nowak neulich Toni getroffen hatte. Wenn sie in Gefahr war, weil sie etwas wusste …
… du musst es tun. Los jetzt!
Nicht schon wieder weglaufen. Er straffte die Schultern und klopfte an ihre Tür, traf mit dem Fingerknöchel einen hervorstehenden Nagel und unterdrückte einen Schmerzenslaut.
Toni öffnete gleich. „Du?" Nur ein Wort. Ihr Gesicht wie ein Herz, ihre Augen riesengroß und so schön wie damals. Oder noch schöner. Nur verschlossener. Viel verschlossener.
„Darf ich kurz …? Bitte, Toni."
„Mhm." Sie nickte, stand aber unbeweglich in der offenen Tür und sah ihn an. Unverwandt.
„Toni, bitte, wir müssen reden. Unter vier Augen."
Zögernd gab sie die Tür frei.
Er trat ein, drückte sie zu und lehnte sich von innen dagegen, als könnte ihm das Holz Halt geben.

22

Antonia

Reden will er, der Nowak, schau an. Jetzt auf einmal.

„Was willst du?", frag ich und lehn mich an die Wand mit der vergilbten Blümchentapete. Von draußen blendet mich die Sonne. Seltsam, nach dem Regen.

„Reden." Wie er da steht. Müde sieht er aus, als trüge er die schwerste Last auf den Schultern.

„Reden? Jetzt?" frag ich und weiß nicht, was ich davon halten soll.

„Ja. Jetzt. Ich bin extra allein her gekommen, weil ..." Er stockt und sieht mich an. Wie damals, der Blick. Deswegen wollt ich ihn haben, den Nowak. Damals.

„Setz dich", sag ich und hör meine spröde Stimme.

Er tut wie geheißen. Der alte Tisch, das gestickte Tischtuch mit den rosa Röschen von der verstorbenen Frau Müller, und davor der Nowak. Er passt da hin. Ja, er passt an meinen Tisch.

„Toni", er knetet seine Finger, „ich bin hier, weil ... wenn du was weißt, über den ..." Er zögert. „... den Toten, dann ..."

„Ach deshalb bist du hier." Meine Enttäuschung schlägt wie eine Bombe mitten in mich ein. Kann ein Herz ein zweites Mal brechen? Ich kenn mich mit mir selbst nicht mehr aus. „Kommst du mit deinem Fall nicht weiter?", quetsch ich hervor und such nach einem höhnischen Ton.

„Toni." Er stockt. „Dir könnte Gefahr drohen, wenn es so ist. Wenn du was weißt. Über den Täter. Wenn du was gesehen hättest. D-deshalb bin ich hier." Er stottert und sieht auch sitzend unglaublich müde aus. Jemand sollte ihn ins Bett packen und ...

„Ich bin bisher gut allein zurecht gekommen, wie du siehst." Mein Blick fällt auf die Schachtel unter dem Bett.

Den Inhalt kann er vom Tisch aus nicht erkennen. Hoffentlich.

„Ich hab gedacht, du willst über damals reden", sag ich.

„Das auch, Toni, aber-"

„Für Marianne ist es sowieso zu spät, Nowak." Ich hab das Gefühl, ich steh mir selbst im Weg. Ich verschränk die Arme vor meiner Brust, weil ich sonst in Einzelteile zerfalle. Ich sollt ihm was anbieten, möcht es auch, aber der Weg zur Küche erscheint mir unendlich weit. Als wären meine nackten Füße auf dem alten PVC-Boden fest gewachsen. Und erst die Kraft, ein Kastl zu öffnen oder Kaffeewasser zuzustellen, die fehlt mir. Komplett fehlt die mir. Nur eine Zigarette zünd ich mir an, weil ich das Packerl bei mir hab.

„Also, reden wir über deinen", ich muss schlucken, „deinen Fall", würg ich hervor. Ich muss das jetzt wissen, auch wenn mir von den Einzelheiten schlecht wird.

„Euer ..." Er zögert. „... euer Hausherr ist tot." Nowaks Finger spielen mit den Fransen der Tischdecke. Er lässt mich nicht aus den Augen. Wie ich früher in diesem Blick versunken bin! Gleich hat er mich wieder. Ich schau den Boden an und zerquetsch das Tschickpackerl.

„Der W.?" Also doch. Das Gespräch mit Else fällt mir ein. Wenn ich den im Garten vergrabenen Kopf gemeinsam mit ihr gefunden hätt ...

Der Nowak nickt. „Bernhard Waschmuth, ja. Ich hab es grad erfahren. Auch wenn wir nur Teile seines Körpers haben, die Identität steht fest."

Ich nicke. „Hab euch beobachtet", quetsch ich hervor. Ich seh wieder den Schädel, wie er aus der Erde frei gebuddelt wird. Und wie wir alle herumstehen, Markus und der Dunkle und Else. Mir ist, als hör ich sogar den Hund wieder bellen, wie er den Fund meldet.

Ich halte mich an der Zigarette fest. „Der W. besitzt so viele Häuser, habt ihr schon überall nach seinen ... Überresten gesucht?" In meiner Kehle kratzt es. Ich brauch dringend was zu trinken, aber meine Füße haben keine

Kraft, sich zu bewegen.

Der Nowak nickt. „Wir sind dran."

„Der alte Spekulant und seine Machenschaften", brabbel ich weiter, um irgendwas zu sagen, um nicht von was Anderem zu reden. „Wie der überhaupt zu seinen Reichtümern kommt."

„Seine Verlobte hat ihm das Geld für den Start geliehen."

„Ja?", bring ich raus. Dieses Wort, Verlobte, lässt mich zittern. „Aber das allein mein ich nicht. Es ist die Art, wie er vorgeht ... er kauft vernachlässigte Häuser billig, lässt alles noch weiter verfallen, um die Leute zum Ausziehen zu bewegen. Und danach motzt er alles auf und verkauft teuer als Eigentum."

„Ist nicht verboten, Toni."

„Nein. Juristisch nicht. Moralisch ist es verwerflich", sag ich und komm mir kurz wie Heini vor. „Es wird genug Leut geben, die den ollen W. lieber heut als morgen loswerden wollen."

Der Nowak nickt. „Du auch?"

„Und wenn schon."

„Weißt du was?", fragt er und kneift die Augen zusammen. „Was weißt du?" Ich sehe eine andere Frage darin, aber die wagt er nicht.

„Kommst du jetzt wirklich nicht mit deinem Fall weiter oder was?", ätz ich und hab mich endlich los geeist von der Magie, die von ihm ausgeht. Es ist nur die Erinnerung. Die Erinnerung an etwas sehr Schönes. Etwas Schönes, das gestorben ist. Unwiederbringlich.

Wieder kläfft ein Hund. Die Tür geht auf. Heini. Mit einem der hässlichen Köter, die sie hier alle haben. Alle außer mir. „Fräulein Gnädigste, kommst du bitte mal?"

Schleicht der mir nach? Warum? Um zu spionieren? Dass ich mit dem Nowak red?

„Tschuldigung", sag ich zum Nowak und krieg endlich meine Fußsohlen vom Boden hoch. Der nickt nur. Heini zieht eine Augenbraue hoch.

Der Nowak steht auf. „Pass bitte auf dich auf", raunt er mir zu und bleibt so knapp vor mir stehen, dass ich ihn riechen kann. Wie früher. Er riecht nach sich selber und ein bissl nach Wirtshaus. Sein Blick ist sowas von magnetisch. Dann raschelt draußen irgendwas, ich atme tief ein und nick nur.

„Kommst du jetzt, Fräulein Gnädigste?", sagt der Heini. Der Nowak und ich fahren auseinander wie bei was Unrechtem ertappte Kinder. Der Heini schaut mich an und dann den Nowak und wieder mich und wieder den Nowak. Sein Blick gefällt mir nicht. Ganz und gar nicht.

Nowak

Du machst einen Fehler, wenn du sie allein lässt.
Nowak musste sich zwingen, die staubige Treppe hinunterzugehen, anstatt zurück zu Toni zu laufen. Wusste sie etwas? Verbarg sie was? Er hatte das dringende Gefühl, irgendetwas übersehen zu haben. Sie hatte ihm seine Fragen nicht beantwortet. Sie war in Gefahr, er kam nicht davon los. Oder streckten nur wieder die Gespenster aus seinen Träumen die Hand nach seiner Seele aus?

Hinter sich hörte er Heinis Hund kläffen und die Schritte von Heini und Antonia. Nowak hielt lauschend inne, konnte ihr Gespräch aber nicht verstehen.

Er ging weiter hinunter. Er musste endlich die Kollegen zusammen trommeln, die neusten Erkenntnisse sammeln, Dr. Sonnleitners Identifizierung, den Todeszeitpunkt, die nächsten Schritte beratschlagen.

Aus Elses Wohnung drang Rock'n Roll. Hatte sie Besuch? Lauschend blieb Nowak stehen. Eine Frauenstimme sang mit. Else selber? Hörte sich nach ihrer Stimme an, ja. Das war eine ganz neue Seite an ihr, hätte er ihr auch nicht zugetraut.

Na bravo, jetzt hatte er einen Ohrwurm. *What's Love got to do with it...* Rasch, als könne er vor der Melodie dieses Schmachtfetzens davon laufen, ging er zur Stiege, stoppte dann aber an der versiegelten Wohnungstür, hinter der sie die Gulaschdosen gefunden hatten. Spontan öffnete er das Siegel und trat ein. Die Tür knarrte, als er sie hinter sich zu drückte. Die Leere, die Nowak empfing, war noch umfassender geworden. Bernadette und ihr Team hatten die Matratze ebenso mitgenommen wie die Klamotten, die hier gelegen waren. Nur die Fliegenleichen am Fenster waren noch da.

Nowak blieb mitten im Zimmer stehen, als könnten ihm die trostlosen Wände etwas mitteilen. Waschmuths Tod war also am Montag eingetreten. Eine Waffe oder Todesart war nicht bekannt. Abgetrennt waren die Körperteile mit etwas in der Art eines Fleischerbeils worden. Nowak drehte sich im Kreis. Die nackten Wände waren einmal weiß gewesen, jetzt waren sie gräulich verdreckt, dunkle Spritzer, vielleicht vom Dosengulasch, fanden sich ebenso wie Löcher im Putz. Langsam ging Nowak daran entlang. Nichts, natürlich nichts. Hatten sie ja alles gestern schon gemacht. Ein Einschussloch wäre Bernadette aufgefallen, da war er sicher. Ebenso Blutspuren.

Die Tristesse des Ortes schwappte über Nowak zusammen. Fluchtartig verließ er die Wohnung. Draußen brachte er ein frisches Siegel an der Tür an und ging zur Treppe. Im Staub waren jede Menge Fußspuren zu erkennen, die auch die Kellertreppe hinunter führten.

Vor dem Haus blieb Nowak stehen. Die Plane wurde vom Wind aufgebläht, Staub wirbelte auf, Nowak rieb sich die Augen. Es war schon wieder viel zu schwül. Sein Herz klopfte schnell. Drüben am Markt trat Sabrina aus der Tür ihres Cafés. Zu den Klängen von *Felicita* schrieb sie etwas auf die schwarze Tafel neben der Tür. Das erinnerte ihn daran, dass er heute noch nichts gegessen hatte. Würde er dann nachholen. Sabrina sah in seine Richtung und winkte ihm.

Nowak hob kurz die Hand, suchte dann nach seinem Handy und wählte Kaschkas Nummer. „Servus", meldete er sich. „Nowak hier."

„Wo steckst du? Wir warten hier schon die längste Zeit auf dich. Es gibt Neuigkeiten."

„Chefin, ich, äh, musste mich noch umziehen, ein, äh, Malheur."

Du lügst wieder. Welche Strafe setzt es, wenn man nicht die Wahrheit sagt?

Nichts zugeben. Niemals.

Er räusperte sich. „Kaschka, es tut mir leid, ich hab mir Kaffee aufs Hemd geschüttet." Er stockte und fasste rasch die Neuigkeiten zum Fall zusammen. „Ich bin bei dem Haus am Karmelitermarkt."

Drüben vor einem der kleinen Marktlokale saßen ein paar Männer, Bierflaschen vor sich. Zwei orthodoxe Juden in ihren dunklen Kaftans querten den beinahe leeren Marktplatz. Am Stand der Fetzentandler wehten die Fahnen von Rapid und Austria friedlich nebeneinander.

„Du bist vor Ort, Nowak. Sehr gut", sagte Kaschka. „Ich schicke Sebastian."

Kurve gekriegt. Ging ja. Aber Moment ... „Weswegen denn?"

„Wir haben auch Neuigkeiten, Nowak. Bei Bauarbeiten ist ein Leichenteil gefunden worden. Ein Torso."

„Was? Wo denn?"

„Hietzing. In einer Baugrube. Bei Kanalarbeiten."

„Vielleicht ist das Puzzle jetzt bald komplett. Dr. Sonnleitner hat sich schon beschwert."

„Der ist schon informiert. Hoffen wir, dass wir damit weiter vorankommen. Du prüf doch bitte die Alibis."

„Also bis später."

Nowak legte auf und steckte das Handy ein. Etwas hatte sich verändert. Auf den ersten Blick wirkte alles wie zuvor, die Säufer waren mehr geworden, und sie sangen jetzt. „Dornröschen war ein wildes Kind, wildes Kind." Bei jedem Mal, dass das Wörtchen ‚wild' kam, röhrten sie vor Lachen. Beim Fetzentandler kaufte jemand was, und ein paar Jugendliche kickten einen zerfledderten Ball durch die Seitengasse. Von einem Fenster grantelte eine Männerstimme herunter: „Ruhe da, he! Oder ich ruf die Polizei!"

„Was ist, willst wieder wen verklagen?", rief ein Passant hinauf. „So wie die Pizzeria und jedes andere Lokal hier?"

Gedankenverloren ging Nowak weiter. Auf einmal hatte er das klare Gefühl, dass sich etwas verändert hatte. Er brauchte einen Moment, um die Stille zu registrieren.

Alle verharrten. Die orthodoxen Juden, die Nachwuchsfußballer und sogar die besoffenen Sänger. Als hielten alle gemeinsam die Luft an. Nowak folgte ihren Blicken. Ein Stück die Gasse runter stand eine leicht gebeugte Frau mit verfilzten, grau-schwarzen langen Haaren. Vor sich hatte sie einen Einkaufswagen aus dem Supermarkt, voll beladen mit abgewetzten Plastiksäcken. Ein schwarzer war auch darunter, er hatte eine längliche Form.

„Allesmafia!", rief sie laut und schrill und gestikulierte wild mit den Armen in Richtung von Waschmuths Haus.

„Wie in Palermo, gell", feixte einer der Fußballer, ein schwarzhaariger Jugendlicher, und näherte sich ihr.

„Nimm dich in acht", johlte sein Mitspieler mit einem dünnen Oberlippenbärtchen, „sonst landest mit Schuhen aus Beton in der Donau."

Einer der Säufer kam mit seiner Bierflasche näher und grinste.

„Lacht nur!", greinte die Frau laut auf. „Bald kommt der Mannundmacheuchunsichba." Sie machte eine halbe Drehung und reckte wieder ihre Klauen wie ein schlechter Nosferatu-Darsteller. „Daaan hoooolt eer eeeuuuuch", fuhr sie heulend fort. Ihre Worte hingen noch einen Moment in der Luft.

Die Jugendlichen grölten. „Da haben wir aber Angst." Der Säufer prostete der Frau zu. Die Jugendlichen johlten und trippelten mit dem Ball um sie herum. Die Frau reckte immer noch die Arme.

Nowak drängte sich an den anderen vorbei zu ihr durch. „Was haben Sie eben gesagt?"

„WasmeinSie?" Sie kniff die Augen zusammen und starrte ihn an.

„Das mit der Mafia vorhin. Was meinen Sie damit?"

„Werbisndu?" Ihre Augen waren grau und ein wenig milchig. Sie roch nach Alkohol. Eine Erinnerung blitzte in ihm auf, aber er bekam sie nicht zu fassen. Ein ausgestreckter

Arm, eine knochige Hand ...

„Kriminalpolizei. Kommen Sie mit, bitte. Ich muss mit Ihnen reden." Er drängte die anderen zur Seite.

„Ichwarsnicht", schimpfte die Frau und drehte sich von ihm weg. Dabei zerrte sie an ihrem Einkaufswagen, der quietschend zur Seite rollte.

Nowak machte einen Sprung zur Seite. „Darum geht's nicht. Ich möchte nur wissen, was es mit der Mafia auf sich hat."

„Mafia? Smirvielzheiß." Sie ruckte mit dem Kopf und sah zu ihm auf. Der Blick war flackernd. „Wennduwirklichpolizisbis", nuschelte sie, „dann wirsdus rausfindn. Ssiehdichnurum." Sie deutete auf die Baustelle und dann reihum. „Da und da und da. Alles Verbrecher." Das Letzte kam überraschend deutlich.

„Wen meinen Sie?"

„Dufindst das sicher raus", sagte sie fast mütterlich. „Ichhabvertrauenindi, Wolferl, dass dudasrechtzeitschaffst." Sagte es, drehte sich um und ging davon, den Wagen hinter sich her ziehend.

24

Nowak

Nowak starrte der schwankenden Gestalt nach. Schlingernd bewegte sie sich die Gasse entlang, ohne echtes Ziel, wie ihr Einkaufswagen, der einmal quietschend nach rechts schoss, dann von ihr zur anderen Seite bugsiert wurde und übers Pflaster rumpelte.

Wolferl, klang es in seinen Ohren nach und sein Kopf suchte immer noch danach, woher sie ihm bekannt vorkam. Nur aus der Gegend hier? Aber wieso wusste sie dann seinen Namen? Verdammt nochmal, wie hieß sie?

Seufzend strich sich Nowak über die Stirn. Staub klebte schon wieder auf seiner Haut. Zu viele Dinge drängten auf ihn ein, gingen in seinem Kopf durcheinander. Zu viele Menschen, denen er begegnete. Er sehnte sich nach seinem Balkon, der Schaukel, danach, allein mit sich und seinen Gedanken zu sein, um sie sortieren zu können. Auszusortieren. Einen bestimmten überhaupt, der ihm keine Ruhe ließ.

Er zwang sich, sich wieder Waschmuths Haus zuzuwenden. Alibis. Es mussten endlich Alibis abgefragt werden. Damit sie weiter kamen. Die Fußballer kickten schreiend weiter. Eine Bierflasche fiel krachend auf den Boden. Nowak fuhr herum und blickte die Gasse entlang. Die seltsame Frau war gerade bis zur Straßenecke gekommen. Etwas an dem Einkaufswagen irritierte Nowak. Und ihre Bewegungen – irgendwas daran kam ihm bekannt vor. Eine Freundin seiner Mutter vielleicht, oder besser gesagt, eine Saufkumpanin? Wieder hatte er das Gefühl, in seinem Traum zu sein, als würden klauige Hände nach ihm greifen.

Er rannte los, um die Frau noch einzuholen. Es war, als würden ihm die Schatten folgen, alles verschleiern.

Er musste sofort in Erfahrung bringen, wer sie war - und woher sie seinen Namen kannte. Er umrundete den Biertrinker, der ratlos und ein klein wenig schwankend neben den Scherben stand, wich dem Fußball aus, passierte die Müllcontainer, als ein Lieferwagen vom Markt heraus auf die Gasse schoss. Im letzten Moment machte Nowak einen Satz zur Seite, landete zwischen einem Papier- und einem Biomüll-Container. Der Wagen schob zurück, als gehöre die Gasse ihm allein. *Jankovic-Wurst-Fleisch* stand auf der Seite. Nowak hechtete zwischen den Mülltonnen hervor, hetzte zurück zur Fahrbahn, blickte nach links und rechts. Die Verrückte mit ihrem Einkaufswagen war weg. Wie vom Erdboden verschluckt.

„Wolferl?!"

Nicht schon wieder!!

„Bist du das wirklich? Was machst du denn hier?" Jetzt legte sich tatsächlich eine knochige Hand um seinen Oberarm. Eine Hand, wie es sie nur einmal gab. Kühl, fest, wie sie ihn oft und oft herum gezerrt hatte. Oder weg gestoßen. Wie es ihr gerade passte.

„Rosemarie." Er drehte sich zum Brandtweiner, aber den gab es ja nicht mehr. Nowak rieb sich die Augen, als müsste er seinen Traum verscheuchen, und starrte die Pizzeria mit ihrem riesigen Garten an, der von den Sonnenschirmen schwach beschattet wurde. Dann wandte er sich seiner Mutter zu. Schlecht sah sie aus. Fast so wirr wie die Frau, die gerade verschwunden war. Else hatte recht gehabt ... er würde etwas unternehmen müssen.

„Ein anderes Mal, Rosemarie", rief er und schüttelte ihre Hand ab. „Hast du die Frau gerade gesehen? Graue Augen und verfilzte Haare? Mit einem Einkaufswagerl voller Plastiksackerl?"

„Nein, ich ... Du, Wolfgang ...", rief sie, aber er rannte schon weiter. Sah in jedes Haustor, rüttelte an jeder Tür. Diese verwirrte Frau konnte nicht so einfach weg sein! In jedes Geschäft sah er kurz, sogar in den Drogeriemarkt an

der Ecke, in jedes Lokal. Nichts. Auch nicht bei Sabrinas Café Sonne. „Iche sage dir, wenn etwase isst", versprach sie.
Nowak lief weiter.
„Halt!!!"
Nowak stoppte abrupt. Fast hätte ihn ein Bauarbeiter mit einem Eisenteil nieder gerannt. Ein weiteres Haus wurde gerade eingerüstet. Nowak wich aus und rannte weiter. Die Bäckerei – nichts. Ein Blumengeschäft – auch nichts. Sein Blick fiel auf einen Kübel mit kleinen rosa Rosen. Wie er sie damals Antonia geschenkt hatte.
Antonia, immer wieder Antonia!
Konzentrier dich! Nicht dass du noch einen tödlichen Fehler machst.
Aber was war der Fehler? Was war richtig? Was falsch?
Schließlich hatte Nowak den Markt umrundet. Erfolglos. Die Verwirrte war weg. Einfach so. Das war doch nicht möglich, Menschen konnten nicht so mir nichts, dir nichts verschwinden, sich nicht unsichtbar machen.
Nowak blieb stehen und griff sich an die Stirn. Genau davon hatte diese Verrückte gesprochen!

Antonia

„Du redest ja ganz schön viel mit dem Typen von der Bullerei", sagt der Heini. Sein Atem ist bierdunstig. Er steht zu nahe bei mir. Ich mach einen Schritt von ihm weg. Dabei ist das hier mein Zuhause. Ich muss das mit dem Türschloss besser regeln. Damit nicht jeder ständig rein kommen kann. Heini steht auf offene Türen, am liebsten hätte er meine auch ausgehängt, aber das hab ich ihm schön vereitelt.

„Na und", sag ich und schau ihn an. Er senkt als erster den Blick. Geht ja. „Was hast denn gegen ihn? Es gibt einen Mordfall und er muss ermitteln."

„Er braucht aber nicht alles über uns zu wissen, der feine Herr", sagt der Heini.

„Ist alles gut versteckt, Heini, das weißt du doch."

„Schon, aber das allein ist es nicht. Trau nie einem Bullen, klar?"

„Klar." Ich hätt mir ja auch nicht gedacht, dass ausgerechnet der Nowak ein Hüter des Gesetzes wird. „Er war wegen dem Fall hier, sonst nichts. Du brauchst nicht paranoid werden, Heini." Er nervt. Aber er nervt nicht nur, er merkt das nicht einmal. Solche Leute sind die schlimmsten.

„Schlimm genug." Heini guckt wieder das Schwarz-Weiß-Foto von den fremden Eheleuten an. „Dass wir nicht einmal in unsere Räume unten rein können … "

„Was ist, Heini? Warum ist das so tragisch für dich, hm?" Nowaks Worte klingen in mir nach. Dass ich aufpassen soll. Aber jetzt ist es zu spät, die Frage ist schon gestellt.

Er verschränkt die Arme. „Was ist mit dir, Toni? So wie du mit dem Bullen herumtuschelst, verheimlichst du einiges." Er schaut abwartend und böse. „Was hast du ihnen denn erzählt?"

Das kommentier ich ganz sicher nicht.

„Jemanden bei der Polizei näher zu kennen, könnte natürlich auch nützlich sein", sagt er langsam.

„Vergiss es, Heini."

„Dieser Kopf … dieser abgetrennte Schädel … schon ein komischer Zufall, dass der in deinem Gemüsebeet gefunden wurde." Heinis Worte rattern wie die Salven eines Gewehrs. Bumm-bumm-bumm. Abwartend schaut er mich an. Ich hab immer geahnt, dass er böse ist. Durch und durch böse.

„Und was hast du zu verbergen, Heini? Was weißt du eigentlich über unseren verstorbenen Hausherrn?"

„Nichts, was ich dir verraten würde, Fräulein Gnädigste."

„Weißt du etwas, Heini? Bist du am Ende … involviert in den Tod von unserem lieben Herrn W.?" Irgendwie komisch kommt mir der Heini vor. Gar so versessen wegen der Bullen.

„Verdient hat er den Tod." Heinis Blick wird noch grimmiger als sonst. Auch er kommentiert meine Fragen nicht. „Du weisst, wie er mit uns umgegangen ist. Vor einem halben Jahr heißt er uns Willkommen, und jetzt sollen wir raus." Er kratzt sich am Bauch. Ungustl. „Übrigens, der Räumungsbefehl ist da."

„Scheiße."

„Genau." Er kramt in den Taschen seiner verschlissenen grauen Jeans und befördert ein zerknittertes, amtlich aussehendes Schriftstück hervor.

„Zeig her." Ich nehm den Wisch, froh, an was anderes denken zu können. Alles ist mir recht, wenn ich nur für einen Moment den Nowak vergessen kann.

„Das muss uns der Hausherr noch selbst eingebrockt haben", sag ich.

„Es ist aber nach seinem Tod datiert", sagt der Heini. Ein Grinsen umspielt seinen Mund. Völlig unpassend.

„Was willst du damit sagen?"

„Dass seine Firma den selben Weg weiterverfolgt, uns hier raus zu werfen, auch wenn der Waschmuth nicht mehr am Leben ist. Ist zumindest ein Feind weniger. Wir müssen uns aber um die anderen feinen Herrschaften kümmern."

„Bei der Hausverwaltung unsere Interessen darlegen, meinst du?"

„So ähnlich." Er wirft einen bedeutungsvollen Blick unter mein Bett. „Wenn Worte nichts mehr bewirken ..."

„Vergiss es."

„Aber ... "

„Nein, Heini. Ich mach bei sowas nicht mit. Lass mich einfach in Ruh", sag ich und schieb ihn zur Tür.

Überraschenderweise nickt er. „Wir tragen das alles nachher in den Keller", sagt er noch und geht wirklich. Seine Schritte klingen hohl auf der Treppe. Der Köter tappst hinter ihm her.

26

Nowak

Ratlos kehrte Nowak zu dem Haus zurück, in dem der Mordfall durch Elses makaberen Fund seinen Ausgang genommen hatte. Auch seine Mutter war jetzt nicht mehr zu sehen. Wieder wanderte Nowaks Blick erfolglos zum Branntweiner, den es nicht mehr gab. Aber ein, zwei der alten Hütten gab es ja noch. Sie würde wissen, wo sie tanken konnte.

Egal. Der Fall stand im Vordergrund, verdammt!
Mafia.
Spekulant.
Die Worte drehten in seinem Kopf wilde Runden, warfen Schatten auf andere Gedanken. Waschmuth war wohl ein Häuserspekulant, ein Profitgeier. Was war an dem Mafia-Thema wirklich dran?

Zuerst die Alibis. Da war ja auch Sebastian. Endlich. Geschniegelt wie immer kam er näher.

„Kaffee, Chef - ich meine, Nowak?" Der Praktikant hielt zwei Pappbecher in den Händen und streckte Nowak einen entgegen.

„Danke, super, Sebastian. Genau, was ich brauchen kann."

Der Praktikant lächelte und wurde tatsächlich ein wenig rot. „Ich hab Cappuccino genommen, das ist doch recht so?"

„Gut aufgepasst." Nowak nickte und kramte nach Münzen in der Hosentasche und gab sie Sebastian.

„Ich hab mir nämlich gedacht, vielleicht hat Ihnen – hat dir wieder jemand das Frühstück vereitelt, und …"

„Kluger Bursche", sagte Nowak. „Das ist zwar nicht der Fall gewesen, aber ich hab heute noch nicht wirklich gefrühstückt." Er sah sich nach allen Seiten um, konnte die

Verrückte aber nirgends entdecken.

„Was ist denn, Nowak?", fragte Sebastian und nahm einen Schluck von seinem Kaffee.

„Ich weiß nicht. Eine komische Frau, die was von Mafia gebrabbelt hat. Ich hab den Eindruck gehabt, sie meint irgendwas Konkretes, vielleicht auf das Haus bezogen."

Sebastian nickte. „Man liest viel von solchen Geschehnissen rund um alte Häuser."

„Wir werden Waschmuths Geschäftsgebaren nachher noch unter die Lupe nehmen. Wird der Malik und den anderen nicht gefallen, aber da kann ich nichts dran ändern." Nowak nippte am Kaffee. Wunderbar.

„Das tut gut", sagte er zu Sebastian. „Fast wie von Sabrina."

Drüben vom Marktstand winkte ihm prompt die Italienerin.

„Habe ihn auch von dort." Sebastian zwinkerte ihm zu.

Wohlwollend nickte Nowak ihm zu. „Gut gemacht, Sebastian. Also, als erstes machen wir hier weiter. Es gibt von Dr. Sonnleitner einen vermuteten Todeszeitpunkt." Er setzte den Praktikanten über die wichtigsten Punkte ins Bild. „Jetzt geht es um die Alibis. Vielleicht haben wir Glück und rasch einen Verdächtigen."

„Meinst du?" Sebastian blickte ihn über den Kaffeebecher hinweg aus wachen Augen an.

„Vermutlich nicht. So leicht ist es selten. Auch wenn unsre Täter schon oft rasend dumm und einfältig sein können." Drüben am Markt sang die fidele Runde weiter, immer das selbe Lied, laut und unmelodisch, aber mit umso mehr Inbrunst. *Dornröschen war ein wildes Kind ...*

Nowak trank aus und warf den Becher in den Mistkübel. „Los, auf geht's. Wir müssen mit irgendwas anfangen. Die weiteren Ermittlungsansätze müssen wir nachher aufteilen."

Sebastian nickte diensteifrig. „Außer wir überführen den Täter jetzt gleich."

„Dein Wort in des Ermittlungsgottes Ohr", sagte Nowak.

Die Sonne knallte ihm ins Gesicht. „Wir gehen also zu den Wilden", sagte Sebastian. „Dann schauen wir einmal, was die zum Todeszeitpunkt so gemacht haben."

„Ja", sagte Nowak. Und Antonia musste auch befragt werden. Offiziell.

Nowak

Nowak starrte das Polizeisiegel an der Tür der alten Fleischerei an. Überall war Staub, auf dem Boden, in der Luft, an der Tür, die einen dunklen Schatten warf. Arbeitsgeräusche waren keine zu hören. Unzählige Fußspuren führten über den Boden, der Staub hatte sich an den Mauern gesammelt. Aber zumindest war es im Haus etwas kühler als draußen. „Den Bereich haben wir ja geräumt", sagte er zu Sebastian und schlug sich an die Stirn. „Daran habe ich nicht mehr gedacht."

„Die Hitze, was?", sagte Sebastian neben ihm.

Nowak nickte. „Dann müssen wir zusehen, wo wir die Typen finden. Else weiß es vermutlich."

„Vielleicht eher die Baronin?" Sebastian sah ihn eifrig an.

„Egal. Wir klopfen einfach an jede Tür. Und sehen im Garten hinten nach. Aber halt, der ist ja auch noch polizeilich abgesperrt. Na, fangen wir einfach an."

Es war, als hätte das Koffein in Nowaks Körper gar nicht richtig angekommen. Als sie sich Richtung Treppe wandten, wirbelte Staub auf. Nowaks Blick fiel auf die offenstehende Kellertür. Ein schmaler Lichtstreifen drang heraus auf die Stufen. Stimmen, dann ein Quietschen, das Nowak durch und durch ging.

Er legte den Finger an die Lippen und deutete Sebastian mit einer Kopfbewegung, mitzukommen. Der Praktikant nickte stumm. So leise Nowak konnte, stieg er die eng gewundene, schlecht beleuchtete Kellertreppe hinab. An den Wänden blätterte der von Feuchtigkeit schwarze Putz. Die Stufen waren ausgetreten und viel zu schmal, und so gingen sie hintereinander.

Je tiefer sie kamen, desto muffiger wurde die Luft. Nowak atmete Staub, seine Kehle kratzte. Er wollte weg hier, sofort.

Stattdessen hustete er.

Von unten kamen Stimmen. Frauen und Männer. Sie gingen weiter, kamen zu einer angelehnten morschen Holztür mit altem, rostigen Schloss. Nowak drückte dagegen, sie knarrte in den Angeln. Die Stimmen dahinter verstummten, das Quietschen brach ab.

Nowak betrat den Kellergang. Eine einzelne nackte Glühbirne erleuchtete den schmalen Gang vor ihm nur schwach. Der Boden bestand aus festgestampftem Lehm, links und rechts befanden sich halb verwitterte Holzverschläge. An einigen davon waren mit weißer Kreide Ziffern geschrieben. Rostige Schlösser hingen an mehreren, aber nicht allen Türen, ein paar standen offen.

An einer Mauer waren im schwachen Licht Zeichen zu erkennen, ein phosphoreszierender, im Licht grünlich schimmernder Pfeil zeigte nach links, darin die Aufschrift: *Donaukanal*. Ah ja, Graffiti aus dem letzten Krieg, die die Notausstiege kennzeichnen sollten.

Nowak und Sebastian folgten dem Gang um die Ecke. Wieder Verschläge an beiden Seiten, ganz vorne weit oben ein schmales, vergittertes Fenster unter einem Rundbogen. Nowak warf einen Blick hinauf, dann hinter sich zu Sebastian.

„Dead End?", flüsterte Sebastian.

Nowak nickte. „Scheint so. Hast du noch eine Abzweigung gesehen?"

Der Praktikant schüttelte den Kopf. „Aber woher kamen dann die Stimmen? Und das Quietschen?"

Nowak sah prüfend zurück auf den Weg, den sie gekommen waren. Er neigte ein Ohr lauschend Richtung Fenster, hörte aber nichts außer entferntem Straßenlärm. Fragend sah er Sebastian an, der zuckte die Achseln und deutete stumm Richtung zum Ausgang.

Nowak nickte. Plötzlich knallte vor ihnen eine Tür gegen die Wand, er wich aus, machte einen Schritt zurück und wurde plötzlich geschubst. Er landete in einem der Kellerabteile, jemand knallte die Tür zu, er schlug dagegen.

Wieder knallte die Tür gegen die Mauer.

„Jetzt reichts aber!" Er zog seine Dienstwaffe. Selten, dass er die mal brauchte. Er zielte, drehte sich um und – blickte in das Gesicht von Toni.

Langsam ließ er die Waffe sinken. Alle standen wie erstarrt – Sebastian, Antonia und neben ihr Heini und ein paar weitere Punks. Nowak steckte die Waffe ein. Heini schob sich zur Seite, vor einen Teppich, in dem irgendwas eingeschlagen war.

„Was willst du schon wieder?", sagte Antonia fast tonlos.

28

Antonia

„Hab ich Sie alle an einem Fleck", knurrt der Nowak. Das Licht hinter ihm taucht sein Gesicht in ein vages Dunkel. Er gibt dem Schnösel neben ihm ein Zeichen. Der stellt sich so in den Gang, dass keiner von uns flüchten kann. Das hat der Heini jetzt von der ganzen Aktion. Hätt ich nur nie mitgemacht. Und überhaupt, was will der Heini hier mit dem Teppich …

„Dann können Sie mir gleich alle sagen, wo Sie am Montag Nachmittag bis zum Abend waren." Der Nowak hat die Hand immer noch an der Waffe. In mir zittert was, aber da drüber legt sich der Zorn.

„Das geht so nicht, Bulle." Heini stemmt die Hände in die dürren Seiten. „Sie dürfen uns das nicht einfach so fragen."

„Dringender Tatverdacht. Das genügt. Also?" Nowaks Blick ist fordernd. Wir können nicht aus, ich weiß das.

Der Patrick reckt sein Kinn und starrt den Nowak an. Kommt sich wohl stark vor, weil er sich mit der süßen Baronin so gut versteht. Ob es ihm was hilft?

Der Nowak starrt zurück und wartet.

„Ich war für die Baronin einkaufen", sagt Patrick endlich mit leiser Stimme. Eh klar, dass er einknickt. Er starrt aber den Nowak weiter an, blinzelt nicht einmal. Ich fürcht, da stimmt irgendwas nicht, so starr wie der guckt.

„Wir überprüfen das", sagt der Nowak. Mich schaut er gar nicht an. „Ihr Name, bitte?"

„Patrick Lechner."

„Schreib mit, Sebastian, bitte", sagt der Nowak. Der Geschniegelte hat also auch einen Namen und nickt diensteifrig. Speichellecker.

Als nächstes fordert der Nowak den Heini zum Sprechen auf.

„Du kennst mich doch, Bulle!", schreit der, „was soll das?"
„Nur mit der Ruhe." Der Nowak ist selbst die Ruhe. Tut zumindest so. Ob nur ich spür, dass er nicht so entspannt ist, wie er tut?

„Ich weiß, dass Sie sich Heini nennen, aber … "

„Scheiß Cops! Ich heiße Heini, verdammt."

„Ich brauche bitte Ihren vollen Namen." Der Nowak lässt sich nicht aus der Ruhe bringen. Man könnte es auch stur nennen.

Die anderen sehen sich verstohlen an, Patrick, der Heini und auch die zwei, deren Namen ich mir nicht merken kann, irgendwas wie Seppi und Peppi, aber das ist es nicht. Treten immer zu zweit auf, haben kein Profil und nix. Sind für mich wie Leute auf der Straße, gesehen und wieder vergessen. Sehen sich auch so ähnlich, vielleicht sind sie Brüder. Einer hat blonde, der andere hellbraune Haare, beide tragen sie sie verstrubbelt und ihre kaputten Jeans haben Löcher an den gleichen Stellen. Kann man sich nicht ausdenken.

Noch mehr verstohlene Blicke, Heini ist aufgebracht, mich schaut keiner an. Die verbergen doch irgendwas vor mir. Aber was? Und wo ist eigentlich Raschid?

Die Kellerluft schmeckt auf einmal kühl und als ich den Nowak anschau, schnürt es mir die Brust zusammen. Er hat den selben Blick wie damals. Bevor er abgehauen ist.

„Heinrich Kalb", sagt der Heini leise. Ich verbeiß mir schnell ein Lachen.

„Und weiter?", sagt der Nowak und kriegt so eine gereizte Ungeduld in der Stimme. „Wo waren Sie denn am Montag Nachmittag bis zum Abend, Herr Kalb?" Süffisant ist seine Stimme jetzt. Nur ich weiß, dass er kurz vorm Platzen ist.

Ich starr den Heini an. Ja, wo war er denn, als unser lieber Hausherr starb? Die Angst kriegt mich, drückt mein Herz zusammen, dass ich nach Atem ringen muss. Wieso zögert der so? In Heinis Gesicht arbeitet es. Dann zuckt er die Achseln, reckt das Kinn und sagt: „Wo soll ich schon gewesen sein? Hier." Die Bewegungen seiner Arme umfassen den Keller, das Haus – oder einfach seine Welt.

„Geht's genauer?", fragt der Nowak und ich seh, wie Heinis Augenbraue zuckt.

„Im Haus, im Garten, wo auch immer. Glaubt ihr Bullen eigentlich, dass man sich jede Stunde jedes Tages merkt, was man gemacht hat, nur um vielleicht irgendwann darüber Auskunft zu geben?"

Heini hat recht. Ich muss selber nachrechnen, wo ich an dem Tag war. Mit etwas Glück noch bei den Kindern, die ich unterrichte. Sicher bin ich mir nicht. Auf einmal ist mein Kopf total leer. Und wenn sie die Direktorin dort fragen? Oder die Eltern? Was, wenn mir wirklich nichts einfällt?

„Zeugen?", sagt der Nowak unbeeindruckt und ich verbeiß mir ein Grinsen. Dem Heini vergönn ich das. Aber sowas von!

Heinis Kinn wandert zu Pünktchen & Anton, oder wie immer sie heißen, dann zuckt er die Achseln. „Alle hier kannst befragen, Bulle."

Der Nowak nickt grimmig.

„Kümmert euch lieber um die Verbrecher, die die Häuser hier kaputt machen! Die über Leichen gehen für ihren Profit! Da sollt ihr nachforschen!"

Der Nowak nickt weiter und befragt die beiden wie Brüder aussehenden Burschen. Einer war angeblich auf der Mariahilferstraße um Geld betteln, der andere auf der Donauinsel mit seinem Hund. Naja. Ob sich das bestätigen lässt, bin ich gespannt. Aber was sag ich eigentlich auf die Frage, wo ich war?

Der Nowak mustert mich einen Moment zu lange. Als wollte er mir Zeit geben. Ich werd aus ihm nicht schlau.

„Frau … Winkler? Richtig?"

Ich nick ihm zu. Will mir einen grimmigen Blick wie Heini geben, weil ich seh, dass der mich beobachtet, aber dann versink ich wieder in den Augen vom Nowak. Wenn das der Heini nur nicht mitkriegt. So geht das nicht weiter.

Ich geb mir einen Ruck und nicke kühl.

„Wo waren Sie zu dem Zeitpunkt, also am Montag Nachmittag bis zum Abend?"

Ich schau ihm immer noch in die Augen. Immerhin hat er mir den Kopf zugedreht, sodass ich sein Gesicht im Licht sehen kann. Nowaks Speichellecker hüstelt.

Jetzt reck ich auch mein Kinn. Was der Heini kann, gelingt mir noch lange. Und besser. Heinis Blick gefällt mir nicht. Wär schön, wenn der Nowak den mitnehmen tät …

„Ich habe unterrichtet", sage ich fest und kalkulier im Kopf immer noch die Zeit. Eine Stunde mit dem Rad ist das Tanzstudio von hier. Ich mach normalerweise um fünf Schluss. Wenn mich keiner von den Eltern anquatscht. Hat an dem Nachmittag wer …? In meinem Kopf ist es blank. So blank wie es nur sein kann.

„Und weiter, Frau Winkler?"

Mein Blick klebt jetzt an seinen Lippen.

„Frau Winkler?"

„Äh, ja."

„Wo haben Sie unterrichtet und wann genau?"

„Am Montag von 13 bis 17 Uhr in Ottakring." Jetzt denkt er auch an das Schloss, ganz sicher. Es steht in der Nähe wie eh und je, auch wenn es komplett anders genutzt wird. „Ein integratives Tanzprojekt für Flüchtlingskinder und Einheimische", setz ich hinzu. Damit wir beide an was Anderes denken. Sein Begleiter notiert fleißig.

„Wer kann das bestätigen?", fragt der Nowak und klingt viel zu freundlich. Wieso gibt er mir einen Bonus, das merkt der Heini doch. Wasser auf die Mühlen seines Misstrauens.

„Eltern vielleicht, ich weiß nicht mehr." Immer noch kann ich mich partout nicht an den Tag erinnern. Nicht einmal, was ich genau unterrichtet hab und wieviele Kinder da waren. Als läge ein Schatten auf allem. Ein dunkler Schatten …

Der Nowak nickt, weiterhin verständnisvoll. „Bist, äh, sind Sie da angestellt?", fragt er. Ein Versprecher, ein gefundenes Fressen für Heini.

„Nein. Es ist ein ehrenamtliches Projekt, ich bekomm nur etwas Aufwandsentschädigung. Vielleicht kann die Leiterin meine Anwesenheit bestätigen."

„Und danach?"

„Bin ich mit dem Rad heimgefahren. Ich arbeit immer im Garten hinten."

„Wir werden das überprüfen, Herrschaften", sagt der Nowak sehr formell, nachdem er uns alle durch hat. Bleibt immer höflich, das ist neu an ihm. Früher war er nur zu mir so, aber sonst … Er und sein junger Kollege gehen nach oben. Ich will ihnen nach, der Keller und seine feuchte, muffige Luft werden mir zu viel. Seppi & Peppi wenden sich auch zum Gehen, da stoße ich mit den Zehen an etwas. Ein schlampig aufgerollter Teppich, der durch die Bewegung ein Stück auf geht. Ich sehe nach unten – und bemerke einen dunklen Fleck auf dem alten Gewebe. Ziemlich unförmig. Passt nicht zum Muster, das aus Herzen und irgendwelchen Ranken besteht. Ich starre darauf und habe nur einen Gedanken.

„Fräulein Gnädigste?", fragt der Heini und hält mich am Arm zurück. „Was ist denn?"

Mir stockt der Atem.

Nowak

„Die Überprüfung dieser Alibis wird noch eine Aufgabe", seufzte Nowak und stieg die Kellertreppe hinauf. Sebastians feine Schuhe klackerten über die im Halbdunkel liegenden Stufen. Mit jedem Schritt nach oben nahm die Hitze zu.

Aber auch das Licht. Endlich. Nowak warf einen Blick hinter sich, zurück in die Düsternis. Er spürte den Impuls, umzudrehen, Antonia an der Hand zu nehmen und mit ihr zu verschwinden, egal wohin, Hauptsache, niemand würde sie finden. So wie sie es damals vor gehabt hatten. Bevor das mit Marianne passiert war.

Wie es wohl wäre, wenn Marianne noch leben würde? Würden sie sich längst auf die Nerven gehen?

Nein. Toni nicht. Niemals.

„Jaja, die Frau Winkler", drang eine Stimme in seine Gedanken.

Nowak fuhr auf. Strich sich über den Bart. Unrasiert, wie früher.

„Nowak?"

Nowak stockte, registrierte, dass Sebastian vor ihm auf der Treppe stehen geblieben war.

„Chef? Alles okay? Che-hef?!"

Pass auf! Du bist unkonzentriert und schaust nur sie an. Sie werden es bemerken.

„Ich hab dir gesagt, du sollst mich nicht so nennen!" fuhr Nowak den Praktikanten an.

„Tschuldigung, Nowak. Hab mir Sorgen gemacht." Sebastian war ein wenig rot geworden.

„Schon gut. Es ist einfach zu heiß. Komm, machen wir weiter."

Endlich waren sie im Erdgeschoß.

„Was macht die Frau Winkler nur unter all diesen Typen?"

Sebastian war stehen geblieben und klopfte mit seinen Händen Staub von seiner Hose. Sinnlos, aber Nowak war weit entfernt davon, dem Praktikanten das zu sagen. Oder auch, dass dunkelblaue Anzüge nicht so richtig angemessen waren. Bei der Hitze überhaupt! Wobei, wenn sie zurück zu Waschmuths Firma mussten, war der Praktikant richtig angezogen – im Gegensatz zu Nowak selbst. Es war schon ein Fortschritt, dass seine Jeans fast neu waren.

„Sie scheint irgendwie nicht zu den anderen zu passen", fuhr Sebastian fort.

Nowak nickte. Stimmte irgendwie …

Sie stiegen weiter die Treppe hinauf. Er warf einen Blick durchs Gangfenster. Ein einsamer Kollege in dem wilden Garten. Abgesucht hatte man alles, gefunden war aber nur der Kopf worden. Traurig sah der Garten jetzt aus, die Erde aufgewühlt, die Pflanzen kaputt. Mitleid stieg in ihm auf. Aber was sollte man machen? Ermittlungen gingen vor. Und bei Antonias grünem Daumen würde vermutlich alles bald wieder blühen und gedeihen.

Nowak läutete an Elses Tür.

„Wolferl!", rief die Witwe aus, die Wangen waren gerötet. Er zuckte nur noch ein ganz klein wenig zusammen. Ihr Strahlen verlosch, als ihr Blick zu Sebastian wanderte.

„Wir brauchen bitte Ihr Alibi, Frau Molnar", sagte Nowak.

„Geh, Wolferl, jetzt sagst du schon wieder Sie zu mir!" Erbost stemmte sie die Hände in die Hüften. „Du kennst mich doch! Ich bin keine Mörderin!"

Sebastians Augenbrauen wanderten in die Höhe, er sagte aber nichts.

„Standardfrage, liebe Else." Nowak lächelte verbindlich.

„Hätt ich dir sonst eine Schachtel mit dem Arm des Toten gebracht, wenn ich ihn umgebracht hätt?"

„Nein. Vermutlich nicht, Else. Aber in Fällen besonderer Perfidie soll das vorkommen."

„Wie du mich hinstellst. Also wirklich. Wer war es denn nun?"

„Das versuchen wir raus zu finden, liebe Else." Nowak hörte Sebastian neben sich leise in sich hinein kichern.

„Nicht der Täter. Das Opfer!", sagte Else.

„Du weißt es nicht?" Nowak ließ die Installateurswitwe nicht aus den Augen.

Sie schüttelte den Kopf.

„Der Hausbesitzer, Herr Waschmuth", sagte Nowak schließlich.

Else riss die Augen in echt wirkendem Erstaunen auf. „Tatsächlich? Nicht, dass diesen Miethai keiner los werden wollte, aber das ..."

„Also, Else, bitte, wo warst du am Montag Nachmittag bis zum Abend?"

„Hier, zuhause natürlich."

„Bitte, versuch dich genauer zu erinnern."

„Am späten Montagnachmittag kommt immer die Fußpflegerin zu mir", überlegte Else laut. „Danach esse ich was. Allein." Sie sah Nowak ratlos an. „Und dann sehe ich fern. Hauptabendprogramm, ist doch klar. Zeit im Bild und dann ... Wobei am Montag, da ist das Programm immer so lala. Diese Reportagen, naja."

„Okay." Sie nickten einander zu und verabschiedeten sich. Else schloss die Tür.

„Und?", fragte Sebastian, während sie weiter gingen. „Glaubst du ihr?"

„Was weiß ich. Vielleicht haben alle zusammen ein Komplott gegen den neuen Hausbesitzer geschmiedet, was weiß ich." Im Dunkel des Ganges stieß Nowak mit der Zehe schmerzhaft gegen einen herumliegenden einzelnen Ziegelstein. Wieder wäre er am liebsten umgekehrt und hätte Antonia geholt. Weg von hier, irgendwohin. Wo sie in Sicherheit war. Wieso machte er sich solche Sorgen um sie? Nur wegen früher? Wieso gerade um sie?

Weil du sie liebst.

Er zwinkerte.

Sentimentaler Unsinn. Lange vorbei. Sie liebt dich nicht mehr.

„Was ist Chef?"
„Nichts."
Und wenn sie … nicht in Gefahr war, sondern mit dem Tod Bernhard Waschmuths was zu tun hatte? Was, wenn sie ihre Reize einsetzte, um ihn von der richtigen Spur der Ermittlung abzulenken?

Nicht Toni!, sagte er sich. Doch etwas in ihm sprach eine andere Sprache, die Sprache des Misstrauens. Gereizt ging er weiter, ohne auf Sebastian zu warten, und klopfte an die nächste Tür.

30

Antonia

„Was ist das hier, Heini?" Ich deute mit dem Kinn auf den Teppich und schüttel seine Hand ab, die mir Schauder über den Rücken jagt. Dabei ist es selbst im Keller nicht mehr sehr kalt.

„Nichts. Gar nichts. Ein alter Teppich für – du weißt schon."

„Die Barrikaden? Und der Fleck?"

Der Heini zuckt betont lässig die Achseln. „Weiß nicht. Irgendein altes Zeug halt."

Seppi und Peppi bilden mit ihm und Patrick einen Halbkreis um mich. Die Haare auf meinen Armen stellen sich auf. Der Keller riecht dumpf wie ein Gefängnis.

„Lasst mich vorbei."

„Gleich. Wir wollen nur nicht, dass du zu viel mit den Bullen plauderst."

„Lass mich gehen." Ich schieb den Heini zur Seite. Der ist überrumpelt, stolpert gegen eine Kellertür, dass es ein knirschendes Geräusch gibt. Mich schaudert's gleich noch mehr.

Mit durchgedrücktem Rücken geh ich davon. Spür, wie sie mir nachsehen. Hör kein Geräusch. Das ist das Unheimlichste.

Endlich bin ich draußen. Oben. Im Tageslicht. Erst jetzt merk ich, wie angespannt mein Nacken ist, so sehr, dass er schmerzt. Staub kriecht mir in die Nase. Meine Augen wandern über die Mauern im Stiegenhaus. Bunt anmalen wär schön. Raschid kann das, Heini auch, aber er ist nicht so der Künstler-Typ. Eher der Propagandist. Graffiti mit Aufforderung. Und Moral. ACAB – all cops are bastards - solche Dinge. Der Heini glaubt da dran.

Im ersten Stock begegnet mir Marcus. Blick auf den

Boden gerichtet, schleicht er die Treppe herunter. Als würd er sich für irgendwas entschuldigen, fast wie sein Freund, der Dunkle, der bei seinen Schritten auch kein Geräusch macht. Marcus will sich an mir vorbei schieben, stockt plötzlich, bleibt stehen, schaut immer noch seine Füße an und sagt leise: „Haben Sie zufällig meinen – meinen Freund gesehen?"

„Ihren Freund?"

Er starrt seine Schuhe an. „Meinen – meinen Liebsten."

„Wer ist das?"

„Ro-Roberto", stottert er. „Dunkle Haare und …"

„Ach der!" Ich muster ihn überrascht. Sieht nicht gut aus, der Herr Zuckerbäcker. Er, der sonst immer etepetete ist, hat staubige, ungewaschene Haare und ein fleckiges Hemd. Die Haut in seinem Gesicht sieht grau aus. „Nein, den hab ich nicht gesehen."

„Er wollte – zu mir kommen."

„Tut mir leid", sag ich und will ihn stehen lassen. „Keine Ahnung."

„Ich mach mir solche Sorgen. Jetzt wo die vielen Leichenteile gefunden wurden, auch in Hietzing, es war im Fernsehen, ein Rumpf ohne sonst was, in einer Baugrube … " Marcus stockt, es würgt ihn.

„Was?" Jetzt wird mir nicht einmal mehr schlecht. Kann man sich an den Tod wirklich gewöhnen?

„Wissen Sie schon, dass unser Hausbesitzer der Tote ist?", frag ich stattdessen. „Also der, dessen Teile sie hier gefunden haben." Die Haare auf meinen Armen stellen sich schon wieder auf. Und die im Nacken auch.

„Nein!" Jetzt schaut er mich doch an. Falten lauern um seine Augen.

Er wirkt erschrocken, aber irgendwas stimmt nicht mit seiner Reaktion. Starrt mir gar zu sehr ins Gesicht. Ich weiß, dass der olle W. ihn nicht mochte, weil er schwul ist. Ich weiß, dass der W. ihn weg haben wollte. Und seine Wohnung wollte er auch haben. Weil der Marcus so wenig zahlt.

Wir haben ihnen allen gegen den Hausbesitzer geholfen, den alten, langjährigen Mietern, Else, der Baronin und ebenso Marcus. Die Baronin ist niedlich und Else ist eben Else, aber Marcus … etwas an ihm … es würd mich nicht stören, wenn der nicht mehr hier wohnt. Viel eher fliegen wahrscheinlich aber wir Punks.

„Vielleicht ist der Fund in Hietzing ja auch … "

„Hoffentlich", sagt der Marcus leise.

„Die Polizei fragt alle nach Alibis", sag ich und lass ihn nicht aus den Augen. „Wissen Sie noch, wo Sie Montag Nachmittag bis Abend waren?"

Der Marcus starrt.

„Gar nicht so leicht, was?"

„Nein." Er schüttelt den Kopf und guckt wieder seine Schuhe an. Sind voller Mehlstaub. Auch das kenn ich nicht von ihm. „Ich habe gearbeitet, aber … "

Ich warte, aber er sagt nichts mehr. Jetzt weiß ich nicht, wer mir mehr Angst macht. Er oder der Heini …

Drei geschniegelte Typen im schwarzen Anzug kommen von unten herauf. Ein Pärchen folgt ihnen.

„… vom Ausblick begeistert sein", schnappe ich auf.

Else schaut aus ihrer Tür. „Neue Mieter?", fragt sie süffisant. „Wissen Sie auch, dass das ein Mordhaus ist?", sagt Else zu dem Pärchen. Die beiden sehen sich erschrocken an, dann Else.

Der Blick des einen Anzugmenschen, wie er Else streift, geht mir durch und durch. Wirkt ein bissl wie der Dunkle, den der Marcus vermisst. Ich schau ihnen nach, vom Keller kommt ein unheimliches Geräusch, das ich nicht einordnen kann, und als ich mich wieder umdreh, ist der Zuckerbäcker grußlos verschwunden.

31

Nowak

Lagebesprechung im Büro mit der Chefin Kaschka, den Kollegen Clemens und Eleonora, sowie Sebastian.

„Ihr überprüft bitte die bisherigen Alibis", bat Nowak Elonora und Clemens, „Sebastian hat alle Angaben notiert. Nur diesen Zuckerbäcker muss man noch befragen."

Der Praktikant nickte wie immer dienstbeflissen. „Und die Baronin, nicht wahr?"

„Stimmt, auf die alte Dame hätte ich fast vergessen", sagte Nowak erschrocken. „Außerdem sollte jemand den Angehörigen der anderen Vermissten die Wahrheit sagen."

„Machen wir anschließend." Sebastian schrieb schon wieder mit.

„Ich werde inzwischen mit den zwei Frauen des Verstorbenen sprechen. Dieser Frau Rogalla und Frieda Malik." Nowaks Blick kreuzte sich mit dem von Kaschka. „Bei der Immobilienfirma können wir dann gleich Waschmuths Geschäftsgebaren auseinandernehmen. Es war jetzt so häufig von seinen üblen Machenschaften die Rede, dass ich das genauer überprüfen will. Meine Nase sagt mir … "

„Deine Nase sollte dir sagen, dass du dein Frühstück auf dem Hemd hast, Nowak." Kaschka feixte.

„Was?!" Ein brauner Fleck, Bullshit. „Äh, schon wieder", murmelte er.

„Gab's wenigstens was dazu, zum Kaffee?"

„Geh, Kaschka, bitte. Sonst noch was? Was ist, kommst du mit zur Mafia?"

„Mafia? Du steigerst dich in was rein, glaub ich." Kaschka klopfte auf ihren Kalender.

„Ja eh. Vermutlich. Wir werden sehen. Also, was ist, bist du dabei?"

„Als hätt ich sonst nichts zu tun. Aber na gut. Unter einer Bedingung – du lässt dir unterwegs ein Kipferl spendieren."

„Ihr müsst mich nicht alle bemuttern", knurrte Nowak und bemerkte gleichzeitig, dass sich allein vom Gedanken an Essen sein Magen meldete. „Ich kann selbst auf mich schauen." Und wie er das konnte.

Kaschka hob vielsagend eine Augenbraue hoch. „Nowak, du bist unleidlich, wenn du nichts gegessen hast. Los, gehen wir. Kündigen wir uns an bei den Damen?"

„Sicher nicht. Wir überrumpeln sie. Bin auf ihre Reaktion gespannt."

*

„Wie läufts mit Marek?", fragte Nowak in Kaschkas Richtung, als sie an der U-Bahn-Station schnell Kuchen und Kaffee an der Stehtheke einer Bäckerei zu sich nahmen.

„Schlecht." Kaschka stach mit der Kuchengabel in ihren Apfelstrudel, starrte darauf und drehte es auf dem Teller herum. „Er will nicht mehr."

„Was, Marek?"

„Wir sehen uns viel zu selten, sagt er."

„Das kann passieren, unter Kollegen überhaupt. Mit unseren Dienstplänen ..."

„Ich hab's vergurkt, Nowak. Obwohl ich ständig mit meinem Kalender am Werkeln bin, hab ich Verabredungen vergessen. Oder falsch eingetragen. Was weiß ich. Hab ihn warten lassen. Umsonst. Irgendwie versteh ich ihn."

„Scheiße, Kaschka, das tut mir leid." Nowak wischte Brösel von seiner Hose. Er warf einen Blick auf Sebastian, der konzentriert auf seinem Handy herum tippte.

„Braucht es nicht, Nowak. So läuft das nun mal." Sie schob den Teller von sich. „Komm, trink aus, damit wir's angehen können."

„Wieviel bedeutet er dir, Kaschka?"

„Viel. Alles." Sie starrte die Tischplatte an und schob

Kuchenbrösel herum.

Nowak nickte.

„Aber es lässt sich nichts ändern an unseren Jobs. Das wird immer so sein. Und deshalb ist es besser, wenn es vorbei ist. Besser ein Ende mit Schrecken als ein Schrecken ohne Ende."

„Scheiße, Kaschka, wenn er dir so wichtig ist, dann kämpf um ihn!" Nowak zerknüllte den leeren Kaffeebecher.

Und mach's nicht wie ich …

„Da redet genau der richtige, Nowak. Du schaust ja selbst liebeskrank aus. Wer ist es, diese bunthaarige Punkerin mit den süßen Zöpfen?"

Du liebst sie. Du hast nie aufgehört, sie zu lieben. Und so eine Scheiße gebaut, dass du nie wieder eine Chance bei ihr haben wirst.

Vage nickte er, stand auf und ging ohne ein Wort hinaus auf die Straße.

Kaschka kam ihm nach. „Nowak, ich muss das als Chefin zu dir sagen – wenn du da private Interessen hast, bist du befangen und ich muss dich vom Fall abziehen."

„Nein, nein." Seine Antwort kam schnell, zu schnell.

„Also nicht?" Ihr Blick war prüfend. „Okay. Dann sag ich dir was ..."

„Nämlich?"

„ … das, was du mir grad gesagt hast. Kämpf, wenn sie dir wichtig ist."

*

„Nobel", war Kaschkas Kommentar, als sie mit dem gläsernen Lift zum Büro von Waschmuths Immobilienbüro hochfuhren. Diesmal wurde ihnen auf ihr Läuten sofort geöffnet. Nowak drückte die Tür auf. Ein anderer Security-Typ als beim letzten Mal saß am Empfangstresen, blätterte gelangweilt in einer Zeitung, eine Tasse in der Hand. Der Geruch von Kaffee hing in der Luft, von schlechtem, zu lange warm gehaltenem Filterkaffee. Na, diesen Typen hier hätte er Besseres zugetraut.

„Nowak, Kriminalpolizei. Wir müssen mit Frieda Malik sprechen, bitte." Er zog artig seinen Ausweis hervor, um der Frage zuvor zu kommen.

Der Security-Mann neigte langsam seinen beinahe kahlrasierten Schädel darüber und sah wieder zu Nowak auf. „Herr Schneider kommt gleich."

„Ich habe nicht Schneider gesagt", knirschte Nowak zwischen den Zähnen hervor. Der kam ihm jetzt gerade recht! „Frau Malik?", sagte er laut, drehte sich in alle Richtungen, ging in den Gang hinein, wo Waschmuths Büro lag.

„Frau Malik!", rief auch Kaschka und klapperte die anderen Türen ab.

„Das können Sie nicht machen!" Der Security-Mann war mit scharfen Schritten umgehend hinter ihnen. Nowak war, als hauche er sie mit kaltem Atem an.

„Frau Malik?", wiederholte Nowak laut.

Ein brünetter Lockenschopf tauchte in einer Tür auf. Sie sah etwas besser aus als beim letzten Mal, die Frisur intakt, der dezente Lippenstift ebenso.

„Frau Malik, gut, dass ich Sie sprechen kann."

„Aber", fing der Securiy-Mann an.

„Mit Ihnen reden wir später!", schnitt ihm Kaschka das Wort ab. „Halten Sie sich zu unserer Verfügung." Dann wandte sie sich an Frieda Malik. „Sind wir da drin ungestört?", fragte sie und deutete auf eine Tür am Ende des Ganges.

Die Malik nickte. Nowak konnte sehen, wie sie die Nachricht erfasste, ohne dass jemand ein Wort sagte. Ihr Blick ging ihm durch und durch.

„Nein!" Ihre Stimme war beinahe nur ein Hauch.

Nowak schloss die Tür hinter ihnen. Im Raum befand sich eine kleine Bibliothek, gediegene dunkle Holzregale standen die Wände entlang, der Großteil war mit Büchern befüllt.

„Können wir uns setzen?" Er deutete zu einem Tisch und vier Sesseln am Fenster.

„Natürlich."

Wie schon beim letzten Mal wunderte sich Nowak über den kratzigen Stoff der Sitzmöbel. Dass nicht einmal die Reichen sich was Besseres leisteten! Vermutlich war Waschmuth geizig gewesen, weil er erst in den letzten Jahren gut verdient hatte.

„Frau Malik", fing Nowak an, „es tut mir leid … "

„Berni ist tot." In ihrem Tonfall war keine Frage.

„Ja. Ich bedaure, Ihnen diese schlechte Nachricht überbringen zu müssen, Frau Malik."

Geschwurbelter Mist. Prompt sah ihn Kaschka vernichtend von der Seite an.

„Bernhard Waschmuth ist als der Tote identifiziert worden", fuhr er fort.

Tot, tot, tot. Statt Liebe – nur Tod. Einen Scheißjob hast du dir da ausgesucht!

Die Malik saß starr da. Nur um ihre Lippen zuckte es. Sonst verzog sie keine Miene.

„Wie …?", sagte sie dann.

„Wir wissen es selbst noch nicht", sagte Nowak leise. „Frau Malik, wir tun unser Bestes, diesen Tod aufzuklären."

Die Malik nickte. Wenigstens eine Bewegung. Ihre Locken sahen so schön aus, und ihr Gesicht so glatt.

„Es tut mir leid, dass ich Ihnen noch ein paar Fragen stellen muss, Frau Malik."

Sie nickte wieder.

So sieht niemand aus, der nicht trauert!

„Wir müssen für die Ermittlung wissen, wo Sie selbst am Montag Nachmittag bis zum Abend waren."

„Ist er da gestorben? Also nachdem er sich für mich entschieden hat?" Sie hob ruckartig den Kopf, reckte das Kinn. Sah aus wie eine Königin. Eine Königin, der man gerade ihr Reich genommen hat. Und er war die feindliche Armee. Scheißjob.

Nowak nickte. „Ja, das ist bestätigt worden."

Die Malik kniff die Augenbrauen zusammen. „Moment mal. Er ist tot und Sie fragen mich … Sie wollen doch damit nicht sagen …"

„Reine Routine, Frau Malik. Bitte."

„Ich habe Ihnen doch berichtet, dass ich mit ihm essen war an dem Abend vor seinem Verschwinden."

Nowak nickte. „Wo waren Sie anschließend, nachdem Herr Waschmuth Sie verlassen hat?"

„Ich bin nach dem Rendezvous mit Bernhard mit dem Taxi nach Hause gefahren.

„So leid mir diese Frage tut, aber haben Sie dafür Zeugen?"

Die Malik kniff die Augen zusammen. „Sie wollen damit sagen …"

„Gar nichts, Frau Malik. Aber ich muss Sie das fragen."

Kaschka klopfte unterdessen mit einem Stift auf ihr Kalenderbuch, das sie aufgeschlagen vor sich hatte.

Frieda Malik nickte nachdenklich. „Jemand vom Restaurant hat mir das Taxi gerufen. Der Fahrer war ein Araber, aber ich kenne natürlich keinen Namen."

„Das Kennzeichen? Vielleicht?"

„Tut mir leid." Die Malik schüttelte den Kopf.

„Wir klären das." Nowak nickte Kaschka zu. „Wie haben Sie den Rest des Abends verbracht?"

„Ich habe mir ein Bad eingelassen. Nachher habe ich mich ins Bett gelegt und Musik gehört."

„Danke. Und dann ist da noch etwas", sagte Nowak. „Wir brauchen die Adressen aller Häuser, die die Firma besitzt."

„Wie, alle?", stammelte Frau Malik.

„Alle Häuser, die im Besitz Ihrer Firma stehen. Inklusive Ankäufe und Verkäufe der letzten, sagen wir, fünf Jahre."

„Aber … " Frieda Malik schaute ihn entgeistert an.

„Wir brauchen die Namen aller Käufer und Verkäufer. Ebenso die Käufer von Eigentumswohnungen. Alles."

„Dafür bin nicht ich zuständig." Frieda Malik starrte. „Da müssen Sie Schneider fragen. Der ist die rechte Hand vom Chef." Sie schniefte. „War die rechte Hand", sagte sie sehr leise.

„Verstehe." Schneider, immer wieder Schneider!

„Gibt es ein Problem?" Schneider hatte die Tür aufgerissen, als hätte er dahinter gelauscht. Mit raschen Schritten war er an ihrem Tisch und stützte sich mit beiden Armen auf einem leeren Sessel ab. Sein kalter Blick stach auf Nowak ein. „Muss ich erst den Stadtrat informieren?", fragte er süffisant. Wie zufällig öffnete sich sein Jackett. „Oder verstehen wir uns auch so?"

Eine Glock. Na sowas. „Sie haben 30 Minuten, mir die gewünschten Informationen zur Verfügung zu stellen, Schneider. Andernfalls lasse ich hier alles auf den Kopf stellen." Nowak stand auf. „Ich denke, jetzt verstehen wir uns?"

Nowak

„Und jetzt?" Kaschka und Nowak saßen allein in der Bibliothek.

„Warten wir ab." Nowak klopfte auf die Tischfläche. „Ich bleibe hier, bis ich die benötigten Informationen bekomme. Sonst hole ich sie mir."

Frieda Malik hatte das Zimmer mit Schneider verlassen. Jetzt erst war das Ticken einer Uhr an der Wand zu vernehmen.

„Dass der Typ eine Waffe mit sich herum trägt, ist schon … ", sagte Kaschka, „wie soll ich sagen?"

„An einem normalen Arbeitstag. In einem normal aussehenden Büro."

„Aber vielleicht ist die Branche nicht normal?" Kaschka stand auf und zückte ihr Handy. „Ich überprüfe, ob er dazu berechtigt ist." Sie wählte, sprach leise, bedankte sich und sah Nowak an.

„Er hat einen Waffenschein." Kaschka legte auf und sah Nowak an. Dann wählte sie erneut. „Ich bereit uns schon mal einen Durchsuchungsbefehl vor." Welche Aktivität trotz der Hitze!

„Du willst nicht an Marek denken, stimmts?", fragte Nowak leise.

Kaschka drückte stumm am Handy herum.

„Denk an Frieda Malik. Manchmal kanns zu spät sein, Kaschka."

Und für dich auch, wenn du Pech hast …

„Herr Doktor Jordan?" Kaschka sah Nowak unergründlich an. „Endres hier. Kann sein, dass wir gleich einen Durchsuchungsbefehl brauchen. Ja, bitte, bereiten Sie vor." Sie gab die Daten durch, bedankte sich und legte auf.

Nowak trat hinaus auf den Gang. Es war still, nur der

Security-Mensch stand im Eingangsbereich, weit weniger entspannt als zuvor behielt er alles im Blick.

„Wo ist Herr Schneider denn hin?", fragte Nowak.

„Hat das Haus verlassen."

20 Minuten später hatten sie den Durchsuchungsbefehl in der Hand und die Mitarbeiter aufgemischt. 40 Minuten später hatten sie die ersten Ordner auf dem eigenen Schreibtisch. Stapelweise Ordner, alle mit knallrotem Einband. Sie holten Sebastian dazu und weitere Kollegen. Die Ordner wurden mehr und immer noch mehr, überall rot, auf dem Boden, auf den Tischen – alles rot, eine rote Flut, die überall hin quoll wie der Brei im Märchen.

Sie lasen und lasen.

„Das stinkt zum Himmel!" Nowak sprang auf und knallte einen der Ordner zu, die sich auf seinem Schreibtisch türmten, ebenso wie auf sämtlichen anderen Tischen und auf dem Boden. Überall war Papier.

Kaschka sah von ihrer Lektüre auf.

„Horch zu", sagte Nowak. „Sie kaufen ein verfallenes oder vernachlässigtes Haus so günstig, und dann die Wohnungen einzeln renoviert und teuer. Wie hier, in der Pappelgasse 11."

„Pappelgasse 11?", fragte Sebastian. An diesem Tag zierten erstmals Staubflankerl sein Äußeres, auch wenn das Hemd wie üblich frisch gebügelt war und der Anzug makellos saß. „Da weiß ich was." Er gab irgendwas in sein Smartphone ein. „Schaut mal." Er reichte Nowak das Telefon.

„Großbrand in Wohnhaus", las Nowak laut die Schlagzeile einer Online-Zeitung. Er klickte den Bericht an. „Ende 2012, kurz vor Weihnachten. Das war knapp nach dem Kauf des Hauses durch Waschmuths Firma. Na sowas. Brandstiftung nicht ausgeschlossen. Mehrere Mietparteien mussten in Sicherheit gebracht werden, ebenso einige Menschen unbekannter Herkunft, die offenbar im von Gerümpel verstellten Hof campiert haben. - Und wieso weißt du davon, Sebastian?"

„Ich, äh, wohne in der Nähe." Der Praktikant wich Nowaks Blick aus. „Ich kannte dort ein Mädchen ..."

„Ahja?" Neugierig sah Nowak seinen jungen Kollegen an.

Der wurde doch tatsächlich ein wenig rot. „Aber jetzt ist es vorbei", sagte Sebastian langsam, wie abschließend. „Ich bin Single und das bleibe ich wohl." Seine Stimme klang ungemein traurig.

„Moment, wie alt bist du?", schaltete sich Kaschka ein.

„24, wieso?"

„Und da hast du schon resigniert?" Kaschka lachte auf.

„Naja", machte Sebastian ein wenig ratlos.

„Wenn ich das sagen würde! Junge, Junge! Aber mit 24! Da liegt das Leben noch vor dir."

Sebastian tippte weiter. „Da, ich hab noch was", rief er aufgeregt. „Salesianergasse, ein Unfall. Tödlich. Danach wurde der Kauf einer geplanten Eigentumswohnung storniert. Die Frau eines Ballett-Stars stürzte vom Dach."

„Ich erinnere mich undeutlich dran", sagte Kaschka langsam. „Wie kann sowas nur passieren?"

„Schau dich doch um auf den Baustellen", meinte Nowak, „wie es da zugeht. Da regieren Chaos und Stress, was willst du? Die meisten sind Schwarzarbeiter und stehen ständig unter Druck. Da können schon Fehler passieren. Entschuldbar ist es deshalb auch nicht."

„Aber erklärbar."

„Du wohnst halt nicht in so einem Viertel wie ich, Kaschka, wo Aufwertung und Geldgier regieren.", sagte Nowak.

„Sag bloß, du sehnst dich nach dem alten zweiten Hieb zurück." Kaschka grinste.

Nowak zuckte die Achseln. „Sebastian, bitte erzähl, was du gefunden hast."

„Da steht nur, dass der Kauf einer Dachgeschoßwohnung nach einem tödlichen Unfall storniert wurde." Sebastian blätterte eifrig in den Seiten. „Und zwar von einem Simon

Kaiser. Der hat danach Rache geschworen. Seine Frau war hochschwanger, als sie von der offenbar ungesicherten Baustelle abstürzte."

„Etwa DEM Simon Kaiser?", rief Nowak überrascht.

„Wie bitte?" Sebastian machte große Augen.

„Oper, du Küken", sagte Kaschka. „DER Ballettstar, seit Nurejew."

„Ahso, ja, Tschuldigung, ich bin nicht so für, äh, Oper."

„Schon gut, man kann nicht alles wissen, aber Allgemeinbildung ist für die Ermittlungen schon hilfreich", sagte Nowak.

Nowak schlug den nächsten roten Ordner auf. Im Büro war es heiß, die Luft war so stickig, dass ihm selbst ohne Bewegung der Schweiß auf der Stirn stand. Aber zumindest die Hitze war demokratisch und für alle gleich. Die Nachmittagssonne knallte herein und ergab auf den rötlichen Möbeln ein unwirkliches, orangerotes Licht.

Plötzlich fragte sich Nowak, wozu sie das hier taten. Während mit Antonia wer weiß was geschah …

Sie fanden noch mehr Transaktionen schneller Käufe und Verkäufe, am Rennweg, in der Donaustadt und in Simmering. Alles Häuser, die vergleichsweise günstig von Vorbesitzern erworben wurden und in schlechtem Zustand waren, häufig Substandardwohnungen mit Toiletten und Wasser am Gang. Und alle waren sie nach einer umfassenden Renovierung wieder verkauft worden. Lifte, Dachgeschoßausbauten, Zusammenlegung von kleinen, bis dahin günstigen Kategorie C- oder D-Wohnungen zu größeren Einheiten. Manchmal wurde das gesamte Gebäude am Schluss verkauft, sehr oft jedoch die einzelnen Wohnungen im Eigentum. Dachgeschosswohnungen um 500.000 Euro aufwärts. Selbst wenn man die Kosten für die Bauarbeiten einrechnete, hatte Waschmuths Firma bei allen Gebäuden am Ende einen guten, meist einen sehr guten Schnitt gemacht.

„Aufwertung nennt man das", sagte Sebastian.

„Gentrifizierung", sagte Kaschka.

„Ganze Viertel sind nur mehr Schickimicki. Die Ausländer müssen weg." Sebastians Blick wurde grimmig. „Die Alten sterben sowieso, da kann man gut nach helfen, indem man keinen Lift einbaut. Dann verschwinden auch Künstler und normale kleine Leute. Übrig bleiben hässliche Glas- oder Betonviertel ohne jeden Charme."

So viel hatte Sebastian noch nie am Stück gesprochen. Überrascht sah Nowak ihn an. Hatte er dem Praktikanten unrecht getan? „Und Latte Macchiato-Bars", fügte er grimmig an. „Geht das auch irgendwann wieder vorüber, sag mir das mal, wissender junger Mann?"

„Irgendwann sicher." Sebastian lächelte. „Sicher ist vermutlich nur, dass du den Zeitpunkt nimmer erleben wirst."

„Dankeschön aber auch." Nowak musste wider Willen grinsen, dann wurde er ernst. „Ich wette, irgendwo in diesen Akten ist das Motiv für den Mord zu finden. Die Frage ist nur, wo?" Er starrte die roten Ordner an, deren Deckel in der Sonne leuchteten.

„Und wann wir den Knackpunkt finden." Kaschka seufzte. „Ob vor oder nach einem weiteren Mord."

„Dieser Schneider ist mir nicht geheuer", sagte Nowak.

„Aber er trägt seine Waffe legal", sagte Kaschka.

„Das sagt nur leider auch oft wenig."

Sein Telefon läutete. Einfach, ein internes Gespräch.

„Nowak?", meldete er sich.

„Inspektor Nowak?", sagte eine weibliche Stimme.

„Ja. Revierin-"

„Ich verbinde mit dem Büro Dr. Hofer."

Klack, dann eine Melodie wie ein unnötiges Säuseln im Ohr.

„Dr. Hofer?" Nowak sah irritiert auf. Das grelle Licht auf den roten Ordnern tat ihm in den Augen weh. „Was soll das denn?"

„Der Wohnbaustadtrat?", fragte Kaschka überrascht.

„Keine Ahnung."

„Dr. Hofer, grüß Gott. Herr Nowak?" Eine joviale Stimme.

Nowak setzte sich gerade hin. „Revierinspektor Nowak", sagte er und kam sich seltsam vor, das so zu betonen. War sonst nicht seine Art. „Was kann ich für Sie tun?"

„Mir kam da vorhin eine Sache zu Ohren", sagte Hofer noch jovialer. „Eine, sagen wir, unschöne Sache. Mein Freund Josef Schneider hat mir davon erzählt." Hofer machte eine bedeutungsvolle Pause.

Nowak schwieg und atmete aus.

„Sie wissen, wir sind in Wien angewiesen auf zusätzlichen Wohnraum, Sie kennen die Probleme doch. Unsere Stadt wächst schnell."

Nowak nickte, wieder stumm. Dafür schaltete er das Telefon auf Lautsprecher, sodass die anderen mithören konnten.

„Sie behindern eine sehr engagierte Initiative", sagte der Stadtrat langsam, jedes Wort betonend.

„Ach", meinte Nowak nur.

„Wir verstehen uns doch?" Dr. Hofer benutzte dieselbe Formulierung wie Schneider. „Mir ist da nämlich noch eine andere Sache zu Ohren gekommen. Über einen Todesfall vor vielen Jahren. In einem Kinderheim. Unklare Todesursache. Es soll da einen Zeugen geben."

„Herr Dr. Hofer ... " Nowak fehlten die Worte.

„Fein, hat mich gefreut, dass Sie so schnell von Begriff sind. Einen schönen Tag noch, Herr Nowak."

„Revierinspektor", setzte Nowak an, aber da klickte es schon in der Leitung. Hofer hatte mitten in Nowaks Antwort aufgelegt.

„Da Hofa war's, vom Zwanzgerhaus", summte Nowak vor sich hin.

„Wie bitte?" Kaschka sah ihn irritiert an.

„Nichts. Nur der Stadtrat. Alles okay." Er stand auf und knallte den Ordner zu. „Jetzt forsche ich erst recht so genau nach, wie es geht."

Nowak

Die Dunkelheit umschloss Nowak wie eine fadenscheinige Umarmung, als er endlich das Büro verließ. Und auch jetzt tat er das nur, weil Kaschka darauf bestanden hatte. Andere würden weiter arbeiten, weiter Akten durchwühlen.

Nowak rieb sich die trockenen, entzündeten Augen. Schneider mit seiner Waffe ging ihm nicht aus dem Kopf. Seine süffisanten Worte. Der Anruf vom Stadtrat. Nowaks Gedanken fuhren Ringelspiel, im Kreis herum und herum und herum, immer aufs Neue, mit wechselnden Wagen. Dazwischen Toni, wie sie ihn ansah.

Nowak rieb sich übers Gesicht, als könnte er die Gedanken so verscheuchen. An der Ampel beim Donaukanal fuhr ein Bursch auf einem Skateboard bei Rot über die Kreuzung, er hatte Kopfhörer auf und zündete sich gemütlich einen Tschick an. Zum Glück war wenig Verkehr. Sonst war auch kein Mensch unterwegs. Nowaks langsame Schritte hallten durch die Nacht. Er überquerte die Brücke über den Donaukanal. Irgendwo piepste ein einsamer Vogel wie im Traum. Das dunkle Wasser floss träge dahin. Die nächste Brücke war violett angestrahlt, die dahinter dunkelblau. Das Wasser reflektierte die bunten Lichter. Nowak fühlte sich an Weihnachten erinnert. Als ob das je so idyllisch gewesen wäre!

Unten an den Uferwegen war mehr los. Die Strandbars waren gut besucht, Gelächter schallte herauf. Bei einer kleinen Bühne wurde getanzt. Tango-Klänge schwebten durch die warme Luft, als würden sie ihn liebkosen.

Spontan ging Nowak zur Treppe und hinunter ans Ufer. In Gruppen oder zu zweit schlenderten Leute am Fluss entlang. Die Wellen plätscherten sachte gegen das Ufer, Lichtstrahlen spielten auf dem Wasser. Stimmen klangen durcheinander, ohne dass Nowak mehr als Wortfetzen davon wahrnahm. In der Ferne drehte sich das Riesenrad, beleuchtet wie Sterne in der Nacht.

Er ging langsam weiter, die Fetzen eines Musikstücks drangen an seine Ohren, einzelne Klänge nur, doch er hätte es immer und überall erkannt.

Ich hab für dich nen Blumentopf …

Er ging näher heran, kam zu einem kleinen Flohmarkt, wo alte Schallplatten und Bücher verkauft wurden, daneben bunte Sonnenhüte und exotische Biersorten in kleinen Flaschen. Dunkelhäutige Verkäufer standen hinter kleinen Tischen, vermutlich Inder oder Pakistanis. Nur die Waren wurden von kleinen Scheinwerfern angeleuchtet. Neben den Platten stand ein goldglänzendes Ungetüm mit einer Art Trompete – Nowak ging näher – tatsächlich, ein altes Grammophon mit goldenem Trichter. Und es spielte Ich hab für dich nen Blumentopf in die Nacht, wie eine Verheißung. Er blätterte in den danebenstehenden Schellacks, lauschend, träumend. Antonias Lippen auf den seinen, eine rosa Plastikrose, das Blumenrad …

„Was kostet das Ding?", fragte er den dunkelhäutigen Verkäufer.

„Gefällt Ihnen?" Der Verkäufer lächelte Nowak mit weiß leuchtenden Zähnen an, als könnte er seine Erinnerungen sehen. Ein Lächeln wie ein gutes Omen.

„Wieviel?", fragte Nowak zurück.

„Eine Platte 1 Euro."

„Nein, nein, das Grammophon, was kostet es?"

Der Verkäufer machte riesige Augen. „Sie wollen das Grammophon kaufen? Aber es ist … "

„Ja", sagte Nowak ungeduldig, „wieviel?"

„Es ist nur ein Schaustück. Aber für Sie … " Er sah Nowak prüfend an, wie alle Verkäufer mögliche Käufer abtesten. „Es ist wichtig, ja?"

„Sehr wichtig."

„400 Euro."

„Ich gehe zum Bankomaten."

Der Verkäufer nickte, Ratlosigkeit im Blick, die sich mit der Befriedigung über ein gutes Geschäft mischte.

Vielleicht war der Preis viel zu hoch? Es war egal. Dieses Grammophon, er musste es haben. Er musste. Es war die einzige Chance. Seine einzige, winzige Hoffnung. Er rannte die Treppe zur Straße hinauf, suchte, jede Minute zu viel, zu lang. Fand endlich einen Geldautomaten, vertippte sich bei der Eingabe des Codes, endlich hatte er einen Haufen Scheine in der Hand. Es war nur ein Hunderter, der Rest bestand aus kleineren Scheinen. Er rannte zurück zum Fluss, die Treppe hinunter, geriet in ein Schlagloch, kippte um, fiel aber nicht. Der Knöchel schmerzte, aber das war jetzt egal.

Mit fliegenden Fingern reichte er die Geldscheine dem Verkäufer. Der zählte sie ganz gelassen nach.

„Und geben Sie mir bitte die Blumentopf-Platte dazu. Bitte." Er suchte in der Hosentasche eine Ein-Euro-Münze.

„Ist gratis", sagte der Verkäufer gönnerhaft und steckte die großen Scheine ein.

Und jetzt los ...

34

Antonia

Der Nowak steht vor der Tür. Besser gesagt: Ein riesiges, goldglänzendes Ding ist da, an dem vorbei er mich anguckt. So haben wir damals geguckt, wenn wir was ausgefressen haben, wenn wir uns noch ein klein wenig Hoffnung gemacht haben, den Erzieher zu erweichen. Was weh nie geklappt hat.

Ich zieh ihn in die Wohnung. Von der Berührung wird mir heiß. Noch heißer, als mir in diesem Sommer sowieso ständig ist. Schnell lass ich ihn los. Das sich im Gold spiegelnde Licht ist wie ein Pfeil, der herein weist.

Der Nowak steht mitten im Zimmer, das Ding mit dem goldenen Trichter immer noch in den Armen. „Ein Grammophon", sagt er. „F-für dich", stottert er, wie er früher manchmal in der Aufregung gestottert hat. „Ich … ich hab mir gedacht, es passt hierher. Zu deinen Sachen." Sein Blick trifft mich, weicht mir wieder aus, wandert über die Fotos von fremden Menschen, meinen Tisch, das alte Bett, die Sessel. Dann schaut er mich wieder an. Wie früher. Wie bevor …

Er stellt das Ding auf die Kommode neben die Fotos. „Schau, hier musst du kurbeln." Er legt eine Platte auf.

Ich hab für dich nen Blumentopf, nen Blumentopf …

Meine Güte, wo hat er das denn her?

Spontan fall ich ihm um den Hals. „Danke." Meine Lippen auf seiner Wange, rauh ist sie, vertraut. Nach all den Jahren so vertraut. Ich weich zurück, sein Mund fängt meine Lippen ein. Ich merk, wie ich ihn wieder küss.

„Du schmeckst nach Kaffee, Nowak." Ich muss mich mit beiden Händen von ihm weg drücken, los eisen. Der Kopf zwingt mich dazu, obwohl der Körper bleiben mag. Aber ich lass mich nicht einlullen. Nie mehr.

„Was willst du, Nowak? Eine schnelle Nummer? Hast du's so nötig?" Ich starr ihn an.

Er schüttelt den Kopf. Etwas in mir spürt, dass ich ihm unrecht tu, aber ich kann nicht anders.

„Du kannst nicht nahtlos da anschließen, wo wir damals stehen geblieben sind. Die Zeiten haben sich geändert. Alles hat sich geändert. Seit Marianne gestorben ist wegen dir …"

„Das glaubst du?", fragt er. Das Grammophon glänzt und spielt immer noch.

…das ist der schönste Blumentopf… der schönste auf der Welt.

Ich öffne die oberste Kommodenschublade und krame nach der Rose, die er mir damals geschossen hat. Aber da sind nur Strümpfe von der Frau Müller und leere Notizbücher, Stifte …

„Ist sie das nicht?", frag ich ihn und rupf den Arm mit der Nadel von der schwarzen Scheibe. Abrupt ist es still. Totenstill.

Er schüttelt den Kopf. Ob ich ihm trauen kann? Ob ich ihm glaub? Ich hab dem Nowak immer geglaubt, früher. Er war einer der wenigen, denen ich überhaupt geglaubt hab.

„Ich sag ja, wir müssen endlich reden, Nowak. Gehen wir runter ins Paradies, ich glaub, deine Kollegen haben das Gelände wieder freigegeben."

Jedes Mal, wenn ich ihn ‚Nowak' nenn, zuckt er beinahe unmerklich zusammen. Aber den Vornamen – das geht einfach nicht.

Das Grammophon nehmen wir mit. Unten im grünen Paradies beruhigt mich die Erde unter meinen nackten Sohlen ein wenig. Menschen reden irgendwo weiter weg, es ist wie ein beschützendes Geflecht. Auch wenn die Erde so aufgewühlt ist wie eine klaffende Wunde und ich ständig den Schädel vor Augen hab, den sie hier ausgebuddelt haben.

„Ich träum jede Nacht von ihr", sagt der Nowak.

„Von Marianne?"

„Ja. Vielleicht hast du recht und sie ist wegen mir …"

„Also doch." Mir wird kalt. Obwohl die Luft viel zu heiß ist, auch jetzt in der Nacht. Zwischen den umgepflügten Maisstauden steht eine alte, bunt bemalte Holzbank. Ich muss mich setzen, aber der Nowak bleibt stehen.

„Als Marianne da unten in ihrem Blut lag …", sagt er und starrt in den dunklen, samtigen Nachthimmel.

Wenn jetzt eine Sternschnuppe käme …

„Da bin ich nur noch gerannt. Ich hab solche Angst gehabt, sie würden mir das anhängen. Du weißt doch, wie sie waren."

„Natürlich", nick ich. Mir ist, als könnte ich wieder das Erbrochene riechen und die Stimme von Schwester Maria hören, als sie Marianne unten im Hof entdeckt. „Sie haben einen riesen Wirbel veranstaltet, als sie Marianne da unten im Schnee gefunden haben. Dass du verschwunden bist, Nowak, das war wie ein Schuldeingeständnis. Das musst dir doch selbst klar sein."

„Aber das war es nicht. Ich hab nichts dazu getan, dass sie … Toni, das musst du mir glauben. Bitte." Seine Augen schauen mich flehend an. „Du bist kurz raus gegangen, Toni … "

„ … ich wollt doch nur Ketchup für die Hamburger organisieren!"

Er nickt. „Ich weiß. Ich weiß es, als wär es gestern geschehen. Marianne ist da im offenen Fenster gesessen, trotz dem Schneesturm, und hat gesagt, sie hat unerträgliche Schmerzen. Ich hab nicht gewusst, was ich tun soll, wie ich ihr helfen kann und ich hab solche Angst gehabt, was falsch zu machen."

„Nichts zu machen, war der größte Fehler."

„Ich weiß. Jetzt weiß ich das auch. Aber damals … Und dann hat sie sich fallen lassen. Einfach so. Ich seh es jede Nacht im Traum."

„Sich selbst fallen lassen?"

„Ja."

„Aber das war doch wegen dir, die Schmerzen."

„Wie bitte?"

„Wegen des Kindes."

„Welches Kindes?"

„Stell dich nicht so blöd, Nowak. Sie hat Schmerzen von einer verpfuschten Abtreibung gehabt. Zu der du sie genötigt hast."

„Wieso sollte ich das denn tun? Na gut, ein Kind dort in dem Schloss wäre nicht unproblematisch gewesen, aber sie wär nicht die Einzige gewesen, der das passiert ist. Was hatte ich dazu zu sagen?"

„Sie hat gesagt, der Vater des Kindes hat sie genötigt, es wegmachen zu lassen."

„Aber ..." Dem Nowak fehlen die Worte. Er rauft sich die Haare. Meine Hand zuckt, ich möcht sie ihm am liebsten glatt streichen. Ob sie sich immer noch so anfühlen wie früher, struppig und dick?

„Ich war nicht der Vater von Mariannes Kind."

„Aber wer war es dann?", frag ich. Ich bin mir immer so sicher gewesen, was geschehen ist – zum ersten Mal wankt alles.

„Ich weiß nicht. Ich hab nicht einmal gewusst, dass sie ..." Jetzt starrt er wieder in den Himmel.

Keine Sternschnuppe weit und breit. Nicht einmal ein einziger leuchtender Punkt. Scheißstadt.

„Wie kommst du darauf, Toni!? Marianne und ich, wir haben nie ...", sagt er langsam und sieht wieder mich an.

„Nie?" Ich muster ihn prüfend. Dem Nowak hab ich immer geglaubt. Bis zu Mariannes Tod.

Seine Augen weichen mir auch jetzt nicht aus. „Ich wollt immer nur dich, Toni."

Wir starren uns an, seine Augen sind so dunkel wie der Himmel, der Himmel ohne die Sternschnuppen. In einem Film müsste er mich jetzt küssen, aber ...

„Dann ... dann hab ich dich all die Jahre falsch verdächtigt?" Ich bin so erleichtert, dass der Nowak nicht an Mariannes Tod schuld ist, dass meine Knie unter mir nachgeben. „Aber damals haben alle geschwiegen und deine Flucht, Nowak … was hätt ich denn sonst glauben sollen."

Sein Blick ist offen. So offen wie immer. Hinter mir raschelt es, vielleicht die Katze. Irgendwie ist das alles grad arg viel, was auf mich einstürmt. Mir ist schwindlig. „Bitte lass mich jetzt allein. Ich muss über all das nachdenken. Es ist so viel, alles geht durcheinander, und ich … "

„Toni", sagt er und greift nach meiner Hand, aber ich entwind sie ihm, schüttle den Nowak ab. Er schaut aus, als wollt er noch was sagen, sagt es aber nicht.

„Ich kann jetzt nicht. Bitte geh."

Als er sich löst, raschelt es irgendwo. Die Angst ist wieder da.

Samstag,
14. August

Nowak

Da vorne steht sie wieder und stirbt, stirbt ihre allnächtlichen Tode und mit ihm sein ganzes Leben. Wind tobt vom offenen Fenter herein, aber heute, heute ist irgendwas anders.
Heute bleibt ihm Zeit, was zu tun.
Er zerrt endlich die Hände hinterm Rücken hervor, macht schnelle Schritte auf sie zu, greift nach ihr, bekommt einen Arm zu fassen, doch er rutscht durch seine Finger, sie entgleitet ihm und fällt und fällt und fällt ...
Und ein Blumentopf ... ein Blumentopf hinterher.

*

„... kein Blumentopf an dieser Stelle!"
Die gnadenlose Stimme der Grünschädl zeterte Nowak wach. Nur mühsam kehrte er in die Wirklichkeit zurück. Sein Zimmer lag im dämmrigen Halbdunkel, durch die offene Balkontür kam ein leichtes Lüftchen.
„Das ist ein Stiegenhaus und kein Garten!", kam es von draußen.
Er sollte aufstehen, die Zimmertür schließen, ihre Stimme aussperren, aber er fühlte sich nicht dazu in der Lage. Er wischte sich über die Stirn, schweißnass schon jetzt am Morgen. Das Bettzeug unter ihm war feucht und zerknittert, seine Haut klebrig. Kein Lüftchen bewegte sich. Er starrte die Decke über sich an. Irgendwas musste geschehen, so ging es nicht mehr weiter. Eine Klimaanlage? Übertrieben. Ein Ventilator vielleicht.
Er wischte über seine Lippen, sie waren ganz rauh. Die Lippen, mit denen er Antonia geküsst hatte. Und die ihn küsste. Antonia, die sich küssen ließ, ihn wieder küsste – und ihn dann in die Nacht geschickt hatte. Etwas Schweres lebte

in seiner Brust, ein kalter Stein, der ihn nach unten zog, ihn am Aufstehen hinderte.

Mit langsamen Bewegungen strampelte Nowak die Decke zur Seite und stand auf. Berührte wieder seine Lippen, als wäre alles ein Traum. Aber nein, er hatte das Grammophon gekauft und die unselige Platte, war zu ihr gegangen und sie hatten geredet. Endlich geredet.

Aber ich habe nicht gesagt, wie leid es mir tut.

Und wenn sie was mit dem Fall zu tun hat? Wenn sie irgendwas verbirgt?

Dann muss ich ihr auch sagen, wie leid es mir tut. Dass ich sie allein gelassen hab. All die Jahre.

Plötzlich spürte er Kraft. Jede Menge Kraft. Allein der Gedanke an Antonia, daran, alles ins Reine zu bringen, ließ ihn sein Spiegelbild anlächeln. Ein Lichtstrahl blitzte darin auf. So schnell hatte er seine Morgentoilette noch nie erledigt. Eine Minute kalt duschen, ein frisches blaues T-Shirt, saubere Jeans. Jetzt, wo er sich endlich im klaren darüber war, was er tun musste, jetzt war jede Sekunde kostbar, jede Sekunde, die ihn von Antonia trennte, eine zu viel.

Er rannte aus der Wohnung, warf die Tür nur ins Schloss, ohne abzusperren, rannte an der Grünschädl vorbei, die bei seinem Auftauchen irgendwas zu schimpfen begann. Die Treppe runter, raus auf die Straße, an den Bäumen vorbei. Weiter, schneller!

Er kam zum Markt, Scheiße, Samstag, alles voll, wie es nur samstags der Fall war. Also außen herum, rasch! Die Sonne knallte ihm schon auf den Nacken, da, endlich Schatten, die alte Platane, Waschmuths Haus.

„Morgen, Nowak!", rief Sabrina ihm zu, einen Korb mit Brot und Gebäck am Arm.

„Servus!", keuchte er und war schon weiter gelaufen.

Nowak riss bereits das Haustor auf, das heute zwar zu war, aber zum Glück unversperrt, rannte die Treppe hinauf, hustete Staub, kam endlich vor Tonis Tür. Klopfte. „Toni!

Ich muss dir was sagen!"

Stille. Bis auf seinen keuchenden Atem. „Toni? Bitte! Nur kurz, es ist – es ist wichtig." Er beugte sich vor, um durchzuatmen, stützte sich mit den Händen auf den Oberschenkeln ab. In der Brust tat es weh, erst langsam beruhigte sich sein Atem, sein Herzschlag.

Du bist untrainiert, Nowak!

„Toni, bitte!" Er richtete sich auf, klopfte wieder, hämmerte an die Tür – nichts. „Toni? Hör mich einmal noch an. Bitte. Wenn du mich danach nicht mehr sehen willst, dann … " Er schluckte. „ … dann werde ich das akzeptieren und dich in Ruhe lassen. Versprochen."

Er lauschte. Nichts rühre sich. Nowak wandte sich um und rannte die Treppe wieder hinunter. Stoppte vor der alten Fleischerei. Das Siegel sah immer noch intakt aus. Er probierte zu öffnen – abgeschlossen, wie es sein sollte. Na gut. Ob sie draußen in ihrem Garten war? Er rannte zur Hoftür, querte den Durchgang, kletterte über die Mauer, stieß sich dabei das Knie, rannte drüben weiter. Wieder ein flirrend heißer Tag, der über allem lag. Er machte zunehmende hoffnungslose Schritte zwischen Hollerbüschen, die die Leichensuche überlebt hatten – keine Toni. Immer wieder rief er nach ihr – bekam aber keine Antwort. Er ging weiter und weiter, sah sich um, überall aufgewühlte Erde. Etwas knirschte unter seinen Füßen, ein schrilles, unnatürliches Geräusch, Nowak blieb erschrocken stehen und sah nach unten – etwas Schwarzes glänzte auf der Erde – die Schellakplatte, die er zu dem Grammophon erworben hatte. Als er stehenblieb und sich umsah, entdeckte er etwas golden Glitzerndes im Gesträuch – er trat näher – der Trichter des Grammophons. Merkwürdig. Hatte Antonia das getan? Aber er hatte doch das Gefühl gehabt, dass sie sich über das Geschenk freute.

Sie hat dich weggeschickt.

Plötzlich war all seine gerade noch fiebrige Energie verschwunden. Jeder Schritt zurück fiel ihm schwer, als ginge er durch klebrigen Lehm. Er kletterte über die Leiter, stieg auf der anderen Seite hinunter, die Sonne brannte ihm in den bereits schweißnassen Nacken, er querte den akkurat bepflanzten Garten und betrat wieder das Haus.

Es ist vorbei. Für immer.

Seine Schritte erzeugten kein Geräusch in dem leeren Gang. Alles war still. Als wären alle tot, die ganze Welt gestorben, er selbst eingeschlossen. Staub wirbelte auf, aber er musste nicht einmal mehr husten.

Sie will dich nicht sehen. Verständlich.

Kraftlos ging er weiter. Dann ins Büro, zu den Akten, die sich im Büro stapelten. Den verdammten Fall lösen. Irgendwie.

Er streckte eine Hand nach dem Haustor aus und hielt plötzlich inne. Etwas Weißes klebte innen auf dem ehemals braunen, jetzt staubigen Türblatt. Ein Blatt Papier. Automatisch begann er es anzusehen, als wäre es seine eigene Wohnanlage und darauf irgendeine Ankündigung, die ihn betreffen konnte. Oder auch nicht. Ihm stockte der Atem. Es war nur ein Foto, schwarz-weiß gedruckt. Darauf Antonia. Gefesselt. Geknebelt. In einem Raum mit Gewölbe, wie ein mittelalterlicher Folterkeller.

Nowak riss das Bild ab und rannte, mit plötzlich wieder elektrisierter Kraft, hinaus auf die Gasse.

36

Nowak

„Sie haben Antonia." Nowak stand im Schatten der großen Platane und brüllte ins Telefon. Er riss die Augen so weit auf, dass es schmerzte. Als könnte er so etwas sehen, was ihm weiter helfen würde, als könnte er Toni allein mit seinem Willen herbei zaubern. Doch rundum flirrte nur die Hitze.

„Antonia?", fragte Kaschka. „Wer ist das?"

„Sie wohnt in Waschmuths Haus. Eine von den Punks."

„Achso, das bunthaarige Mädl, richtig?"

Nowak nickte. Dabei wanderte sein Blick über die Umgebung. Er registrierte jedes Detail überscharf, wie im Sucher einer Kamera. Zwei Anzugträger drüben am Markt, ein offenes Tor zwei Häuser weiter.

„Ja, die. Sie ist weg." Er beschrieb seiner Chefin das Foto. Er spürte, wie seine Stimme zu kippen drohte.

„Und, hältst du es für echt?"

„Natürlich halte ich es für echt!", schrie Nowak. „Sowas kann keine Fotomontage sein." Er spürte, dass Toni in Gefahr war, hatte es schon die ganze Zeit gespürt. Als hätte er sie nie verlassen, damals.

„Schon gut, war nur eine Frage."

„Nein, Kaschka. Das hier ist echt. Echt und gefährlich." Und es tat weh, als wäre er der Gefangene. „Wir müssen was unternehmen. Schnell. Ich suche hier."

„Verstärkung ist gleich unterwegs. Ich schick Sebastian zu dir, damit das Foto kopiert und an alle Dienststellen weiter gegeben werden kann."

„Danke, Kaschka." Nowaks Herz klopfte bis zum Hals. Er starrte ins Sonnenlicht. „Wenn ihr jetzt was passiert ..."

„Wir werden alles tun, Nowak, damit der Fall nie eintritt. Verlass dich drauf." Kaschkas Stimme war warm, fast mütterlich. Mütterlicher, als seine eigene Mutter je gewesen war.

Er nickte. „Ich sehe mich hier um. Vielleicht gibt es Spuren oder ich kann was auf dem Bild wiedererkennen."

„Tu das. Aber sei vorsichtig."

Sie legten auf. Schlagartig fühlte er sich allein. Er durfte jetzt keinen Fehler machen ... Plötzlich spürte er wieder die Lähmung von vorhin.

Du hast sie verloren.

Verzweifelt starrte er das Foto an, auf das ein einzelner Sonnenstrahl schien, direkt auf Tonis Gesicht. Als würde ein Scheinwerfer auf ihrer Angst liegen, als würde Toni direkt zu ihm sprechen.

Weswegen war sie entführt worden? Und von wem? Was wollte derjenige?! Und wann war es geschehen? Sie hatten einander noch in der Nacht geschen, es musste Mitternacht gewesen sein, als er von ihr fortging.

Sie wollte dich nicht mehr sehen.

Wenn er jetzt wieder einen Fehler machte und sie deswegen ...?

„Nowak, wase stehste du hier wie festgewachsene?"

Er hatte das Gefühl, aus großer Höhe herabzustürzen. Sabrina vom Cafe Sonne stand vor ihm, eine Tasse mit duftendem Kaffee in der Hand. Sie lächelte.

„Was?!", murmelte er und rieb sich über die Augen.

„Trinke!", befahl sie.

„Danke." Er schüttete das Getränk in sich hinein. Heiße, belebende Flüssigkeit wie das Leben selbst.

„Besser?" Sabrinas Blick war forschend.

Er nickte. In ihm arbeitete es. Er musste alles versuchen, um Antonia zu finden. Alles geben. All seine Kraft. Der einzige Fehler würde sein, aus Angst vor Fehlern gar nichts zu tun.

Nowak

Nowak knallte die weiße Tasse auf die Untertasse in Sabrinas Hand. Das Geräusch dröhnte überlaut in seinen Ohren.

„Danke, Sabrina", würgte er hervor und rannte schon los.

Wenn Antonia jetzt stirbt – dann bist du der Mörder, für den sie dich hält!

Er kehrte zu Antonias Wohnhaus zurück, trat ein, sah sich noch einmal um. Immer noch war alles still. Ob da Fingerabdrücke auf der Tür waren? Möglich. Er raste hinauf, läutete an Elses Tür.

Die Witwe öffnete ihm, Lockenwickler im Haar, ein Lichtstrahl hinter ihr malte ihr einen Heiligenschein. „Oh Wolferl!" Sie lächelte erfreut.

„Wann hast du Antonia zuletzt gesehen?", fragte er. Jedes unnötige Wort war eines zu viel, würde ihn aufhalten. „Schnell, es ist wichtig."

„Aber ich – da muss ich nachdenken, warte. Gesehen weiß ich nicht, aber gehört. Unten im Garten. In der Nacht. Es war ja warm … Sie hat mit irgendwem geredet. Was, habe ich nicht verstanden." Else fummelte an ihren Lockenwicklern.

„Mit wem, Else? Bitte, denk nach!"

„Eine Männerstimme."

„Jemand von den Nachbarn?"

„Nein."

„Von den … Punks?"

„Ich bin mir nicht sicher." Sie strich über ihr Kinn. „Ich wollt schon runter rufen, dass sie leiser sein sollen – aber dann war es plötzlich still."

Er nickte.

„Wenn ich es mir recht überlege ..." Else runzelte die Stirn, „eine der Stimmen klang wie deine."

„Ach so." Enttäuscht machte Nowak einen Schritt weg von Elses Tür.

„Warum fragst du? Ist etwas passiert?" Erschrocken sah sie ihn an. „Nein! Nicht Antonia! Die ist doch eigentlich ganz nett."

„Weiß ich noch nicht, Else. Sei auf jeden Fall vorsichtig. Das schadet nicht. Und wenn du was von Toni hörst oder siehst, oder irgendwas Verdächtiges bemerkst ... "

„ ... sag ich dir sofort bescheid. Aber klar doch, Wolferl, auf mich kannst bauen. Gibst mir deine Handynummer?"

Er nickte und schrieb sie ihr auf einen Zettel. Gleich darauf lief er weiter nach oben, klopfte bei der Baronin. Dann fragte er noch den Zuckerbäcker. Beide wussten nichts.

Nowak raste durchs Stiegenhaus, das jetzt von Sonne durchflutet wurde, zurück nach unten. Der Knöchel schmerzte, aber er ignorierte das. Er klopfte überall, nirgends sonst wurde geöffnet. Auch nicht bei Toni. Als wäre das Haus tot, gestorben, so wie der von seinen Kollegen umgepflügte Gemüsegarten, und die meisten seiner Bewohner mit ihm.

Er rannte in den Keller, sah sich um, aber das Gewölbe hier sah völlig anders aus. Zurück auf die Gasse. Sebastian kam ihm schnellen Schrittes entgegen. Obwohl der Praktikant heftig atmete, war seine Kleidung einmal mehr tadellos und kein Schweißtropfen in seinem Gesicht zu bemerken. Er duftete dezent nach Eau de Cologne. Nowak setzte ihn über die neue Entwicklung in Kenntnis und zeigte das Foto her.

„Glaubst du, das hängt mit dem Mordfall zusammen?", fragte Sebastian.

„Für Zufall wäre es allzu viel Zufall."

„Würde ich auch sagen", meinte der Praktikant. „Ich weiß nicht, ob das auch damit zusammen hängt. Wir haben gestern in den Akten noch weitere Transaktionen gefunden, wo Häuser mit beträchtlichem Gewinn weiter verkauft wurden. Und das Interessanteste dabei - es sind nur vier Firmen, die sich das alles offenbar untereinander ausmachen."

„Ach was. Ein Kartell?" Nowak hatte das Gefühl, einen wichtigen Zipfel des Falles in der Hand zu halten.

„Wer weiß. Als wir jedenfalls nochmals diesen Schneider kontaktiert haben, um ein paar Fragen zu stellen, hat der sich ziemlich aufgeführt und ins Telefon geschrien."

„Dann sind wir denen auf die Füße getreten? Glaubst du das, Sebastian?"

„Der Schneider war schon sehr wütend."

„Ein starkes Motiv, Antonia zu entführen, oder? Was meinst du, Sebastian?"

Der Praktikant wurde rot. „Ich denke, dass ihm unsere Ermittlung weh tut. Aber ob er so weit gehen würde?"

Nowak nickte. „Er hat ganz offen seine Waffe gezeigt. Verdammt, wir müssen Antonia finden, bevor ihr etwas Schlimmes zustößt!"

38

Nowak

Nowak drehte sich unter der großen Platane im Kreis. Wo hatte er noch nicht gesucht? In Waschmuths Haus war er gewesen, auf das der Schatten der Äste jetzt ein Muster sprenkelte. Der Marktplatz leerte sich. Die große Uhr. Nach zwölf. Staub wurde vom warmen Wind aufgewirbelt, ein Reinigungsfahrzeug drehte seine Runden. In der Pizzeria waren alle Tische besetzt.

Der Wind wehte Nowak die Haare ins Gesicht. Wind wie damals, nur dass er diesmal nicht kalt war. Gar nicht kalt. Und er war nicht hilflos. Sie hatten alles abgesprochen, was man absprechen konnte, Strategien beschlossen, alles in die Wege geleitet, was irgend möglich war, um Toni zu finden, alle Varianten abgewogen, sämtliche Informationen zusammen getragen. Das Räderwerk lief, Einheiten der WEGA suchten die Umgebung ab, Tonis Wohnhaus stand unter Bewachung, ein Hubschrauber kreiste. Alles geschah. Alles ging seinen Gang. Und mitten drin Nowak. Er sollte darauf vertrauen, dass das Richtige geschah, doch er konnte es nicht. Er konnte es einfach nicht.

Obwohl alles im Laufen war, obwohl alles geschah, wie es vorgesehen war – trotz alldem hatte er das Gefühl, dass irgendetwas nicht stimmte. Irgendetwas lauerte in einem dunklen Winkel im Hintergrund, irgendetwas Wesentliches war nicht beachtet worden.

Wer wusste, wie lange Toni schon weg war. Wenn er nicht in die Gänge kam, dann würde sie …

… sie stirbt und du …

Nowak vermochte nicht weiter zu denken. Der Wind blies ihm seinen faulen Atem ins Gesicht. Andererseits, viele Opfer wurden tatsächlich freigelassen, wenn die geforderte Summe bezahlt wurde. Aber andere werden getötet, wenn sie den Täter gesehen haben.

Nowak starrte seine Hände an und stellte überrascht fest, dass er sie gar nicht hinter dem Rücken versteckt hielt.

Das genügt nicht, wenn du Toni lebend wieder sehen willst.
Ratlos wischte er sich über die Augen.

Was ist mir dir los? Träumst du?

Er nahm eine Bewegung hinter sich wahr, fuhr herum, aber es war nur der Wind, der in die Zweige der Platane fuhr.

Irgendwo hier war die Lösung, er ahnte es, aber wo? Er zwang seine Füße vom Boden, einen nach dem anderen. Drehte sich im Kreis, sah seinem grauen Schattenriss auf dem Asphalt zu. Was war es, wo war der Ansatzpunkt?

Denk nach! Du liebst sie, also denk nach!

In der alten Fleischerei wurde die Tür nach außen geöffnet – komisch, die sollte eigentlich auch versiegelt sein. Ah, ein Kollege.

Else verließ mit einem Einkaufstrolley das Haus durch die reguläre Haustür und wandte sich in die andere Richtung. Irgendwo klapperte ein Fenster im Wind.

Wie gegen einen Widerstand machte Nowak noch einen Schritt, drehte sich weiter. Elses Schatten wurde auf eine Hausmauer geworfen. Die Ausfahrt der Parkgarage – zu modern, die Garage war erst vor einigen Jahren gebaut worden, da gab es keine Ziegelgewölbe wie auf dem Foto von Antonia. Daneben das Gebäude mit den Müllcontainern, ein Gemüsestand, das Cafe Sonne, noch ein Gemüse-Stand. Die Pizzeria mit den Leuten unter der Markise. Der Pferdefleischhauer. Ein niedriges Gebäude mit einer alten Werkstatt, die nicht mehr in Betrieb war. Bis auf den Schanigarten des Italieners kaum noch Leute. Nicht einmal bei Sabrina.

Nowak drehte sich zurück zu Waschmuths Haus. Er spürte eine Bewegung hinter sich, fuhr herum. Die Irre von neulich! Wo kam die so plötzlich her? Da war gerade noch niemand gewesen.

Die Räder ihres Einkaufswagen quietschten, als sie sich schwankend näherte. Ein rascher Blick nach links und rechts - bitte jetzt nicht wieder seine Mutter …!

Nowak behielt die Verrückte im Blick, die auf ihn zuzusteuern schien, dann wieder nicht. Der Einkaufswagen schwankte gefährlich und war weit über den Rand beladen, große schwarze Müllsäcke, Zeitungsstapel, und andere Dinge, die er nicht genau erkennen konnte.

Jetzt steuerte sie ihn wieder an mit dem Wagen, hatte aber Mühe, das Ding geradeaus zu schieben.

„ … Angst …" murmelte sie in einem verschliffenen Tonfall, „ … ich muss mich unsichtbar …"

Der Wind rauschte in der Platane und verwehte ihre Worte. Die Frau schob ihre Schätze weiter.

Plötzlich bekam er die Füße vom Boden. Nowak rannte der Verrückten nach. „Wie bitte? Was haben Sie gesagt? Bitte, bleiben Sie stehen!"

„Nicht, Hilfe!", rief sie mit einer hohen Stimme, wie ein ängstliches Kind.

„Sebastian!", rief Nowak, drehte sich zu Waschmuths Haus. Als er sich zurück drehte, war die Verrückte wie vom Erdboden verschluckt. Samt ihres Einkaufswagens. Nowak befand sich vor der rostigen Tür der alten Werkstatt, die es nicht mehr gab. Die Graffiti-Buchstaben darauf schienen ihm irgendetwas mitzuteilen, aber er kam nicht darauf, was.

39

Antonia

„Na, was denkst du?", höhnt eine körperlose Stimme und lacht scheppernd. „Liebt er dich genug, um dich hier raus zu holen?"

Es ist dunkel, bis auf einen schmalen Lichtstreifen direkt vor mir. Meine Arme sind hinter meinem Körper an den Sessel gefesselt, auf dem ich sitz. Ich friere, die Luft riecht feucht nach Vergangenheit. Das letzte, woran ich mich erinnern kann, ist ein Rascheln im Garten. Und wie ich den Nowak zuvor weggeschickt hab.

„Muss schön sein, die Liebe, alle sprechen nur noch davon."

Mir tut alles weh. Selbst Körperteile, von denen ich nie gedacht hab, dass sie weh tun können. Dabei hab ich im Anatomie-Kurs viel gelernt. Ich gäb sonst was dafür, wenn ich jetzt tanzen dürft. Tanzen und alles vergessen. Meine Situation, die Schmerzen, den Durst. Nur den Nowak will ich nicht vergessen. Und dass er doch noch zurück gekommen ist.

Was muss das nur all die Jahre für eine Last auf seinen Schultern gewesen sein, diese selbst auferlegte Schuld. Wenn es war, wie er sagt, dann trägt er doch keine. Wenn es wirklich stimmt, was er sagt. Aber ich hab so ein Gefühl, dass er die Wahrheit sagt. Ich kenn den Nowak doch. Auf einmal ist es mir völlig unbegreiflich, dass ich ihn für einen Mörder halten hab können. Grad den Nowak, meine große Liebe.

„Wird er im Tausch für dein Leben die Ermittlungen einstellen?" Die Stimme lacht. Sie klingt metallisch und verfremdet, vermutlich durch irgend ein Gerät, wie die, mit denen der Heini gern herum spielt.

Ich sag nichts, ich kann ja gar nicht. In meinem Mund

steckt etwas, das immer größer wird. Durch meine Kehle kann keine Luft. Auf einmal ist da eine Erinnerung, aber so schnell sie kommt, ist sie wieder weg.

Der Typ lacht metallen.

Ich glaub, er hat nie geliebt, wenn er so spricht. Das tut mir sogar für ihn leid, obwohl er mir so viel Schmerz zufügt.

40

Nowak

Eine Windböe rüttelte an der alten, rostigen Tür, öffnete sie ein paar Zentimeter, warf sie wieder zu. Konnte das die Spur sein, nach der Nowak suchte?

Er hielt die Luft an und stieß die Tür mit dem Zeigefinger auf. Alter Lack und rostiges Metall blätterte unter seiner Berührung ab. Muffige Luft drang von drinnen heraus, sie roch nach Keller und Tod und Schlimmeren.

… irgendwo da vorne stirbt sie und du…

Ein schmaler Gang tat sich vor ihm auf, Stufen aus rötlich-grauen Ziegeln führten nach unten ins Dunkel. Nowak meinte Stimmen zu hören, weit weg, durcheinander.

… und du kannst nichts tun weil…

Einen Moment war die Lähmung wieder da, die verfluchte Angst, etwas falsch zu machen. Aber heute war er erwachsen, er war Polizist und würde tun, was in seiner Macht stand. Er würde da jetzt rein gehen. Sofort.

„Hallo?", rief Nowak in die Dunkelheit. Es war wie ein Echo seines Traumes. Er machte ein paar Schritte auf der Treppe nach unten. „Gnädige Frau?" Er kam sich komisch vor, eine Stadtstreunerin so anzureden, aber wie sollte er sie sonst nennen, er kannte keinen Namen. Leider kannte er ihren Namen nicht.

Er ging vorsichtig weiter, Ziegel bröckelten unter seinen Schritten. Wind fuhr herein und durch den Gang. Zugluft. Irgendwo da vorne musste es einen weiteren Ausgang geben. Und dazwischen … dazwischen lag eine enge Höhle, in der alles geschehen konnte.

Die Tür zum Markt hin quietschte hinter ihm und fiel knallend zu. Schlagartig war es ganz finster. Nowak tastete nach seinem Handy. Gut dass die Dinger heutzutage mit allem ausgerüstet waren, auch mit einer Taschenlampe. Sie erhellte zumindest sein direktes Umfeld. Die Stimmen konnte er nicht mehr hören. Doch in die Stille hinein atmete jemand. Ganz deutlich. Ganz nahe.

„Gnädige Frau?"

„Nicht! Nicht leuchten!", winselte die rostige Stimme der Pennerin von der Seite.

Nowak leuchtete in die Richtung, aus der die Worte gekommen waren. Da, seitlich unter dem Treppenabsatz, kauerte die Pennerin in einer schmalen Mauernische und hob beide Arme vors Gesicht. „Nicht! Nicht schlagen! ", wimmerte sie.

Nowak senkte das Handy. „Alles ist gut", sagte er leise und betont ruhig, obwohl er sich nicht ruhig fühlte. „Brauchen Sie Hilfe?"

Er ließ den Lichtstrahl vorsichtig über die Frau und die Umgebung wandern. Altes Werkzeug, verstaubte Holzbänke, verwinkelte Mauern. „Ich bin Revierinspektor Nowak", sagte er langsam, „von der Kriminalpolizei. Ich kann Ihnen helfen."

„Ni-hicht!", wimmerte die Frau unter Schluckauf. „Ich hab nix gemacht. Bitte, Sie müssen mir g-glauben."

„Ganz ruhig, ich habe nichts gegen Sie, ich brauche vielmehr Ihre Hilfe. Eine Auskunft nur." Er sprach langsam, mit tiefer Stimme.

„Auskunft?" Die Frau nahm die Hände vom Gesicht. Sie musterte ihn mit schiefgelegtem Kopf.

„Es geht um jemanden, den ich suche."

Die Frau atmete etwas ruhiger und richtete sich auf.

„Eine Frau mit grünen Haaren. Haben Sie sie vielleicht gesehen?"

„I-ich hab nix getan." Das Atmen wurde wieder zu einem Keuchen. „Ehrlich."

„Also wissen Sie etwas? Bitte, es ist wichtig. Vielleicht rettet es das Leben eines Menschen."

„Und Sie t-tun mir wirklich nichts? Ich kann doch nichts dafür."

Nowak verneinte. Am liebsten hätte er die Sandlerin geschüttelt, damit sie schneller mit dem raus rückte, was sie wusste. Wer weiß, was mit Toni in der Zwischenzeit …

„Aber S-Sie m-müssen vorsichtig sein." Die Pennerin deutete mit einem spitzen Hexenfinger in die der Tür zum Markt gegenüberliegenden Richtung. „Sehrsehr vorsichtig", sagte sie mit offenbar äußerster Konzentration. „Weiß keiner, dass man sich hier u-uunsichtbar machen kann. Alte Verb-bindungstüren. Aus dem K-Krieg. Haben alle vergessen. Ich weiß es."

„Aha", sagte Nowak. „Und dort …?"

„Dort ist je-jemand. Aber ne-hemen Sie sich in a-acht. Be-waffnete."

Nowak

„Danke", sagte Nowak.
Die Pennerin rappelte sich auf und flüchtete Richtung Markt. Es waren eilige, ängstliche Schritte, die kaum ein Geräusch verursachten.
Mach keinen Fehler, sonst ...
Er duckte sich unter den Vorsprung, wo gerade noch die Frau gehockt war, schirmte sein Handydisplay ab und schrieb eine SMS an Kaschka. Wo er war, dass er Verstärkung brauchte, die sollten sich bereithalten, aber erst in Erscheinung treten, wenn er bescheid gab. Und dass sie ja nicht anrufen sollte. Seine Stimme oder das Läuten des Telefons würde womöglich die Entführer aufschrecken. Und Schlimmeres. Er schickte die Nachricht ab und stellte das Telefon auf stumm.
Jetzt galt es.
... mach ja keinen Fehler ...
Er richtete sich auf, leuchtete auf den Boden, das Licht dabei nach vorne mit der Hand abschirmend, und ging weiter. Rohe Ziegel, Verputz, an einer Ecke ein paar Buchstaben einer alten, phosphoriszierenden Aufschrift. Der Gang war so schmal, dass er mit seitlich ausgestreckten Armen beide Seiten berühren konnte. Wenn er ganz leise ging, konnte er hoffentlich den Überraschungseffekt nützen. Ein Gefühl vager Vertrautheit schlich sich ein, so hatten sie sich früher oft durch einen Heizungskeller zurück ins Heim geschlichen, Toni und er, heimlich, wenn sie für sich sein wollten.
Nowak atmete flach und tastete sich voran, Schritt für Schritt für Schritt. Die Luft war jetzt wieder still, es zog nicht mehr. Die Pennerin hatte wohl die Tür zum Markt geschlossen, aber es musste sich auch auf der anderen Seite

etwas verändert haben. Oder doch nicht? Plötzlich taumelte Nowak, die Gesetze der Physik erschienen ihm auf einmal unlösbar.

Er blieb stehen, lauschte. Nichts. Kein Luftzug, keine Stimmen, nichts. Rein gar nichts.

Als wären alle tot. Gestorben. Wegen dir.

Seine Augen taten weh, wie er gegen die Dunkelheit anstarrte, und nichts dabei erkannte. Aber seine Füße machten weiter, er kämpfte sich voran.

Er tastete nach seiner Dienstwaffe. Alles an seinem Platz. Was, wenn das hier gar keine Spur war, sondern der Auswuchs eines versoffenen Geistes? Oder schlimmer noch, eine Falle?

Dann hast du es wenigstens versucht.

Gleich würde er es wissen. Nowak schluckte. Gleich würde er wissen, was mit Toni war. Ob sie hier war. Ob sie lebte. Ob ihre Lippen je wieder auf seinen …?

Konzentrier dich! Hol sie erst hier raus …!

Er versuchte, zu erkennen, ob das der Keller von dem Foto war, auf dem sie gefesselt zu sehen war. Keine Ahnung. Er hatte einfach keine Ahnung. Jeder alte Keller dieser Gründerzeithäuser sah doch dem anderen ähnlich. Nowak arbeitete sich weiter voran, immer wieder hielt er inne, lauschte.

Rechts ertastete seine Hand plötzlich etwas Metallisches. Eine Tür? Ja. Er drückte dagegen, sie bewegte sich. Der Geruch. Gleich grinst ihn der Trnksak an und er muss sagen, was er will, Kutteln für seine Mutter, und dann …

Nein. Du hast jetzt eine andere Aufgabe. Vergiss den Fleischer.

Nowak zog die Tür wieder zu, was ein quietschendes Geräusch gab. Nowak lauschte – nichts sonst rührte sich.

Er ging langsam weiter, spürte unebenen gestampften Boden unter sich, atmete die feuchte Luft des Todes ein. Und was, wenn er sich hier verrannte, Zeit vertat? Was, wenn Antonia inzwischen ganz woanders gefangen gehalten wurde?

Und wenn sie dich nur einfach nicht mehr sehen will?

Er kam zu einer weiteren Tür und öffnete sie. Auch diese quietschte in den Angeln. Wenn Toni hier war, wenn sie hier gefangen gehalten wurde, dann waren die Entführer jetzt gewarnt.

Und plötzlich roch er es. Antonias Duft. Veilchen. Ganz leicht nur. Vermischt mit etwas Anderem. Schweiß. Und Angst. Er war sich ganz sicher: Sie war in der Nähe. Und sie war in großer Gefahr.

Er zwängte sich so leise wie möglich durch die Tür, ließ sie für eine Flucht offenstehen und ging in die Richtung, aus der der Veilchenduft kam.

42

Antonia

Ich riech meinen Gestank. Und den der Typen. Es sind mindestens zwei, den Stimmen nach zu schließen. Eine widerliche, saure Mischung aus Bösartigkeit und Angst. Mir wird schon wieder schlecht.

Atmen! Ich muss atmen. Wenn ich mich mit dem Knebel im Mund übergeb, dann … Ich will nicht sterben. Nicht so. Nicht bevor ich den Nowak wiederseh. Ob sie mich dann auch wie den Hausherrn zerteilen … und in meinen eigenen Beeten verbuddeln?

Mich würgt's in der Kehle und plötzlich hab ich einen Erinnerungsflash. Ein anderes Würgen. Ein anderer Ort. Auch dunkel. Und plötzlich weiß ich, wer der Vater von Mariannes Kind war. Und dass der Nowak recht hat.

Ich schluck so krampfhaft, dass ich schon glaub, ich schaff's nicht mehr. Zwing mich, an was Schönes zu denken. Nowaks Kuss. Die alte, verstaubte rosa Plastikblume. Oben in meiner Wohnung, irgendwo muss sie sein. Wenn ich hier raus komm, werd ich sie suchen. Und finden. So nah, dieses Zuhause. Und unendlich weit weg. Ich kann Autoverkehr rauschen hören und frag mich, wo ich bin.

Dann seh ich einen kleinen bläulichen Lichtfleck vor mir aufflackern, ganz kurz nur, und hinter mir klickt etwas. Ich brauch einen Moment, um das als Entsichern einer Waffe zu erkennen.

Nowak

Toni.
Sie war es wirklich.
Er hatte das Handy kurz aufleuchten lassen und sie erkannt. Gefesselt und geknebelt, in einem Gewölbe wie auf dem Foto. Tatsächlich.

Von draußen rauschte Autoverkehr. Tief sog Nowak Antonias Veilchenduft ein, der den schlechten Geruch überlagerte, vielleicht nur für ihn. Er atmete ihn ein, als könne der ihm eine Erleuchtung bringen, wie er vorgehen sollte, ohne sie in Gefahr zu bringen. Lieber nichts überstürzen, als einen Fehler zu machen. Entführungen waren so heikel. Wenn das Opfer die Täter zu Gesicht bekam, sie womöglich später erkennen würde, wenn die Entführer nervös waren …

Die Kollegen holen. Er musste sie holen. Er brauchte Verstärkung. Er nickte und hoffte, Toni hatte ihn vielleicht sehen können. Die Kollegen, das war das Klügste. Einer allein konnte hier in eine Falle geraten. Wenn er selbst ausgeschaltet wurde - dann wüsste gar niemand, wo Toni festgehalten wurde.

Er bemühte sich, sich die Stelle einzuprägen, obwohl der Gang hier so wirkte wie überall, drehte um, tastete sich den ganzen Weg zurück. Es kam ihm endlos vor, jetzt, wo er wusste, was mit Toni war.

Endlich kam er zu der Tür zum Markt, stieß sie auf und trat hinaus. Gleißendes Sonnenlicht blendete ihn. Alles wie immer, Jugendliche schrien fröhlich durcheinander, ein paar kickten, ein Straßenkehrer leerte mit monotonen Bewegungen einen Mistkübel nach dem anderen.

Nowak atmete tief durch und rief Kaschka an.
„Ich hab sie."

„Ich bin an der Ecke", sagte sie.

„Ich hab Toni. Kommt bitte hierher." Nowak beschrieb seinen Platz. Endlich kamen die Kollegen.

„Sie ist hinter dieser blauen Tür, man muss alte unterirdische Gänge entlang. Ich hab vermutlich den Verkehr vom Donaukanal her rauschen gehört."

„Gibt es dort einen weiteren Ausgang aus dem Keller?", fragte der Einsatzleiter, ein Hüne von an die zwei Meter.

„Weiß nicht, ich bin sofort zurück, weil ich dachte ..."

Ein Fehler. Er hatte trotz allem einen Fehler gemacht. Und Toni in Gefahr gebracht.

„Schon gut, ich schicke wen nachschauen." Der Einsatzleiter lächelte Nowak kurz beruhigend an. „Beschreiben Sie mir bitte die Richtung, in die Sie unten gegangen sind."

„Nun", er suchte nach Bildern, aber alles schien vor seinen Augen zu verschwimmen. „Hinunter, dann geht es geradeaus ... eine Tür ... da bin ich abgebogen und dann …. dann immer geradeaus. Glaube ich."

„Gut, wir überprüfen das mit dem zweiten Ausgang." Der Einsatzleiter ging.

Nowak wollte ihm folgen.

„Nicht." Kaschka hielt ihn zurück. „Das sollen die Spezialisten übernehmen." Sie drückte seine Schulter. „Wir holen sie da raus, Nowak", sagte sie leise.

„Okay. Danke."

Wenn er jetzt nur nicht schon wieder einen Fehler machte…

*

Die Zeit hatte Ausbuchtungen, dehnte sich und schrumpfte nach Belieben. Nowak stand herum und wusste nicht, wohin mit sich. Endlich kam der WEGA-Einsatzleiter zurück. „Es gibt tatsächlich Ausgänge, die zu deiner Beschreibung passen", sagte er zu Nowak.

„Vermutlich sind das alles Keller, deren Verbindungstüren

man im Lauf der Zeit vergessen hat", meinte Kaschka. „Gab es ja seit der Türkenzeit. Und in der Nazi-Zeit wurden sie auch genutzt, wenn die Bomben fielen."

„Es sind die ganze Straße lang Kollegen postiert", erklärte ihnen der Einsatzleiter und sprach dann in sein Mikro. Sie bekamen nun alle Sender, auch Nowak, damit sie erreichbar waren. Wieder nickte ihm Kaschka beruhigend zu. Dann verschwand eine Gruppe WEGA-Leute im Dunkel hinter der unscheinbaren Tür.

Wenn das nur gut ging.

*

Wind tobt durch die dunkle Höhle, dort sitzt sie und stirbt, stirbt tausend Tode und mit ihm sein Leben, sein ganzes Leben. Und er steht da und kann nichts machen. Die Füße wie festgewurzelt im Boden, die Hände hinterm Rücken verschränkt. Die Hände, die er ausstrecken könnte, um zu helfen, um ein Unglück zu verhindern, wenn er nur wüsste wie.

Warmer Wind tobt durch seine Haare, wird sein Leben durcheinander wirbeln, und plötzlich weiß er, was er tun soll. Was er tun muss.

*

„Nicht", sagte Kaschka. „Bleib, sei ruhig."

Aber Nowak war schon bei der Tür zu der alten Werkstatt. Ruhigbleiben war genau das Falsche. Er musste an sich halten, um nicht zu keuchen, so schnell waren seine Schritte jetzt. Ein Stück weit vorne hörte er etwas. Die Kollegen. Hoffentlich. Etwas knirschte über ihm, Nowak schrak zusammen, doch es war nur Staub, Verputz, der bröckelte und auf seine Haare rieselte. Der Gang war jetzt leicht erhellt, als würde irgendwo ein Fenster offenstehen, aber das konnte in einem Souterrain eigentlich nicht recht sein. Oder doch?

Immerhin kam er jetzt schneller voran, doch was war

das? Die Tür, wo der Gang nach rechts abbog – sie stand offen – und die Stimmen kamen von dort! Verdammte Scheiße, sie hatten es tatsächlich falsch gemacht! Weil er nicht gleich mit runter gegangen war. Nowak fluchte, aber nur in Gedanken. Er hörte die sonore Stimme des Einsatzleiters. „Hier ist niemand."

Mit einigen schnellen Schritten war Nowak bei ihm. Packte ihn am Arm. Der Kollege schoss herum, Hand an der Waffe.

„Du?", fragten seine Augen. Er ließ die Hand sinken.

Nowak nickte. „Ihr seid falsch. Sie ist in dem anderen Gang, dem, der geradeaus weiter führt!"

Ein paar schnelle Kommandos, Nowak wartete nicht ab. „Gebt mir Deckung", flüsterte er. „Und verdammt, jetzt ist der Überraschungseffekt vermutlich beim Teufel."

Der Einsatzleiter zog nur die Augenbrauen hoch. Nowak sprintete voran, durch die Tür, den etwas dunkleren Gang entlang. Ein Klicken – er wusste, was es war. Kannte das Geräusch wie kein anderes.

… sie stirbt und du …
… du hast versagt.

„Antonia! Ich hole dich da raus!", schrie er und hechtete in den kleinen Raum. Dann knallten mehrere Schüsse durcheinander und es wurde dunkel.

Antonia

„Toni?"
Warme Hände streichen über mein Gesicht. Ich schmieg mich dagegen, was anderes kann ich nicht. So vertraut, diese Hände. Fest drück ich eine Wange in Nowaks Hand. Der Nowak, der kann doch gar nichts Böses tun.
„Bist du verletzt, Toni?"
Ich schüttel den Kopf.
„Toni!" Er nimmt eine Hand weg, dann leuchtet was auf – Nowak hat sein Handy gezückt. Er leuchtet mich an, ich zittere und das Licht ist zu grell, aber ich bin so froh. Endlich löst er den Knebel, dann die Fesseln. Alles an mir ist taub, ich muss husten und spucken. Ich würg an meiner aufgetauchten Erinnerung.
„Toni!"
„W-wolfi", stotter ich, da wohnt ein Frosch in meiner Brust. Ich hab nicht mehr gehofft, dass ich hier noch raus komm. „Und du, hat dich ein Schuss getroffen?"
Er schweigt zu lange, dass ich noch mehr Angst bekomm, dann ist das Kopfschütteln an ihm. So viel Glück, ich fass es kaum.
„Nowak, ich ..." Ich will so viel sagen und weiß nicht wie.
„Hast du den Täter gesehen?", fragt er, aber ich kann nur die Schultern zucken.
„Ein Glück", murmelt er.
Mühsam erklär ich ihm das mit der metallisch klingenden Stimme. Der Hals schmerzt bei jedem Wort.
Hinter ihm poltert was, er fährt herum. „Wir haben sie", sagt eine vermummte hünenhafte Gestalt. „Zwei Personen. Werden hinausgeführt. Der Rest der Räume ist leer. Alles überprüft."
„Danke, Kollege", sagt der Nowak. Er sagt es leise.

„Nebenan stehen irgendwelche Geräte, die werden noch sichergestellt und untersucht", ergänzt der Hüne. „Was ist mit euch, braucht ihr Hilfe? Rettung?"

Der Nowak schaut mich an. Ich schüttel den Kopf. „Ich kümmer mich um alles", sagt der Nowak. Der Vermummte guckt einen Moment, dann lässt er uns allein und ich starr immer noch den Nowak an. Fassungslos.

„Ich weiß, du hast mich weg geschickt, Toni", sagt er sehr leise, „tut mir leid, dass ich mich drüber hinweg gesetzt hab. Immerhin warst du in großer Gefahr und da ich Polizist bin …"

„Aber das ist doch …" Ich lächle zittrig.

„Ich gehe auch gleich, Toni. Ich muss nur noch wissen, wie es dir geht? Möchtest du nicht doch einen Arzt?"

„Nein. Nur hier raus."

„Natürlich. Komm." Er reicht mir den Arm, fehlt grad, dass er sich verbeugt. Ich muss auflachen. Der Nowak schaut mich überrascht an. Dann leg ich meine Hand in seine Armbeuge. Auf einmal wirkt das so selbstverständlich, als hätt uns nie was getrennt.

Gemeinsam arbeiten wir uns im düsteren Gang Richtung Ausgang vor. Mir ist ziemlich wackelig zumute und ich bin froh, dass er da ist, neben mir ist. Ich will ihm so viel sagen, aber ich weiß nicht wie.

„Toni", er atmet tief durch, „glaubst du, es wär möglich, dass … dass du mich in Zukunft wieder beim Vornamen nennst?"

„Weiß nicht", sag ich und ich kann es beim besten Willen nicht sagen. Der Nowak schluckt, und dann sind wir endlich am Tageslicht.

Nowak

Die Tür zum Markt quietschte, das Sonnenlicht schien ihnen grell direkt ins Gesicht, der Wind war, wenn das möglich war, noch heißer geworden. Und da waren sie, die Menschen, die Toni das angetan hatten. An einem der Transporter der WEGA standen sie, mit dem Gesicht zum Wagen, die Hände am Rücken gefesselt, bewacht von den Kollegen. Keine Punks. Kein Heini. Aber halt, die große Gestalt mit den schwarzen Haaren rechts kam ihm doch bekannt vor.

Toni murmelte etwas und seufzte. Nowak drehte sich schnell zu ihr. Sie sah im Sonnenlicht furchtbar blass unter ihren Zöpfen aus. „Ich begleite dich nach Hause", sagte er rasch. Sie nickte nur.

Gemeinsam gingen sie die paar Schritte zu ihrem Wohnhaus und die Wendeltreppe hinauf.

„Toni, bevor ich gehen muss, muss ich dir etwas Wichtiges sagen."

Nowak warf einen Blick aus Tonis offenem Fenster in den Hof. Unten hantierte Else an den Mülltonnen, er trat automatisch einen Schritt zurück. „Ich bitte dich um Verzeihung, Toni", sagte er, ohne sie anzusehen. „Für damals. Dass ich weg gegangen bin, ohne dir bescheid zu geben. Dass ich mich nie gemeldet hab. Das war dumm und unfair von mir. Aber du weißt ja, wie es war. Die ständige Angst und die Prügel."

„Ohja." Antonia hatte etwas mehr Farbe im Gesicht. Sie hatte sich gewaschen, der Duft nach Veilchen hing nun stärker in der Luft. Er sog tief ihren Geruch ein. „Und wie ich das noch weiß. Mir ist da auch noch was eingefallen."

„Kannst du mir vergeben, Toni? Bitte. Ich bitte dich inständig."

Sie ist nicht gestorben und der Wind kann toben, was er will.
„Sag es, dann bin ich auch schon weg. Dann hast du deine Ruhe vor mir." Er schluckte krampfhaft, starrte aus dem Fenster, schloss dann die Augen und fuhr sich mit zwei Fingern über die geschlossenen Lider. Seine Schultern, sein Nacken schmerzten, aber er konnte nichts dagegen tun. „Für immer."
Sag es, Toni, damit ich hier raus kann, ehe ich zusammen breche.
Er atmete ihr Veilchenparfüm ein und plötzlich spürte er eine Berührung im Nacken. Ganz weich, zart, wie von einem Schmetterling.
„Toni!" Er fuhr herum und riss sie in die Arme.
„Wolfi!" Sie seufzte. „Wolfi, mir muss es leid tun, dass ich dich falsch verdächtigt hab!"

*

Nowak hatte jegliches Zeitgefühl verloren, als er die Wendeltreppe hinunter ging. Ein Sonnenstrahl lag auf dem alten Mauerwerk. Tastend strich Nowak über seine Lippen, den Hals, als träume er schon wieder. Er hatte Toni gerettet, sie hatte überlebt – und, was das Seltsamste war, sie hatte ihn nicht weggeschickt … im Gegenteil.

Tief durchatmend trat er auf die Straße. Das gleißende Sonnenlicht stach ihm in die Augen, er blinzelte nur. Nichts konnte ihm jetzt was anhaben.

Kaschka hob eine Augenbraue, das konnte sie gut.

„War ich zu lang weg?", fragte Nowak leise.

Sie schüttelte den Kopf. „Schon okay."

Nowak näherte sich dem Gefangenentransporter, der wartend an der Ecke parkte. Plötzlich hatte alles eine Leichtigkeit, die er nicht mehr für möglich gehalten hatte, sogar seine Schritte.

Die zwei Verhafteten saßen schon im Wagen, bewacht von mehreren Kollegen.

Nowak ging um den Wagen herum.

„Keine Punks?", fragte er den Einsatzleiter, der daneben stand.

Der schüttelte den Kopf.

„Was für Ratten!", knurrte die schwarzhaarige Gestalt durch die noch offene Wagentür.

„Dachte ich mir's doch schon. So sieht man sich also wieder, Frau Rogalla."

Sie sah zu Nowak auf und knurrte etwas Unverständliches. Graublaue, asiatische Augen. Sie war es tatsächlich, Waschmuths Verlobte, Regina Rogalla.

„Wie meinen Sie das mit den Ratten, Frau Rogalla?"

„So wie ich es sage." Ihre Augen blitzten kalt. „Man reicht dem Gesocks den kleinen Finger, und was ist? Es will die ganze Hand."

„Dann haben Sie also diese Punks tatsächlich beauftragt und hier wohnen lassen, damit die anderen Mieter ausziehen?"

„Es war meine Idee, ja." Sie hob arrogant das Kinn. Bisschen spitz sah es jetzt aus. Und die Augen noch schmaler als sonst.

„Diese Entführung war aber kein harmloses Kinderspiel mehr", sagte Nowak scharf. „Und wer ist der Typ da neben Ihnen? Ihr Mann fürs Grobe?"

Die Rogalla lachte böse auf. „Ha! Der kann ja nicht einmal zielen, der Arsch."

„He!", schrie der Kerl. „Es war schließlich dunkel da unten."

„Schnauze. So ein Versager wie sein Vorgänger."

„Erzählen Sie mir mehr davon. Wer war denn dieser Vorgänger?"

„Ein Würstchen. Nicht schad um ihn. Hat sich plötzlich eingebildet, mit dem Quatsch – wie er es nannte – aufhören zu wollen."

„Welchem Quatsch?"

„Na, was wohl, hä?" Sie klang auf einmal fast ordinär.

„Die Mieter einschüchtern?"

„Ich sage überhaupt nichts mehr ohne Anwalt."

„Wo waren Sie eigentlich am Montag Nachmittag bis zum Abend, Frau Rogalla?"

„Oh nein. Ich hab Ihnen schon gesagt, mir hängen Sie den Tod meines Verlobten nicht an. Die Entführung, nun gut, was geschehen ist, ist geschehen. Aber nicht Bernhards Tod." Ihr Kinn ging noch höher hinauf. Sah ziemlich schmerzhaft aus.

„Also? Wo waren Sie, Frau Rogalla?" Nowak ballte die Fäuste, dass es weh tat. Sie zuckten, bereit, ihr den Schmerz anzutun, den Antonia erleiden hatte müssen.

„In meinem Büro", sagte die Rogalla spitz. „Der Täter läuft irgendwo da draußen herum, während Sie hier mit mir", sie spuckte ohne Vorwarnung vor ihm aus, „während Sie, Nowak, hier Smalltalk zu führen belieben."

„Ich mache meine Arbeit, Frau Rogalla. Sonst nichts. Also, Zeugen für Ihr Alibi?"

„Nein."

„Weiter. Wer war der Vorgänger, wie heißt er mit vollem Namen und wo wohnt er?", fragte Nowak. „Und ein bisschen dalli, ich habe noch Anderes zu tun, als Sie hier zu löchern."

„Ich kenne nur seinen Vornamen", sagte die Rogalla schließlich leise. „Roberto. Wir haben ihm Wohnraum zur Vergügung gestellt."

„Wo? Na los, Frau Rogalla!"

„Da drüben. Türnummer 11."

„Wie sieht dieser Roberto aus?"

„So wie diese Ratten alle aussehen. Verschlagener Blick, dunkle Augen, schwarze Haare, ein kleiner, wendiger Kerl mit der richtigen Einstellung. So wie alle aussehen, die für Geld alles machen."

„Ach was. Und sich selbst nehmen Sie von dieser Charaktereigenschaft wohl aus, oder wie?"

Die Rogalla schwieg arrogant.

„Wo finden wir diesen Roberto?"

„Sagte ich doch, er ist verschwunden."

„Was ist mit Ihnen", wandte sich Nowak an den zweiten Festgenommenen. „Wissen Sie, wo Ihr Kollege sich aufhält?"

Der Typ spuckte nur mit verächtlichem Blick vor Nowak aus.

„Den brauchen Sie nicht fragen. Der ist dumm wie die Nacht." Die Rogalla lachte.

46

Antonia

Am Abend klopft der Nowak bei mir. Er sieht besser aus als vorher. Gelöster.
Ich bin froh, dass er da ist. Mir ist doch noch ziemlich wackelig zumute. Er hat was zu essen mitgebracht und ein paar Flaschen Wein, aber vor allem sich selbst hat er mitgebracht, und das ist das Beste. Ich schmieg mich an ihn und möcht nie wieder woanders hin.
Ich löse mich ein wenig, aber ich muss ihn immer berühren.
„Mir ist noch was eingefallen", sag ich. „Wegen Marianne."
Wir setzen uns an den Tisch mit Frau Müllers Häkeldecke. Ob wir uns so eine Szene früher ausgedacht hätten, der Nowak und ich? Gelacht hätten wir vermutlich. Jetzt wirkt es vertraut, wie wir hier sitzen.
Der Nowak packt das Essen aus und ich hol Gläser. Alte, geschliffene, auch von der Frau Müller.
„Sind das Fleischlaberl?", frag ich und riech etwas Anderes.
„Falaffeln", erklärt er.
Ich nehme mir eine davon, dreh sie in den Händen. „Wolfi, wir müssen über Marianne reden."
Sein Gesicht nimmt einen gequälten Ausdruck an, aber er lässt mich gewähren.
„Während ich da im Keller gefangen war, ist mir etwas eingefallen. Etwas, das ich verdrängt haben muss." Die Bilder tauchen wieder in mir auf. Schlafsaal, alles finster, dunkel. Und dieses Würgen. Mariannes Würgen. „Weil es so schrecklich war."
„Toni?" Sein Blick ist besorgt. Er nimmt meine Hand.
Ich muss hart gegen etwas anschlucken und greif mir an die Kehle. „Es ist schrecklich. Wir hatten doch im Mädchenschlafsaal

Bettruhe um zehn, erinnerst du dich?"

Wolfi nickt beklommen.

"An manchen Tagen ging danach die Tür auf."

"Ein Freund?"

Ich schüttle heftig den Kopf. "Nein." Die Falaffel ist immer noch in meiner Hand, ohne dass ich sie gekostet hab. "Irgendwas war komisch daran. Ich glaub, jemand hat sie gewürgt."

"Scheiße." Der Nowak drückt meine Hand so fest, dass es beinahe weh tut. "Wer war das?", fragt er. "Erzieher?"

Ich muss an den windigen Herrn Johnny denken. Schmieriger Kerl. Für gewisse Dinge, mit denen man ihm entgegen kam, erhielt man Vergünstigungen wie Ausgang. "Nein. Ich glaub nicht."

"Jemand von draußen?"

"Ich weiß es nicht. Ich weiß es wirklich nicht." Ich klammer mich an Wolfis Hand. Ich hör immer nur dieses Würgen, immer und immer wieder. Wie hab ich das vergessen können. Und stattdessen den Nowak verdächtigen. "Das einzige, woran ich mich erinnere, ist dieses Würgen. Und in mir ist ... Angst. Große Angst. Dass es mich treffen könnte. Wer immer es war, er muss die Abtreibung in die Wege geleitet haben."

"Schrecklich." Der Nowak streichelt meine Hand. "Und ich hatte keine Ahnung. Es hat immer wieder Gerüchte gegeben, aber das so zu hören ... "

"Ältere Mädchen haben uns manchmal gewarnt, andeutungsweise. Es ist nur getuschelt worden, vor lauter Scham."

Der Nowak ballt die Hände zu Fäusten. "Es macht Marianne nicht lebendig", sagt er langsam, "aber ich werde die dran kriegen. Ich werde nicht ruhen, bis die alle dran sind."

"Es ist alles so lange her, wie willst du das noch raus finden", unterbrech ich ihn.

Wir sind resigniert und essen eine Weile schweigend, der Nowak schenkt uns Wein ein. Dunklen, erdig riechenden

Rotwein. Wir prosten uns zu. Ich muss ihn küssen, so freu ich mich, dass wir uns gefunden haben. Wiedergefunden.

„Reden wir über deinen Fall", sag ich dann. Das erste Glas ist schon leer. „Ist jetzt endlich alles vorbei?"

„Das Alibi der Rogalla ist echt", sagt der Nowak und nimmt eines von den Kichererbsenlaibchen. „Es ist von ihrem Nachbarn bestätigt worden. Die hat dich zwar entführen lassen, aber keine Drecksarbeit gemacht. Und für den Mord an Waschmuth scheint sie unschuldig zu sein."

„Diese Stimme, da unten in dem Verlies … ich weiß nicht, wer da geredet hat. Die Stimme hat gesagt, ob du die Ermittlung einstellst, wenn dafür mein Leben verschont wird." Ich schluck an etwas, das weder Essen noch Trinken ist. „Ich hab Angst, Wolfi."

Er schiebt mir eine Schüssel mit einer nach Koriander duftenden Sauce zu. „Iss. Essen hält Leib und Seele zusammen." Er lächelt. Gott, wann hab ich den Nowak das letzte Mal lächeln gesehen?!

„Ich hab auch Angst um dich, Wolfi. Wenn du jetzt weitermachst … "

Ich schieb an der Schüssel herum, schieb sie hin und schieb sie her. Meine Kehle ist wie zugeschnürt. Ich muss an das Schloss an meiner Tür denken, das für kaum wen ein Hindernis darstellt. Und an den Heini denk ich auch.

„Ich kann gut auf mich aufpassen, Toni. Immerhin bin ich Polizist."

Ich nick. „Schon. Aber da draußen läuft ein Mörder herum, wie kann man da ruhig herum sitzen und essen?"

„Sowas ähnliches hat die Rogalla vorhin auch gesagt."

Ich beiß in eine Falaffel. „Wenn die es nicht war, wer war es dann? Wer hat unseren ollen Hausherrn – du weißt schon?" Ich konzentrier mich auf den Geruch des Essens, auf den Geschmack vom Hummus. Es ist das beste Essen der Welt. An nichts anderes denken, an nichts!

„Wenn wir das wüssten. Ich hätt echt nicht mit ihr gerechnet da unten", sagt der Nowak.

„Mit wem dann?", frag ich.

„Weiß nicht." Sein Gesicht verschließt sich ein wenig. Der Nowak beißt in ein Stück Fladenbrot. Einen gesegneten Appetit hat der! Dann nimmt er sich noch eine Falaffel, verputzt auch sie mit zwei Bissen, nimmt die nächste.

„Seit wann schmeckt dir so was?", frag ich.

„Das wirst mir jetzt nicht glauben, aber ich kann kein Fleisch mehr sehen. Seit der Arm und die anderen Teile von Waschmuth aufgetaucht sind." Er starrt auf die Falaffel in seiner Hand. „Total verweichlicht, stimmts?"

„Sicher!", pruste ich. Und werd wieder ernst. „Habt ihr schon … die noch fehlenden Reste gefunden?"

„Nein. Noch immer nicht. Nur Kopf, einen Arm und einen Fuß."

„Und dieser Rumpf oder was das war, in Hietzing?"

„Ist noch nicht untersucht."

„Der Marcus Hammer macht sich Sorgen deswegen. Er vermisst seinen Freund, hat er gesagt. Der ist verschwunden, schon seit ein paar Tagen."

„Oha." Dem Nowak ist anzusehen, wie es in seinem Kopf arbeitet. „Wer ist denn sein Freund?"

„Den Namen kenn ich nicht. Ein dunkler Typ, der keinem in die Augen schaut. Komisch ist das. Zuerst hab ich gedacht, das ist auch einer, den der Hausherr angeheuert hat. Um die alten Leute einzuschüchtern."

„Aber?"

„Dann hab ich ihn mit dem Marcus herumhängen gesehen."

Der Nowak nickt, steht auf, steckt sich die restliche Falaffel in den Mund. „Entschuldige, Toni", sagt er mit vollem Mund, „ich muss noch mal los. Hoffentlich ist der Marcus daheim." Er schluckt und sieht mich eine Ewigkeit an. „Sei ja vorsichtig, okay?"

„Natürlich. Kann ich dich irgendwo erreichen?"

„Wo hab ich nur meine Gedanken." Er sucht ein Blatt Papier, findet es, schreibt eine Handynummer drauf.

„Du kannst mich immer anrufen. Jederzeit. Zu jeder Tages- und Nachtzeit." Er lächelt. „Auch einfach so, nicht wegen dem Fall, okay?"

Der Nowak haucht mir einen Kuss zu und wendet sich zur Tür.

Nowak

Auf der Wendeltreppe spürte Nowak schlagartig den bisherigen Tag in den Knochen. Wie oft war er diese Treppe seit Beginn des Falles jetzt schon auf und ab geeilt? Kilometer ergab das vermutlich. Er rannte hinauf, nahm zwei Stufen auf einmal. Vor den Gangfenstern lag dunkelste Nacht. Im Haus war es still.

Keuchend kam er im letzten Stockwerk an. Er klopfte an Hammers Tür.

„Herr Hammer? Nowak hier, von der Kripo. Bitte, es ist wirklich wichtig."

Noch bevor er das letzte Wort ausgesprochen hatte, ging rasselnd die Tür auf. Hammer stand in seinem dunklen Flur vor ihm. „Haben Sie ihn endlich gefunden? Ist ihm etwas zugestoßen? So reden Sie, ich bitte Sie."

„Ich weiß nichts."

Hammer sank merklich in sich zusammen bei Nowaks Worten. „Nichts? Keine kleinen Hinweise?"

„Nein, bisher nicht. Ich weiß, das ist unangenehm, aber ich brauche irgendein", Nowak zögerte aus Mitleid mit dem Mann vor ihm, „einen Kamm oder etwas anderes, damit wir die – äh -"

„Ich weiß, was Sie meinen. Ich hole etwas von Robertos Sachen. Dieser Rumpf in der Baugrube, ich habe gleich so eine Ahnung gehabt."

„Noch ist nichts erwiesen, Herr Hammer. Es ist reine Spekulation und der DNA-Vergleich Routine. Aber wir möchten auf Nummer sicher gehen."

„Ich verstehe. Einen Moment, bitte."

Nowak blieb vor der offenen Tür stehen. Hammers Schritte entfernten sich eilig trippelnd, er meinte ein Schluchzen zu hören, war sich aber nicht sicher. Dann näherten sich die Schritte wieder. „So, hier bitte." Hammer starrte seine Füße an und hielt Nowak einen Kamm entgegen.

„Danke." Nowak suchte nach einer Plastikhülle. Wie er diese Momente hasste! „Ich melde mich persönlich, sobald das Ergebnis bekannt ist, Herr Hammer."

„Herr – Nowak", sagte Marcus Hammer leise. „Finden Sie Roberto. Bitte. Ich ... ich liebe ihn. Und er liebt mich. Er schwebt in großer Gefahr. Wenn er überhaupt noch lebt."

Der kleine, schmale Mann berührte Nowak. Er selbst hatte Toni wieder gefunden und, was noch mehr zählte, sie zurück gewonnen, was ihm immer noch total unwirklich vorkam. Was, wenn dieser Mann hier weniger Glück hatte?

„Wir tun unser Bestes, Herr Hammer. Das verspreche ich. Ich werde mich persönlich dafür einsetzen."

Hammer nickte, seine Augen glitzerten feucht. „Danke", quetschte er hervor. „Ich mache mir wirklich Sorgen, weil Roberto ... Herr Waschmuth hat ihn ursprünglich beauftragt."

„Womit?"

„Uns einzuschüchtern. Uns alle. Die alten Mieter mit den alten Verträgen."

„Und?"

„Bei mir hat er es auch versucht. Wir haben uns aber verliebt. Es kam ganz plötzlich."

Nowak lächelte. „Sowas kommt immer plötzlich, Herr Hammer."

„Aber in einen Gangster? Das hätte ich mir nie gedacht."

„Ach, davor denkt man sich das nie und dann passiert es und dann ist es auch richtig."

„Ja, es ist richtig. Es ist richtiger als alles Andere im Leben." Hammer sah zu Nowak auf. „Sie verurteilen mich also nicht?"

„Warum sollte ich? Ich habe kein Recht dazu. Liebe fragt nicht. Liebe ist einfach ... Liebe."

„Ja. So ist es." Marcus Hammer lächelte. Ein kleines, verlorenes Lächeln.

„Ich werde alles dafür tun, Ihnen Ihren Liebsten lebend zurück zu bringen. Herr Hammer. Das verspreche ich."

„Ich habe wirklich Angst, weil er aussteigen wollte. Aus der ganzen bösartigen Geschichte. Er wollte es endlich besser machen. Aber diese Typen, mit denen er zusammen gearbeitet hat, die scheuen vor nichts zurück. Das ist Mafia. Die gehen über Leichen." Marcus Hammer erschrak über sein letztes Wort offenbar und schlug die Hand vor den Mund. Dann drückte er einen Lichtschalter, eine einzelne Lampe gab ihr schwaches Licht ab.

„Wen meinen Sie?"

„Kann ich nicht sagen. Große Namen sollen dahinter stecken."

Nowak nickte. Er musste an den Anruf den Stadtrats denken, dessen Intervention. Diese Andeutung. Hofer wusste was über Mariannes Tod. Er dachte an die vielen roten Akten Waschmuths und die Funde darin. Und an die Worte dieser Pennerin. „Irgendeine Idee?", fragte er. „Einen klitzekleinen Anhaltspunkt?"

Marcus starrte seine Füße an, die in rosa Pantoffeln steckten. Er zögerte, dann schüttelte er den Kopf.

„Wirklich nicht? Sie brauchen keine Angst zu haben. Wir schützen Sie. Es ist wichtig, dass diesen Menschen das Handwerk gelegt wird."

Marcus nickte zögerlich, starrte wieder die Schuhe an. „Tut mir leid, dass ich Ihnen nicht helfen kann."

„Eines noch, Herr Hammer, wo wohnt Ihr Roberto eigentlich?"

„Er hat mehrere Unterschlupfe. Einen hier im Haus. Türnummer 11."

Nowak nickte. Die Wohnung, wo sie die Gulasch-Dosen gefunden hatten. Aber das sagte er dem Zuckerbäcker nicht.

„Davon habe ich schon gehört."

„Er wechselt den Wohnort von Zeit zu Zeit. Hat ihm alle Waschmuths Firma zur Verfügung gestellt."

„Haben Sie sich hier in der Wohnung Nummer 11 getroffen?"

Hammer zögerte.

„Oder in Ihrer eigenen Wohnung?"

„Vor allem hier", sagte Hammer langsam.

„In der Wohnung Nr. 11 haben Sie schon nach ihm gesucht, nehme ich an?"

„Ja. Er ist nicht mehr dort. Vielleicht … " Marcus keuchte auf. „Vielleicht hat er mich doch nur verlassen. Oder … "

„ … oder jemand hat ihn entführt, weil er zu viel wusste, das wollen Sie doch sagen? Aber für diese Annahme gibt es derzeit keinen Grund, Herr Hammer."

Nowak

Nowak überquerte den nächtlichen Markt. Ein Reinigungsfahrzeug drehte seine Runden, wo vor Stunden die Bauern ihre Waren angepriesen hatten, und hätte ihn angespritzt, wenn Nowak nicht rasch ausgewichen wäre. Einem Radfahrer ging es ähnlich. In einem Schanigarten saßen einsam ein Mann in Hemd und eng anliegendem karierten Pullunder, einen Hut auf dem Kopf, blätterte er in einem Buch, ein Glas Rotwein vor sich. Nowak wollte sich stadteinwärts wenden, da bemerkte er ein einsames Taxi am Straßenrand. „In die Sensengasse zur Gerichtsmedizin, bitte, schnell", bat Nowak den Fahrer.

Der raste los. Hollandstraße runter und zum Kanal. Die Nacht schoss an den Fenstern vorbei, die geschlossenen Geschäfte. Der Fluss glitzerte in bunten Lichtern, Nachtbummler überquerten die Brücke.

An der Gerichtsmedizin sprang Nowak aus dem Wagen. Er klingelte und wurde gleich eingelassen.

„Ich bringe etwas Dringendes für den Fall Waschmuth vorbei", kündigte er dem jungen Mann an, der in der Portierloge saß. „Ist Professor Sonnleitner vielleicht im Haus?"

„Um diese Uhrzeit? Nein. Aber ich kann ihn verständigen, er hat Bereitschaft."

„Bitte. DNA-Vergleich für den Rumpf aus Hietzing, Sie wissen bescheid? Hier ist etwas von einer Person, die vermisst wird." Nowak reichte die Plastikhülle mit dem Kamm über die Theke. Eine der Neonröhren flackerte sirrend.

„Alles klar. Professor Sonnleitner wird sich bei Ihnen melden."

„Danke."

Draußen rief Nowak seine Chefin Kaschka an. „Es gibt

Neuigkeiten", keuchte er. „Noch jemand wird vermisst."
„Ach du Schande. Wer denn?"
„Der Freund von diesem Zuckerbäcker Marcus Hammer. Bist du im Büro?"
„Ja."
„Hast du die Liste mit Waschmuths Immobilien? Wir müssen sie absuchen nach dem vermissten Mann. Hammer hat erklärt, dass sein Freund mehrere Wohnungen nutzen durfte."
„Ach du Schande."
„Du wiederholst dich, Kaschka. Okay, welches Haus liegt am nächsten zum Karmelitermarkt?"
„Warte kurz." Etwas klapperte, dann war Kaschka wieder da. „So, die sind alle nicht recht in der Nähe, Nowak. Da ist was in der Donaustadt, in Simmering, in der Nähe vom Belvedere, am Rennweg, Ecke Salesianergasse. - Komm am besten hierher", entschied Kaschka. „Wir fahren gemeinsam mit dem Dienstwagen in den 3., an die anderen Adressen schick ich schon mal Kollegen."

„Danke." Nowak legte auf. Ratternd fuhr eine alte, rote Straßenbahn in der Station ein. Nowak rannte hinüber und stieg ein. Der Fünfer war um diese Zeit fast leer. Nur in der letzten Reihe saßen ein paar junge Leute, die ihn an die Punks in Waschmuths Haus erinnerten. Als er näher kam, verstummten sie. Sie sahen ihn an, er sah sie an, dann redeten sie weiter. Nowak setzte sich ein paar Reihen weiter vorn.

Kaschka wartete schon vor der Dienststelle. In rasanter Fahrt ging es durch die Nacht. Dunkelheit, Menschenleere. Am Schwedenplatz war noch mehr los. Freie Fahrt am Ring, vereinzelte Nachtbummler, die Straßenbahnen wie Ufos in der Nacht. Hochstrahlbrunnen, dann das Belvedere, links davon rein. Schon waren sie da. Kaschka war eine rasante Fahrerin.

Hausnummer 18b, da war es. Ein altes, dreistöckiges Gebäude, ehemals weißer, nunmehr abblätternder Putz. Links mehrere große Tore wie Garageneinfahrten, vermutlich frühere Pferdestallungen. Sie stiegen aus. Nowak trat auf die Fahrbahn, legte den Kopf in den Nacken. Nur ein Fenster war erleuchtet, aber gut – er sah auf die Uhr – fast Mitternacht, die meisten schliefen wohl, selbst Samstagnacht. Auf dem Dach befand sich offenbar eine Baustelle, Planen flatterten im warmen Wind.

„Und wie gehen wir am besten vor?" überlegte Nowak laut. „Der Herr Hammer hat keine Details nennen können zu den Schlafplätzen seines Freundes. Alle raus klingeln? Die erschrecken ja zu Tode."

„Geh, ist eh fraglich, ob hier überhaupt jemand wohnt. Wir gehen das Haus ab, ohne irgendwo anzuklingeln. Und suchen nach Schlupfwinkeln."

„So wie dem in dem Haus am Karmelitermarkt." Nowak nickte. „Gute Idee. Vielleicht ergibt sich von selbst was. Dachboden, Keller, du weißt schon."

„Mhm."

Das Haustor war nur angelehnt, obwohl es Nacht war. Es quietschte beim Öffnen in den Angeln. Staubige Dunkelheit lag vor ihnen, bis Nowak einen uralten Lichtschalter, noch mit Kippmechanik, fand. Flackernd ging eine einzelne Glühbirne an, die einen langen schmalen Gang mehr recht als schlecht ausleuchtete. An den rohen Ziegelwänden hingen lose Kabel. Sogar die Info-Zettel am irgendwann mal schwarzen Brett waren genau gleich wie in dem Haus am Karmelitermarkt: Angaben zur Hausverwaltung, zu längst verstrichenenen Fristen, wann die Bauarbeiten zu Ende sein würden. Daneben eine alte, vergilbte ‚Hausordnung', in der etwa das Schließen der Fenster am Abend angeordnet wurde. Uralte Briefkästen, 9 von 10 aufgebrochen. Aber es standen Mülltonnen und Altpapiertonnen herum, also musste wohl jemand hier wohnen.

Auch die Wendeltreppe erinnerte Nowak an das Haus beim Karmelitermarkt. Er musste an Toni denken, schob den Gedanken weg.

„Zuerst unten oder oben?", überlegte Kaschka laut.

„Oben." Nowak graute vor noch einem Keller.

Die Stufen wurden bis auf einen Lichtstreifen, der durch ein Gangfenster herein fiel, kaum erhellt. Kaschka zog eine Taschenlampe hervor und schaltete sie ein.

Fast alle Türen waren ausgehängt, die Räume dahinter leer und entkernt bis auf alte Trambalken und tragende Wände, die seltsam nackt aussahen. Im obersten Stockwerk fehlte sogar teilweise der Boden, was Nowak im letzten Moment bemerkte. Er stockte, als er nach unten blickte. „Ein Sturz hier hinunter, das wäre nicht schwach. Wie hoch ist das? Über drei Meter? Vier sogar?"

„So muss es der Frau von diesem Ballettstar ergangen sein, als sie abgestürzt ist", Kaschka leuchtete über die rohen Wände und in die Tiefe. „Sieht mir nach sehr hohen Räumen aus."

„Grauenhafte Vorstellung."

Kaschka nickte. „Werden später gutes Geld bringen, solche Wohnungen."

„Und dafür gehen sie über Leichen. Wird Zeit, dass jemand den Leuten das Handwerk legt", knurrte Nowak. „Und für ordentliche Baustellenabsicherungen sorgt."

„Geld mit aufgewerteten Wohnungen verdienen ist nicht illegal, Nowak. Du verrennst dich da in was."

„Mag sein."

Sie gingen vorsichtig weiter. An der Ecke zum Rennweg waren große Öffnungen in die Mauer gebrochen worden, vermutlich für Balkone oder Terrassen. Der warme Wind heulte im Gebäude. Die beleuchtete Spitze vom Stephansdom lugte über die Nachbarhäuser, ein heller Pfeil vor dem Hintergrund der blauen Nacht.

„Hier ist niemand", sagte Kaschka. Im gleichen Moment läutete Nowaks Handy.

„Treffer", meldete sich Sebastian. „Rustenschacher Allee. Kommt ihr her?"

„Natürlich, aber was macht dich so sicher?"

„Ein weiteres Leichenteil. Sieht aus wie ein Fuß."

Nowak

Wieder ging es in rasanter Fahrt durch die Nacht. Der Bahnhof Praterstern, Blaulichter, der Kreisverkehr, das Riesenrad, violett angestrahlt, weiter ins Prater Cottage. Eine alte Villa war ihr Ziel, Sebastian stand schon wartend davor. Ein großer Garten, hohe alte Bäume, dahinter ein Schmuckstück von Haus. Dieses war keine Baustelle, sah gepflegt aus und außerdem bewohnt. Darauf deuteten Vorhänge an den Fenstern und blühende Blumen auf den geräumigen Balkonen hin. Das Riesenrad mit seinen violetten Lichtern drehte sich langsam und bedächtig.

„Kommt mit", sagte der Praktikant. Sie betraten das Gebäude. Ein Kristalleuchter, grün-weiß gekachelte, breite Gänge. Das Haus hatte keine Ähnlichkeit mit den schmalen Schläuchen in den anderen Häusern. Auf dem Boden lag ein gepflegter grüner Läufer, die Postkästen waren weiß lackiert und glänzten vor Sauberkeit, darunter stand ein Papierkorb, in dem sich weggeworfene Flugblätter sammelten. Brave Bewohner.

„Hier lang", flüsterte Sebastian. Er deutete zu einer offen stehenden Gittertür. Sie stiegen eine schmale, nicht sehr enge, gepflegte Kellertreppe hinunter. Hier gab es keine schwarzen Flecken von der Feuchtigkeit, und auch sonst bestand nicht die geringste Ähnlichkeit mit Waschmuths anderen Häusern.

Sebastian drückte eine weiß gestrichene Metalltür auf, die massiv wie eine Brandschutztür wirkte. Er behielt die Tür in der Hand und ließ sie fast unhörbar ins Schloss gleiten, dann winkte er sie stumm nach links. Wie anders als der Keller, in dem man Antonia gefangen gehalten hatte. Im Gegensatz zu vielen anderen alten Kellern fiel das Licht einer Straßenlaterne direkt in die Kellergänge. Nur der

Geruch … er wurde schlimmer, je weiter sie kamen. Verwesungsgeruch.

Im fahlen Schein wirkte Sebastian wie eine aufgeschreckte Krähe, wie er so vor ihnen her ging. Vor einem offenstehenden Kellerabteil blieb er stehen. Der Gestank war umwerfend geworden. Eine verdreckte Matratze, eine zerfledderte Decke, ein paar Klamotten. Und etwas in schwarzes Plastik Gepacktes. Es erinnerte ihn an etwas Anderes. Einen schwarzen Sack, den er auf dem Einkaufswagen der Verrückten gesehen hatte.

„Ich habe es überprüft", sagte Sebastian. „Ein menschlicher Fuß. Sieht nicht schön aus. Deshalb wieder eingewickelt."

Nowak nickte. „Ein Fall für Sonnleitner."

Sein Blick fiel auf ein altes Mobiltelefon, Nowak nahm es hoch. Vermutlich ein Wertkartending. Er drückte auf die Liste der Anrufe, wählte die zuletzt angerufene Nummer.

„Roberto, bist du es?", meldete sich eine männliche Stimme.

„Herr Hammer?"

Klick. Aufgelegt.

„Das war der Zuckerbäcker! Und als er meine Stimme gehört hat, hat er aufgelegt." Nowak starrte das Handy an. „Also gehört das Telefon wohl tatsächlich diesem Roberto."

Von draußen erklangen Schritte. Nowak lauschte. Von der Gasse? Nein! Das Geräusch wurde leiser. „Da haut jemand ab!"

„Der kommt nicht weit", winkte Kaschka ab. „Das Haustor und der Hinterausgang zum Garten sind umstellt."

„Seit wann?"

„Grad eben. Hab ein SMS bekommen."

Sie rannten den Gang entlang, raus ins Stiegenhaus. Schritte, die sich entfernten, klapperten über den Flur. Nowak rannte zur Treppe.

„Der rennt nach oben!", schrie Nowak.

„Was will er denn da?", fragte Sebastian.

„Hat er mir nicht verraten." Erneut schien sich alles zu wiederholen. Als würde er aus seinem Traum nie mehr rausfinden können.

Während der Praktikant noch zögerte, nahm Nowak schon zwei Stufen auf einmal. „Geh raus und schau nach oben, ob er sich irgendwo zeigt!", rief er dem Praktikanten zu und hastete weiter.

Zumindest war dieses Gebäude gut ausgeleuchtet. Die Wohnungstüren hier sahen ausnahmslos gepflegt aus, der Lack frisch, Schuhe standen davor und Pflanzen, alles sehr bürgerlich.

Nowak rannte weiter, hörte es oben klicken, dann das Klappern wie von einem Fenster, das geöffnet wurde. Er versuchte, noch schneller zu laufen, obwohl es ihn in der Seite stach.

Endlich, oberstes Stockwerk. Eine alte Holztür stand sperrangelweit offen. Ein Luftzug streifte Nowak. Ein warmer Luftzug. Er trat hindurch. Ein uralter Dachboden, gepflegt aber staubig. In den Ecken stand Gerümpel herum, doch selbst das wirkte gepflegt – ein alter Bauernschrank, ein Bett ohne Lattenrost oder Matratze, Schränke, Kästchen, Sessel. Etwas flatterte beinahe lautlos über ihn hinweg Richtung Fenster, Fledermäuse? Davor fürchtete er sich nun wirklich nicht. Die Tiere flogen zu einem weit offen stehenden Fenster hin und verschwanden hinaus. Von dort kam auch der warme Luftzug. Und davor stand eine düstere, kleine Gestalt mit dem Rücken zu Nowak. Wie Marianne damals.

„Stehenbleiben", sagte Nowak leise, und vermied es, das Wort ‚Polizei' anzufügen, um den Mann nicht tödlich zu erschrecken. „Bitte, bleiben Sie hier. Wir können alles lösen." Er kramte nach Worten, Worten die ihm damals gefehlt hatten, und näherte sich dabei leise dem Fenster. Silbernes Mondlicht fiel seitlich herein, gegen das sich die kleine Gestalt noch dunkler abzeichnete.

„Bitte, bleiben Sie stehen! Die Sache ist es doch nicht

wert, dass Sie ..." Nowak tastete sich näher heran, die Trambalken im Boden übersteigend, einmal blieb er mit dem Hosenbein an irgendwas hängen, er riss sich mühsam los.

„Bitte." Diesmal konnte er die Hand ausstrecken, keine Lähmung, und dennoch kam er zu spät. Der Dunkle hob sich vom Fensterbrett wie ein Adler in die Lüfte der Alpen. Er wartete auf das Geräusch des Aufpralls, hastete näher, sah den Typ durch die Luft segeln, Zeitlupe, Endlosschleife. Schon wieder. Ein Platschen, Nowak musste die Augen schließen, zwang sich, sie wieder zu öffnen und hinaus zu blicken. Weit unten auf dem Flachdach eines Nachbargebäudes lag ein dunkler Fleck mit weit ausgebreiteten Schwingen.

„Scheiße, der flieht über die Dächer!", brüllte er ins Handy, nachdem er mit fliegenden Fingern Kaschkas Nummer gewählt hatte.

Das war es dann wohl. Nowak atmete tief ein und aus. Er setzte an, etwas von Notarzt und Rettung ins Handy zu sagen, da rollte die dunkle Masse draußen zur Seite, richtete sich auf, als wäre sie irgendso ein Untoter, eine James-Bond-Gestalt, die niemals starb, dunkel, schmal und wendig, und rannte davon in Richtung des nächsten Hauses.

„Rasch!" schrie Nowak ins Handy, „wir brauchen den Hubschrauber! Er läuft weiter!"

Das Riesenrad drehte sich hinter den hohen Bäumen unbeeindruckt weiter. Unten ging ein Pärchen eng umschlungen vorbei, ohne zu bemerken, was sich weit über ihren Köpfen abspielte. Die schmale, dunkle Gestalt des Fliehenden schwang sich gerade an einem Balkon des übernächsten Hauses hoch.

„Was hat der ausgefressen, dass er dermaßen ohne Rücksicht auf Verluste flieht?", fragte Kaschka ins Telefon.

„Das frag ich mich auch. Alte Leute erschrecken, das ist es doch nicht wert, den Tod in Kauf zu nehmen."

Nowak

Nowak stand am Dachbodenfenster und starrte in die Nacht, das Mobiltelefon weiter in der Hand. Geduckt rannte die schwarze Gestalt über einen Balkon und kletterte dann an einer Dachrinne nach oben. Wow. Die Fledermäuse flatterten davon unbeeindruckt durch die Dunkelheit. Endlich war das Brummen eines Helikopters zu hören.

Der Typ war mittlerweile auf Höhe vierter Stock angelangt. Ein Klettermaxe fürwahr.

Nowaks Handy läutete wieder. Ein Kollege im Hubschrauber. „Sehen Sie die Zielperson?", fragte er.

„Ja", erklärte Nowak und ließ den schmalen Flüchtenden nicht aus den Augen. Er erklärte ihm die Lage.

„Haben ihn", sagte der Kollege. Ein Lichtstrahl aus dem Helikopter beleuchtete jetzt den Flüchtenden, es machte den Anschein eines surrealen Theaterstücks, wie der Scheinwerfer ihn verfolgte. Nowak sah jetzt, wie einer seiner Füße ins Leere tastete.

„Was befindet sich hinter dem Wohnhaus mit den Balkons? Könnt ihr das sehen?"

„Ein niedrigeres, kleineres Gebäude. Danach ist die Flucht aber zu Ende. Da ist nur mehr Garten. Alte Bäume, wenn du mich fragst. Schaut verwildert aus, zumindest von hier oben."

„Danke. Ich komm jetzt runter." Nowak legte auf, kletterte zurück zur Dachbodentür und hetzte die Treppe hinunter. Die Stiege war rutschig, er glitt aus, fing sich aber. Weiter zum Haustor. Mittlerweile standen verschlafene Leute im Gang herum, Panik im Gesicht.

„Alles unter Kontrolle", rief Nowak und riss das Haustor auf.

Gemurmel hinter ihm, dann fiel die Tür zu. Er deutete

den Kollegen und rannte an den Nachbarhäusern entlang, hörte das Brummen des Helikopters und sah den Scheinwerfer. Ein Blick nach oben – der Flüchtende war jetzt am Ende der Regenrinne angekommen und schwang sich aufs Dach. Nowak presste die Luft aus den Lungen und rannte weiter. Das Haus danach war nach hinten versetzt und komplett dunkel. Efeu rankte sich an der Fassade hoch, das Gartentor und der Zaun waren verrostet. Der immer noch warme Wind raschelte in den dicken, alten Bäumen. Nowak suchte nach einer Stelle, wo er durch den Zaun konnte, doch da war keine Lücke. „Betreten verboten", prangte in großen Lettern auf Schildern entlang der Abgrenzung, Vorhängeschlösser sicherten alles mehrfach. Kurz entschlossen kletterte Nowak an dem Zaun hoch, stieg vorsichtig über die oben angebrachten spitzen Zacken und auf der anderen Seite wieder hinunter. Der Scheinwerfer des Helikopters erhellte die Szenerie gespenstisch dort, wo die dicht stehenden Bäume es erlaubten. Nowak tastete sich über unebenen Boden, herum liegende morsche Äste und dicke Wurzeln erschwerten ihm das Vorankommen. Völlig unerwartet gab der Boden unter ihm nach.

So ist das also, wenn du fällst.

Aber da lief kein Film ab, keine Bilder seines Lebens. Keine Marianne und kein Blut. Er brauchte einen Moment, bis er registrierte: Er stürzte in weiches Laub, das in irgendeiner Vertiefung lag.

Nowak blickte nach oben, sah den Hubschrauber dröhnend kreisen, und da war auch die flüchtende Gestalt. Direkt über ihm, beugte sich der Typ über das Dach, ein Vogel, der zum Flug ansetzte.

„Bleiben Sie, wo Sie sind!", schrie Nowak. „Geben Sie auf! Hier geht es nicht weiter!"

Hinter dem Fliehenden tauchten zwei weitere schwarze Gestalten auf. Kollegen? Hoffentlich. Ja, WEGA offenbar.

„Sie sind umstellt!", rief Nowak und stand auf dem unsicheren Untergrund auf, sank dabei aber immer wieder ein, Äste knackten unter seinen Sohlen, Laub raschelte, während der Hubschrauber weiter dröhnte und den oben am Dach Stehenden mit dem Lichtstrahl einfing. „Geben Sie auf! Machen Sie es nicht noch schlimmer, als es schon ist! Ist es das wirklich wert?"

Die dunkle, schmale Gestalt zögerte, wich ein wenig vom Rand des Daches zurück, breitete dann die Arme aus und sprang.

51

Nowak

Der dunkle, schmale Vogel segelte durch die Luft auf Nowak zu, wie in Zeitlupe, schon wieder wie in Zeitlupe.
Da vorne stirbt jemand und du ...
Aber diesmal war es niemand, den er kannte, niemand, der ihm überhaupt wichtig war. Außer dass der Kerl sich nicht so davon stehlen sollte!

Vom Himmel knallte das Scheinwerferlicht, das Riesenrad drehte sich und drehte. Nowak fiel das schmale, niedrige Mäuerchen auf, das sich neben ihm befand – genau darauf steuerte die Flugbahn des Mannes zu.

„Nicht!", schrie Nowak, machte einen Satz aus dem Laub heraus, plötzlich ging alles wieder rasend schnell, der Körper, seine Bewegungen, und er bekam den Mann an einer Hand zu fassen, fing ihn halb auf, und sie stürzten beide auf den weichen Untergrund.

Nowak rollte sich ab, hielt den anderen dabei fest, und mit einer schnellen Bewegung hatte er ihn unter sich fixiert. „Sie sind vorläufig festgenommen, wegen Verdunklung einer Straftat", stieß er keuchend hervor.

Der junge Mann blieb stumm, nickte aber. Er war nicht tot. Zumindest etwas.

„Alles okay?" Nowak prüfte den Puls des Mannes, ziemlich schnell.

Er sah uniformierte Kollegen um die Ecke hetzen, das Tor aufbrechen, dann konnte er den Festgenommenen endlich übergeben. „Lasst ihn bitte im Spital untersuchen."

„Können Sie aufstehen?", fragte einer der Uniformierten.

Wieder ein Nicken. Handschellen. Nowak hockte immer noch im Laub. Jetzt war ihm, als liefe da ein Film ab. Er hatte es geschafft. Er hatte rechtzeitig die Hand ausgestreckt. Aber er war einfach zu erschöpft, um irgendeinen darüber hinausgehenden Gedanken zu haben oder auch nur ein Gefühl von Befriedigung.

Kaschka kam um die Ecke, während er immer noch einfach da saß im Laub. „Na?"

„Alles okay. Alles ... okay." Er spürte, wie langsam seine Worte kamen.

„Willst du nicht einmal nach Hause gehen?"

„Was?"

„Duschen, frühstücken?"

„Frühstücken? Wieso?" Er wischte braune Blätter von seiner Jeans.

„Ja, frühstücken. Gleich wird es hell. Schau, da hinten."

Dort, wo gerade vorhin noch – oder vor Stunden oder in einem anderen Leben - das Riesenrad geleuchtet hatte, war jetzt nur Schwärze. Und dahinter, nur ganz vage, ein Streifen mit etwas weniger undurchdringlicher Dunkelheit.

„Achso. Verstehe." Langsam kam Nowak auf die Beine. Jetzt, wo der Helikopter wieder weg war, lag nur mehr schwaches Licht über allem. Nowaks Blick glitt über den verwilderten Garten, das mit Efeu zugewucherte Haus. Graues Licht legte sich über alles, zeichnete die Dinge schwarz-weiß. Als wäre es so einfach im Leben.

„Du bist vermutlich in ein altes Schwimmbecken gestürzt. Schau hier, die Einstiege."

Kaschka deutete zur Seite und Nowak sah die metallisch glänzenden Geländer am Rand.

„Das viele Laub hat ihm wohl das Leben gerettet", sagte Kaschka. „Und dir womöglich auch."

„Ja, mir auch." Wer weiß, was sonst passiert wäre. Aber da waren nicht einmal mehr Bilder in seinem Kopf.

Das Handy läutete schrill und unpassend. „Nowak?", meldete er sich.

„Professor Sonnleitner hier, guten Morgen!"

„Morgen", brummte Nowak.

„Sie haben uns ja schon wieder eine dubiose Lieferung zukommen lassen."

„Ja, Professor. Sorry." Nowak strich sich die Haare aus dem Gesicht, rieb sich über die Bartstoppel. Der warme Wind hatte aufgehört. Dafür war die Luft jetzt schon stickig, obwohl es noch nicht einmal hell war. „Und?"

„Ich hab was für Sie." Der Professor klang unverschämt dynamisch.

„Schön, und was?"

„Als erstes zu diesem Torso." Der Professor hüstelte ins Telefon, Papier raschelte.

„Dem aus Hietzing?"

„Natürlich, Nowak. Was sonst? Haben Sie mehrere Teile dieser Produktserie abgegeben?"

„Nein."

„Sehen Sie. Was ist? Schlafen Sie noch?"

„Noch? Schon." Nowak unterdrückte ein Gähnen.

„Nowak, Nowak. Sie sollten frühstücken, mit einem Kaffee können Sie sicher wieder klarer denken."

„Schon gut, Professor, ich kann für mich sorgen. Also?"

„Also, der vorliegende Befund ist negativ. Es ist nicht Ihre zuletzt abgängige Person."

„Oh, das weiß ich, Professor, tut mir leid. Diese Person lebt."

„Und das sagen Sie mir jetzt?"

„Hat sich gerade erst herausgestellt."

„Sind Sie sicher?"

Nowak nickte und blickte dorthin, wo vorhin noch der Arrestwagen gestanden war.

„Ich habe den Mann gerade verhaftet, Professor. Sorry." Nowak gähnte wieder. Die Luft roch erdig, warm und faulig. Wie ein Grab. Vielleicht gab es hier ja auch welche? Konnte man noch überprüfen. Nachher. Vielleicht fanden sich dann die weiteren Teile Waschmuths.

„Nun gut. Vielleicht wird Sie meine Erkenntnis dennoch erfreuen. Der Torso gehört zum Puzzle dieses Herrn namens Waschmuth."

„Mhm."

„Schön, wie Sie sich freuen können, Nowak!"

Nowak grinste und schwieg.

Endlich fuhr der Professor fort. „Er wurde erschossen. Mitten ins Herz. Aber das Interessanteste kommt noch, Nowak."

„Bitte, schießen Sie los." Nowak setzte sich auf das Mäuerchen. Kaschka lächelte.

„Es gibt eine Verbindung zwischen Zielperson 1 und 2. Wollen Sie raten, welche?"

„Bitte, Professor."

„Verstehe, nicht vor dem ersten Kaffee. Geht mir auch so. Also." Sonnleitner räusperte sich theatralisch. „Am Torso wurde nicht nur die DNA dieses Herrn Waschmuth gefunden, sondern noch eine weitere. Die gehört zu Ihrem vermeintlich Vermissten."

Nowak sprang auf. „Was? Wirklich?! Danke, Professor. Sie sind ein Schatz!"

„Jetzt so stürmisch, Nowak? Ich sagte ja, ich hab was, das Sie erfreut."

„Danke. Endlich setzt sich das Puzzle zusammen."

„Ja, wenn Sie schneller liefern würden, Nowak ..."

„Tut mir leid. Sie bekommen heut eh noch was." Nowak setzte sich wieder. „Puh, das sind ein bisschen arg viele Informationen auf einmal."

„Passt Ihnen das nicht oder was?" Der Professor klang eingeschnappt. „Aus Ihnen wird man auch nicht schlau, Nowak."

„Nein, nein, Professor, ich bin Ihnen äußerst dankbar. Nur ist es gerade ein bisschen spät."

„Früh, meinen Sie wohl?"

„Nein, Professor. Spät. Für mich ist es spät. Ich bin jetzt seit fast 24 Stunden auf den Beinen." Er verlor den Faden, wusste nicht mehr, was er noch sagen hatte wollen.

„Ich sagte ja, Sie brauchen ein Frühstück."

„Hat Kaschka auch schon behauptet."

„Na sehen Sie. Zwei gegen einen. Ich mach jetzt hier

weiter und warte auf Ihre nächste Lieferung. Wiedersehen, Nowak. Und passen Sie auf sich auf."

„Sie auch, Professor. Bis bald."

„Um ein Wiedersehen mit Ihnen mach ich mir keine Sorgen, Nowak." Der Professor lachte leise. „Ich frage mich nur, in welcher Form es stattfinden wird. Also, bis dann." Er legte auf.

„Damit haben wir ihn." Nowak sah zu Kaschka auf, die etwas in ihren Planer schrieb. Er rekapitulierte Sonnleitners Ergebnisse. „Mit diesen Informationen nagel ich ihn fest."

Kaschka nickte. „Aber nicht jetzt. Du gehst nach Hause, legst dich hin und schläfst ein paar Takte. Vor 12 Uhr Mittag will ich dich nicht in der Dienststelle sehen. Klar?"

„Aber dieser Roberto ..."

„Kein Aber, Nowak. Das ist eine Dienstanweisung."

Nowak

Nowak ging zu Fuß durch den langsam heller werdenden Morgen. Durch die dichten Kronen der Kastanienbäume blitzte das Morgenlicht. Ein einsamer Jogger im dunkelblauen Gewand lief die Hauptallee entlang Richtung Lusthaus. Nowak kramte nach seinem Handy, zögerte kurz und wählte dann Tonis Nummer.

„Hm", meldete sie sich brummelnd.

„Ich bin's."

„Wolfi." Wie verschlafen sie klang. So wie er sich fühlte.

„Kann sein, wir haben den Schuldigen." Er lächelte ins Telefon. „Du brauchst keine Angst mehr zu haben."

„Was, wen denn?"

„Wir haben Roberto gefunden. Den Freund von Markus Hammer."

„Oh." Sie gähnte. „Dann lebt er?"

„Ja, Toni ..."

„Da wird sich der Marcus freuen."

„Weiß nicht, Toni. Wir haben ihn festgenommen."

„Oh." Er hörte sie schlucken. „Sie haben nicht so ein Glück wie wir, was?"

„Nein, das haben sie nicht." Die Erleichterung ließ Nowaks Beine plötzlich schwach werden. Alle hatten überlebt, allen voran Toni. „Meine Chefin hat mich nach Hause geschickt. Ich bin hundemüde." Nowak sah zu den Baumwipfeln hoch. Erstes Blau am Himmel.

„Darf ich ... "

„Willst du ... "

„Du zuerst, Toni."

„Willst du herkommen?"

Jetzt wurden ihm doch die Knie weich. Er setzte sich auf eine Bank.

„Ich meine, nur so, Wolfi. Du bist müde, ich bin müde, also warum nicht?"

Er lächelte. „So wie früher?"

„Hm, mhm. Aber nicht heimlich wie damals. Also, Wolfi?"

„Ich muss mit Marcus Hammer reden und ihm alles berichten. Ich habe es ihm versprochen, dass ich diesen Roberto finde. Er hat ein Recht drauf, zu wissen, was los ist. Aber danach – springe ich zu dir. Toni."

Sonntag, 15. August

53

Nowak

Tatsächlich schlief Nowak wie ein Stein in Tonis Bett, ihre Haut dicht an seiner, ihren Atem an seinem Hals. Keine Spur von seinem Traum. Nicht die geringste. Seine Hände hatten sich mit Tonis Händen verflochten, so schliefen sie.

Als er aufstand, lag ein diesiger Mittagshimmel vor dem offenem Fenster, wie Nebel, aber wahnsinnig schwül. Kein Windhauch war zu spüren. Nowak zog sich an und ging zu Toni, die noch im Bett lag und ihm bei seinem Tun zusah.

Er verabschiedete sich leise und stieg in Gedanken die staubige Treppe hinunter. Trotz der neuen Informationen von Toni fühlte er sich ausgeschlafen wie schon lange nicht, und das nach dem gestrigen Einsatz.

Schwungvoll öffnete er das Haustor. Nicht einmal die schwülwarme Luft konnte ihm heute etwas anhaben. Nichts konnte ihm heute etwas anhaben. Nur die Neuigkeit von Toni, aber dieser Sache würde er später nachgehen.

Er ging hinüber zum Markt, wo Sabrina vormittags ein paar Stunden geöffnet hatte, und ließ sich einen Cappuccino zum Mitnehmen geben.

„Wolf, iche brauche deine Hilfe", sagte Sabrina hinter der Kaffeemaschine hervor. „Ese ware schon wieder jemande hier vome Marktamt."

„Weswegen denn?"

„Wegene der Gartene."

„Dem Schanigarten? Was ist damit?"

„Sie sind nicht normal." Sie schob einen Pappbecher unter die Maschine und schaltete ein. Ein Zischen erklang. Sabrina beugte sich über die Theke zu Nowak. „Sie wollene Geld", sagte sie sehr leise. „So!" Dabei deutete sie mit der Hand auf eine imaginäre Hosentasche. Eine universelle Geste.

„Du meinst, schwarz?"

Sie nickte. „Füre die Bewilligung. Angebliche stehen meine Stühle zu weite draußen und so." Stirnrunzelnd sah sie ihn an.

„Deine Tische und Sessel stehen so wie immer."

„Eben, Wolf!"

„Also Bestechungsgeld."

„Iche zahle sicher nicht." Sabrina verschränkte kämpferisch die Arme vor der Brust.

„Würde ich auch nicht. Wenn es ein Problem gibt, wenn sie wieder auftauchen, und du nicht zahlst, sag mir bescheid. Dann schicke ich dir die zuständigen Kollegen."

Sabrina nickte, nahm den vollen Becher von der Kaffeemaschine und schenkte Milch ein. Dann schob sie ihm das lebensspendende Gebräu über die Theke.

„Danke, Sabrina." Er legte die passenden Münzen auf die Theke. „Und lass dich nicht verunsichern. So wie du das erzählst, stinkt das zum Himmel." Er hätte große Lust gehabt, sich selbst auf die Lauer zu legen und hier aufzuräumen, aber das war nun wirklich nicht sein Job. Er nippte am Kaffee und machte sich auf den Weg in die Dienststelle.

*

„Morgen, Nowak!" Kaschka saß an ihrem Platz und schrieb eifrig in ihr Kalenderbuch. Weißes Licht waberte vom Fenster herein und ließ ihre Haare heller als sonst aussehen. „Ausgeschlafen? Gefrühstückt?"

„Lasst mich doch alle zufrieden mit dem Thema! Ich weiß, was gut für mich ist."

„Bin mir nicht so sicher." Kaschka lächelte. „Heute siehst du jedenfalls besser aus."

Nicht einmal dieser Disput konnte Nowak heute etwas anhaben. Er lächelte freundlich zurück. Selbst Kaschka sah anders aus als sonst. Fragend sah Nowak sie an.

„Danke für das Gespräch neulich", sie flüsterte fast und malte mit dem Stifte Kreise in ihren Kalender. „Ich habe mit Marek gesprochen. Wir … probieren es noch einmal." Aus ihrem nächsten Kreis wurde ein Herz.

„Kaschka, Mensch, ist das schön!"

„Noch ist ja nichts …" Jetzt zeichnete sie Pfeile, die das Herz durchbohrten.

„Ich halt euch alle Daumen!", rief Nowak, zwinkerte und machte sich auf den Weg zum Verhörraum in der U-Haft.

*

Eben wurde Roberto von zwei Kollegen in das kahle Zimmer gebracht. Komplett in Schwarz gekleidet, den Blick zu Boden gerichtet, schob er sich in den Raum wie einer, der sich für sich selbst entschuldigen wollte. Eine vergitterte Neonröhre flackerte gelblich-weiß, ein schmales Fenster weit oben ließ ein wenig Luft herein. Sowieso egal, so heiß, wie es war.

„Guten Morgen", sagte Nowak und schloss die Tür.

„Morgen", brummte der Verdächtige.

Nowak machte ein paar Schritte auf den anderen zu. Er gab ihm die Hand. „Mein Name ist Nowak, Kriminalpolizei. Sie sind Roberto? Wie heißen Sie noch?"

„Rossi", murmelte Roberto.

„Nehmen Sie Platz, Herr Rossi." Nowak zeigte auf den kahlen Tisch, in dessen Mitte ein Aufnahmegerät stand. Alle setzten sich, nur einer der Kollegen blieb als Wache hinter Roberto stehen. Der andere schaltete einen Laptop ein, um zu protokollieren. Eine Fliege surrte um die vergitterte Neonröhre herum.

„Wie geht es Ihnen heute, Herr Rossi?", fragte Nowak höflich.

„Geht schon." Rossi starrte die Tischplatte an, die dunklen Haare fielen ihm ungekämmt in die Stirn. Nicht ganz die südländische Schönheit, aber hässlich konnte man Rossi auch nicht nennen.

„Erzählen Sie über letzte Nacht", bat Nowak freundlich.
„Warum sind Sie vor mir geflüchtet?"
„Weil Sie mich sonst festgenommen hätten."
„Das habe ich sowieso. Weswegen bringen Sie sich in solche Gefahr?"
Roberto schwieg und zuckte die Achseln.
„Herr Rossi, man hat Sie gesehen, wie Sie alte Mieter von Herrn Waschmuth erschreckt haben sollen."
Rossi schwieg weiter.
„Herr Rossi", sagte Nowak nunmehr scharf. Der Verdächtige zuckte zusammen. „Wir haben Beweise, dass Sie mit Herrn Waschmuths Leiche in Berührung gekommen sind. Wie erklären Sie sich das?"
Die schmalen Schultern bebten. Die Fliege surrte unentwegt.
„Sind Sie deswegen davon gelaufen? Sie könnten tot sein, wenn Sie mit dem Kopf auf die Mauer gestürzt wären."
Roberto nickte. „Ich weiß", sagte er leise.
„Wenn ich Sie nicht in das weiche Laub gezogen hätte, wären Sie jetzt im Spital. Und das wäre noch Glück."
Wieder ein Nicken. „Danke."
„Mit Pech wären Sie im Leichenschauhaus. Und Ihr Freund könnte Sie dort abholen."
„Lassen Sie Marcus aus dem Spiel!", brach es aus Roberto heraus. Seine Stimme war belegt. Endlich sah er auf. „Marcus kann nichts dafür! Ich wollte ihn beschützen. Wegen mir ist er überhaupt in alles rein geraten."
„In was genau? Herr Rossi? In was ist Marcus Hammer wegen Ihnen rein geraten?"
Roberto wischte sich über die Augen.
„Heulsuse", zischte der Kollege an der Tür. Ärgerlich gab Nowak ihm ein Zeichen, zu schweigen.
„Herr Rossi? In was alles ist Ihr Freund durch Sie rein geraten?"
„Die ganzen blöden Geschichten. Ich wollte endlich aufhören damit."

Der Kollege tippte, das Band lief, die Fliege surrte und flog wieder und wieder gegen die Abdeckung der Lampe. Nowak zerrte an seinem Kragen. Die gelblich-weißen Wände flirrten, als kämen sie auf ihn zu. Er griff nach einer Wasserflasche in der Mitte des Tisches, schenkte Plastikbecher voll und verteilte sie. Zum Schluss schenkte er sich selbst ein und trank ein paar Schlucke.

„Was für Geschichten, Herr Rossi?"

„Immer nur die Drecksarbeit für andere zu machen." Roberto keuchte auf. „Man will doch auch einmal ein bisschen Glück im Leben haben. Marcus ist … was Besonderes. Das mit ihm durfte nicht kaputtgehen."

„Herr Rossi, die Beweise gegen Sie sind erdrückend. Packen Sie endlich aus! Ihre DNA ist an einem Körperteil Waschmuths."

Ein Aufseufzen, Roberto Rossi sank in sich zusammen und stützte den Kopf in die Hände. Die schwarzen Haare waren wie ein Vorhang vor seinem Gesicht.

„Das ist doch Ihr Handy?" Nowak zeigte das Telefon her, das sie gefunden hatten.

Rossi nickte langsam.

„Wie erklären Sie sich das, Herr Rossi?"

„Ich wollte ein besserer Mensch werden! Ehrlich!" Jetzt schluchzte Roberto wirklich auf. Nowak warf einen warnenden Blick zum Kollegen an der Tür. Dessen Blick war abfällig, aber er schwieg.

„Herr Rossi, was ist passiert? Machen Sie es sich leicht und legen Sie ein Geständnis ab."

„Es ist so … ungerecht. Jahrelange habe ich den Scheiß mitgemacht. Ich bin nur der Sohn eines kleinen Pizzabäckers. Das Geld hat nie gelangt. Er hat es im Leben zu nichts gebracht. Ich wollte auch einmal …Da hab ich mich anheuern lassen. Man muss doch von irgendwas leben. Es waren nur Kleinigkeiten, ehrlich."

„Zum Beispiel?"

Roberto zuckte müde mit den Achseln und sah Nowak

nun voll an. In seinen dunklen Augen lag ein verdächtiges Glänzen. „Alte Leute erschrecken und sowas halt. Damit sie endlich ausziehen. Mäuse im Briefkasten und sowas. Oder im Dunkeln stöhnen. War doch alles keine", er schniefte kurz, „keine böse Absicht."

„Da wird Frau Molnar anders drüber denken, Herr Rossi."

„Ist das die Frau, die behängt ist wie ein Christbaum?"

So konnte man es auch sagen. Nowak nickte.

„Ich wollte nichts Böses. Sie sollten einfach nur ausziehen."

Roberto Rossi zog an seinen Haaren. „Ist das so schwer? Dann stand auf einmal Marcus vor mir. Wie der Blitz hat es mich getroffen. Kennen Sie sowas?"

Nowak nickte. Und wie.

„Ich hab mir gedacht, sowas gibt's nicht."

„Doch", sagte Nowak und lächelte freundlich.

„Plötzlich hab ich meine ganze Bösartigkeit erkannt. Meine Gemeinheit. Ich wollte aufhören. Aussteigen. Aufhören mit dem ganzen ... der ganzen Scheiße. Ein besserer Mensch werden. Aber sie haben mich nicht gehen lassen."

„Wer hat Sie nicht gehen lassen?"

„Die Bosse. Waschmuth und die Frau und die anderen."

„Wer?"

„Eine Frau und ein Mann."

„Namen?"

„Keine Ahnung. Regina und ein Josef."

Nowak ließ sich die Leute beschreiben. Passte auf Regina Rogalla und Herrn Schneider.

„Waschmuth kam zu mir. Als Marcus gerade da war."

„Wo genau haben Sie sich da aufgehalten?"

Rossi zögerte. „In der leerstehenden Wohnung 11. In dem Haus am Karmelitermarkt. Wir waren ... wir haben ... Sie wissen schon."

Nowak nickte.

„Wir lagen auf der Matratze, als Waschmuth rein kam

und Radau geschlagen hat. Was das soll, dass ich nicht einfach aufhören kann, und so weiter. Dass meine Arbeit zu wünschen übrig lasse. Ich soll endlich vorankommen mit den alten Schachteln. Dieser Frau Baronin und der Dame mit dem Christbaumschmuck. Sie sollten …" Rossi machte eine Geste, wie wenn man jemand den Hals umdreht. „Weil sie nicht ausziehen wollten, sollten Unfälle fingiert werden. Aber ich wollte das nicht. Ich wollte es Waschmuth erklären. Ich bin kein Mörder. Aber der hat uns angesehen, Marcus und mich, und plötzlich zu lachen angefangen. Der hat einfach gelacht! Ein schwuler Gangster sei lächerlich, hat er gesagt. Ich bin auf ihn losgegangen, ich wollte ihn zum Schweigen bringen. Da hat er plötzlich Marcus als Geisel genommen und eine Waffe in der Hand gehabt. D-der", Rossi stockte und atmete keuchend, „der hätte Marcus getötet, wenn ich nicht schneller gewesen wäre."

„Sie besitzen also eine Schusswaffe, Herr Rossi?"

„Es war seine eigene Waffe. Ich bin auf Waschmuth los gesprungen, hab ihm die Pistole aus der Hand geschleudert, sie aufgehoben und damit auf ihn gefeuert."

Gefeuert.

Die letzten Worte hingen noch im Raum.

„Der Tatort war also die Wohnung Nummer 11?"

„Ja."

„Was ist nach dem Schuss passiert?"

„Ich bin in Panik verfallen. Marcus auch. Ihm ist die alte Fleischerei eingefallen. Wir – wir sind runter gegangen, haben einen von den Punkern gefragt – und – und … "

„Ja?"

„Die Leiche in den Teppich gewickelt, runtergetragen und in der Fleischerei zerteilt."

Nowak nickte.

„Marcus ist unschuldig.

„Wer war dabei?", fragte Nowak.

Bitte nicht Toni …

„Nur ein Mann. Einer heißt Heiner oder so ähnlich.

Er ist unschuldig am Mord."

„Das ist trotzdem Verdunklung einer Straftat."

Roberto Rossi nickte und sank weiter in sich zusammen. Er krampfte seine Hände ineinander, löste sie wieder, verschränkte sie erneut. „Es war schrecklich. Ich wollte ein guter Mensch werden – und dann habe ich jemanden getötet." Roberto Rossi verbarg das Gesicht in den Händen.

„Was geschah mit den Leichenteilen?"

„Jeder hat etwas übernommen und versteckt. Dieser Heiner wollte unbedingt etwas in das Immobilienbüro schicken. Aus Bosheit, er ärgert sich immer so über deren Machenschaften. Ich ging mit dem Kopf nachts zu der Grünfläche, das Andere habe ich auf dem Dachboden versteckt. Und später den Rumpf in einem Koffer über einen unterirdischen Kellergang weggeschafft und bei einer Baustelle vergraben."

„Und der Fuß in ihrem Unterschlupf in der Rustenschacher Allee?"

„Ich war dabei, ihn ebenfalls zu vergraben, da wurde ich gestört von einem Liebespaar, das sich ausgerechnet dort vergnügen wollte."

„Was ist mit der Tatwaffe?"

„In den Donaukanal geworfen. Bei der Rotundenbrücke. Es war Notwehr, Herr Inspektor", sagte Roberto. „Das müssen Sie mir doch glauben. Danach bin ich in Panik verfallen und untergetaucht."

Nowak seufzte.

Keine Gefühle! Mach deine Arbeit!

„Das alles zu beurteilen, ist Sache des Gerichts." Nowak räusperte sich. „Sie können sich Ihre Sache erleichtern, indem Sie auspacken, Herr Rossi. Wer sind die Hintermänner? Was wissen Sie dazu?"

„Es stecken große Namen dahinter. Das ist eine Mafia."

„Ich brauche Namen", sagte Nowak und starrte die Fliege an, die jetzt ruhig an der Decke saß. „Sie können sich das Leben erleichtern und Ihren Marcus vielleicht früher wiedersehen, wenn Sie auspacken. Also, wer steckt dahinter?"

Roberto gab sich offensichtlich einen Ruck. Er räusperte sich. „Der Stadtrat Hofer zum Beispiel", kam es leise.

„Ach was." Nowak wechselte einen Blick mit dem Protokollführer.

„Und dann große Bauunternehmer, Namen weiß ich keine. Der Deal ist der – man spekuliert auf alte Bruchbuden, kauft sie billig, lässt sie verwahrlosen, bis sie eine Gefahr darstellen. Bis dahin bringt man illegale Ausländer oder so dort unter und macht schon mal damit gutes Geld. Sie wissen, Wohnraum ist rar."

Nowak nickte. „Er wird knapp gehalten, aber egal. Über 30.000 Wohnungen stehen in Wien vermutlich absichtlich leer."

„Ist nun das Haus nicht mehr sicher oder brennt es ab – ganz zufällig natürlich – dann wird günstig abgerissen. Das Grundstück wird nachher teuer an die Stadt verkauft, weil Not an Bauland herrscht."

„Und da mischte Waschmuth mit?", fragte Nowak.

Roberto nickte. „Er ist – er war nur ein kleiner Fisch. Schneider ist der Strippenzieher, aber der macht sich selbst nicht die Hände schmutzig."

Zwei Wochen später

54

Antonia

Es ist der große Tag. Der Tag, den wir alle gefürchtet haben. Der Nowak hat Waschmuths Tod aufgeklärt, aber raus sollen wir trotzdem.

Schon am frühen Morgen ist Krach. Ein Heli brummt, dass ich nicht mehr schlafen kann. Will ich eh nicht. Ich steh auf, vor dem Fenster massenhaft Polizei. Kollegen vom Wolfi Nowak. Komisches Gefühl. Ich fühl mich, als würd ich nirgends dazugehören, zu den Punks nicht und zur bürgerlichen Gesellschaft genauso wenig und ob ich zum Wolfi gehör, das wird sich erst zeigen. Wie zwischen allen Sesseln bin ich.

Mit verschränkten Armen steht der Marcus vor dem Haustor und starrt, als würde er immer noch nach seinem Roberto suchen, diesem Ganoven. Der Nowak hat mir erzählt, was geschehen ist. Tja, wo die Liebe hinfällt ...

Sie haben ihn freigelassen und vermutlich darf der Heini auch bald raus. Noch ist er in U-Haft, das ist eine Erleichterung für mich. Er hat wie der Marcus mitgeholfen. Bei der Verwandlung vom Hausbesitzer in Fleischstücke. Mir wird schon wieder schlecht bei der Vorstellung. Sowas hat nun wirklich keiner verdient, nicht einmal so ein Spekulant wie der Herr W.!

Else kämpft sich durch einen schmalen Spalt in unserem Haustor, einen Blumentopf mit einer knallgelben Sonnenblume in der Hand. Geht zielstrebig auf die Polizisten zu. Wir hier auf dieser Seite, das ordentliche Volk jenseits davon. Nur Else macht auf Grenzgängerin. Einer der Uniformierten lächelt, aber keiner nimmt ihren Blumentopf, also stellt sie ihn vor den Kordon auf die Straße.

Immer mehr Schaulustige finden sich ein. Auch oben in

den Fenstern der Nachbarhäuser hängen sie. Wie die Figuren im Wetterhäuschen, als ob sie nicht mehr wüssten, woher der Wind weht. Der weht forsch von der rechtschaffenen Obrigkeit, so viel ist doch klar.

„Wir haben auf unsere Wohnung lange sparen müssen", schimpft einer mit Doppelkinn direkt gegenüber, „wieso glauben die, sie können gratis wohnen?!"

Ein Panzer fährt vor. Die Kieberer packen ihre Schutzschilde fester. Den Wolfi hab ich heute weg geschickt. Besser, er kommt in keinen Gewissenskonflikt.

Ich geh zum Fenster Richtung Hof. Auch im Garten Eden sind Uniformierte. Das hab ich ja gern, mir auch noch die Reste zu zertrampeln. Kaum, dass nach der Buddelaktion was nachwächst, machen sie wieder alles kaputt. Ich weiß, was sie wollen: Sie schneiden alle Fluchtwege ab.

Schnell geh ich hinunter. Der alte Fleischerladen ist wieder freigegeben. Bis sie ihn uns erneut wegnehmen.

Raschid taucht auf, die Haare zerrauft, das Gesicht zerknittert, dann Seppi und Peppi. Oder Pünktchen und Anton. Oder wie auch immer sie heißen. Ohne Heini haben wir unseren Anführer verloren, aber das ist besser so.

„Kommt", sag ich und wir laufen nach oben aufs Dach, zur Baustelle. Die Arbeit dort hat noch keiner wieder aufgenommen. Alte Federbetten von Else und der süßen Baronin lagern da oben. Ich werf noch ein paar Klamotten dazu, eine alte Combinege von der Frau Müller und einen Büstenhalter in Anthrazit.

„Was willst du denn mit einem Mieder?", fragt Raschid und hat ein süßes Grinsen im Gesicht.

„Die Männer verwirren", lach ich. „Weißt doch, wie sie sind."

Wir lachen, aber knapp darunter hockt die Panik. Wir werden obdachlos sein, so viel ist klar. Noch ist es warm, noch gibt es die Donauinsel, aber in zwei, in drei Monaten wird es haarig ohne Dach überm Kopf. Das hab ich zu oft erlebt. Ich hab zu oft gefroren und gehungert.

Ich schlitz eins der Federbetten auf. Vom Tor dringen Sägegeräusche nach oben, ein Uniformierter kniet davor und müht sich ab. Wir haben gute Arbeit geleistet mit unseren Barrikaden.

„Ist ein Panzerknacker anwesend?", ruft ein lustiger Typ von der Dachterasse gegenüber. Er hat ein Sektglas in der Hand und fotografiert mit einem Smartphone. Beim Markt wird ein Grüppchen Kieberer mit Dosengetränken versorgt. Ich leg das Federbett bereit und lass es aus dem Riss runter schneien. Der verhinderte Einbrecher guckt irritiert nach oben, als die Federn nach unten schweben.

„Stop." Der Nowak ist auf einmal wieder da und kämpft sich mühsam durch die Menge Richtung Haustor. Ich muss mich über die Brüstung beugen, um seine Worte zu verstehen.

„Es gibt eine einstweilige Verfügung gegen das Räumungsurteil des Bezirksgerichts", sagt er. „Wegen Bestechung des Richters und so weiter. Durch eine Frau, äh, Rogalla. Das Verfahren muss neu aufgerollt werden."

Der Nowak winkt seinen uniformierten Kollegen, die ziehen sich tatsächlich ein wenig zurück. Dann schaut er nach oben. Er lächelt, glaub ich. Da hinten in der Menge hinter der Absperrung, steht einer, mit so dunklen Augen wie Roberto, und verfolgt jede von Wolfi Nowaks Bewegungen.

Es ist noch nicht vorbei.

Nowak

Es war noch nicht vorbei.

Nowak ließ den Bescheid sinken und wischte sich über die Stirn.

Es war nie vorbei. Da hinten stand der schwarzhaarige Stadtrat Hofer und tat, als wäre er irgendein Passant, der das Ereignis beobachtete. Ihm hatte natürlich keiner was nachweisen können. Seitlich, dort wo vorhin jemand Getränke verteilt hat, entdeckte Nowak Schneider, den Manager aus Waschmuths Immobilienfirma. Frieda Malik beugte sich zu ihm. Schneider ballte die Fäuste und sprach mit einem düsteren Kerl, dem Nowak den Ganoven auf hundert Meter gegen den Wind anmerkte.

Nein, es hörte nie auf.

Nowak drehte sich zum Haus und legte den Kopf in den Nacken. Der Himmel war fast weiß vor Dunst. Ein paar Köpfe zeigten sich oben bei der Dachbaustelle. Antonias grüne Haare wehten im warmen Wind. Er lächelte. Ein paar Federn schwebten durch die Luft.

„Herr Inspektor?" Das war die Stimme der Baronin. Eine zarte Hand tupfte ihm auf die Schulter.

Nowak riss sich von Tonis Anblick los. „Ja, Frau Baronin?"

„Könnten Sie mir vielleicht dabei helfen, das Haus zu kaufen? Meine Geldanlage ist ausgelaufen und ich möchte um den Betrag jetzt den jungen Leuten ein bleibendes Zuhause schaffen. Der Conrad ist fast fertig mit seinem Architekturstudium und hat eine tolle Idee, was er mit dem Gebäude machen kann."

„Das wollen Sie wirklich tun?" Nowak lächelte. Das war wirklich nicht mehr die Baronin, wie er sie in seiner Kindheit gekannt hatte. Aber senil war sie auch nicht. Sie wirkte ganz klar. „Ich werde mein Bestes tun, Sie dabei zu unterstützen."

Da vorne steht sie und stirbt, stirbt ihre tausend Tode. Unwiederbringlich. Wind tobt vom offenen Fenster herein, hat sein Leben durcheinander gewirbelt. Er trägt ihre Worte mit sich, Mariannes Worte: Ihr habt keine Schuld. Lasst mich los, löst eure Hände von mir. Lasst mich tot sein, es tut nicht mehr weh. Es ist gut da, wo ich bin. Wenn ihr sterbt, sehen wir uns wieder. Aber bis dahin sollt ihr leben.

Es ist vorbei.
Es ist doch vorbei.
DAS ist vorbei.

NACHWORT

Ich bin mit einem Wien-Bild aufgewachsen, das es so eigentlich nicht mehr gibt: Das alte Wien mit Fiakern, Kottan oder Mundl. In meinem Kriminalroman ist deshalb zwar das eine oder andere solche Element eingeflossen, aber es sollte das moderne Wien zeigen, wie es sich verändert.

Außerdem habe ich mir eine Freiheit wie manche Filmleute genommen und Prater, Innenstadt und Karmeliterviertel aus dramaturgischen Gründen etwas näher aneinander gerückt, als sie es tatsächlich sind. Bitte verzeihen Sie mir! Und suchen Sie bitte auch nicht nach den verbundenen Kellern.

Wie bei jedem Roman hat sich auch dieser nicht allein geschrieben.

Mein besonderer Dank geht an ...

... Bettina Bogner von der Wiener Polizei für das informative Gespräch, unter anderem zur Untersuchung der abgetrennten Hand auf Fingerabdrücke.

... meine Autorenfreundin Yvonne Asmussen (alias Yvonne Jarré), die über Jahre immer an den Nowak geglaubt hat und über deren Testlese-Anmerkungen ich so oft geschmunzelt habe.

... meine Münchner Krimi-Komplizin Nicole Neubauer, die in den schwierigen Momenten die richtigen Worte findet – danke und auf viele weitere konspirative Besprechungen!

... meine Kollegin und Lektorin Ursula Hahnenberg: Sie hat beim Lesen Dinge entdeckt, die noch niemandem zuvor aufgefallen sind – es geht eben nix über Profis!

... Mascha Vassena für das tolle Cover und eine sehr angenehme Zusammenarbeit.

… Stephanie Fey, in deren Seminar Figurenaufstellung ich einiges über die Hintergrundgeschichte von Nowak & Antonia entdecken konnte.

Besuchen Sie, liebe Leserin und lieber Leser, mich doch auch auf meiner Webseite unter http://www.annibuerkl.at, bestellen Sie dort meinen Newsletter, der Sie ua. exklusiv über Neuerscheinungen informiert, folgen Sie mir auf Twitter (https://twitter.com/ABuerkl).

Hat Ihnen der Nowak gefallen? Ich freue mich auf Ihre Rezension auf einem der Online-Portale (Thalia, Amazon o.ä.) oder auf Ihrem Blog sowie über jede persönliche Weiterempfehlung.

Und wenn Sie mehr von mir lesen wollen, wie wäre es mit meinen Salzkammergut-Krimis rund um Teelady Berenike? Oder der Romankomödie ‚Chili con Amore'?
Ich und meine Heldinnen und Helden freuen uns auf Sie!
Ihre Anni Bürkl
Wien, im Frühsommer 2016

**Gestatten,
Tamara Benedict.**

Tamara Benedict kocht für ihr Leben gerne Gerichte aus aller Welt. Gerade hat sie wegen eines jungen Lovers eine Karriere in der internationalen Spitzengastronomie abgebrochen und ist in ihre Heimatstadt zurückgekehrt.

Schwerer Fehler.
Erst der Mann weg, dann der Job, schließlich die Wohnung. Nur der vom Ex geerbte Kater ist ihr geblieben. Und die Freundinnen, die mit Tee und Meditationen ihre seelische Balance halten.

Doch Tamara Benedict hat genug von den Demütigungen, sie will sich endlich zur Wehr setzen. Dabei hilft kein Zen, kein Tango. Und auch nicht der buddhistische Mönch, zu dem sich Tamara bei ihrer neuen Tätigkeit als Imbisswagen-Köchin so unpassend hingezogen fühlt.

Zwischen dem Möchtegern-Lido am kleinen Badesee, anstrengenden Provinz-Beachboys und dem Duft von Käsekrainern geht es rund.

Eine Komödie für alle, die ihr Schicksal nicht auf einem Meditationskissen absitzen möchten und sich mehr Chilli im Gurkensalat wünschen.

ISBN: 978-3-7347-7951-0